W0209683

UN KARMA
PRESQUE PARFAIT

DU MÊME AUTEUR

ANIMAE, t. I, *L'Esprit de LOU*, 2012
Éditions de l'Épée/Livre de Poche

ANIMAE, t. II, *La Trace du coyote*, 2013
Éditions de l'Épée/Livre de Poche

ANIMAE, t. III, *Le Cauchemar du chien*, 2013
Éditions de l'Épée/Livre de Poche

ANIMAE, t. IV, *Le Rire de la hyène*, 2014
Éditions de l'Épée/Livre de Poche

SCORPI, t. I, *Ceux qui marchent dans les ombres*, 2016
Calmann-Lévy/Éditions de l'Épée/Livre de Poche

SCORPI, t. II, *Ceux qui vivent cachés*, 2016
Calmann-Lévy/Éditions de l'Épée/Livre de Poche

SCORPI, t. III, *Ceux qui tombent les masques*, 2016
Calmann-Lévy/Éditions de l'Épée/Livre de Poche

Roxane Dambre

UN KARMA PRESQUE PARFAIT

Roman

CALMANN LEVY

© Calmann-Lévy, 2018

COUVERTURE
Conception graphique : Élise Godmuse / Olo Éditions
Illustration : © Solène Debiès

ISBN 978-2-7021-6171-5

1

UNE VIE (PRESQUE) PALPITANTE

Le front plissé par la concentration, les yeux rivés sur mon écran, je cherchais. Un six. Un six. Un six... Un six ! Là !

Je sélectionnai la carte avec ma souris et la posai sur le sept. Bien. Maintenant, un cinq. Un cinq. Un cinq...

— Siloéééééééééé, bâilla Carmen, ma collègue à moitié effondrée sur son bureau, face à moi. Tu fais quoi ?

— Un truc de fou, marmonnai-je sans cesser de fixer mon écran. Si je gagne cette partie, j'aurai pulvérisé mon record au solitaire. Quarante-deux victoires d'affilée.

Du coup, elle se redressa, très intéressée, et repoussa ses longs cheveux noirs d'Espagnole.

— Remarquable ! Et ça t'a pris combien de temps ?

— Presque une semaine.

— Oh... C'est tout ?

Elle se laissa retomber sur son clavier, déçue.

— Quel horrible travail, gémit-elle. Tu te rends compte ? On en est réduites à jouer aux cartes ! Et si au moins on y gagnait de la considération ! Mais non. Je déteste ce boulot.

Je le déteste, je le déteste, je le déteste. Je préférerais mourir que rester un mois de plus dans cette entreprise !

Je ne relevai pas. J'avais l'habitude, maintenant ; les sautes d'humeur de ma collègue ne m'inquiétaient plus. Au début, j'avais peur qu'elle fasse une bêtise – oh, pas un suicide, bien sûr, mais un burn-out, une dépression ou un pétage de plomb dans les règles de l'art... – puis j'avais compris que Carmen changeait d'avis environ cinq fois par semaine. Demain, le monde serait beau et gentil. Pas de panique.

Son regard pesa sur moi.

— Tu m'écoutes ? s'enquit-elle avec irritation.

— Oui, approuvai-je. Tu aimerais mieux mourir que rester à me regarder jouer aux cartes.

— Exactement.

Je fis un effort pour ravaler mon sourire. Bon sang, il n'y avait qu'ici qu'on pouvait avoir de telles conversations ! Allons, j'allais essayer d'être sympa.

— Tu as déjà fini ton *Livre des Merveilles* ? demandai-je.

Un bruit d'agitation me répondit. Je tâchai de lui lancer un coup d'œil tout en continuant à chercher les cartes sur mon écran. Pas évident. Carmen repoussait ses classeurs savamment disposés autour d'elle pour dégager un cahier de coloriage pour adultes. Elle le feuilleta avec un soupir.

— Hélas, hélas... Je l'aimais bien, pourtant.

— Il a tenu combien de temps ?

— Trois semaines.

Pas mal. Il faudrait que je lui en offre un autre.

— Tu as bouclé le dossier sur l'esquisse du pont à rendre fin juillet ? poursuivis-je.

— On l'a fini ensemble il y a dix jours, Siloé...

— Tu as relancé les gens de l'étude d'impact qui n'avaient pas signé leur livrable ?

— Trois fois depuis lundi. J'attends 15 heures pour les appeler.

— Et le dessin technique du nouveau chantier ?

— Terminé. J'hésite à le colorier, mais le client risque de trouver que ça ne fait pas sérieux.

Comme je la comprenais...

— Tu as fini tout ton classement ? tentai-je encore.

— Avant-hier. Et j'en ai profité pour faire le tien.

Hein ? Je me redressai, à moitié scandalisée. Je me le gardais pour vendredi, ce classement ! Pour finir la semaine sur de l'action et ne pas partir en week-end déprimée ! Bon, il fallait vraiment que je lui trouve quelque chose à faire, sans quoi elle allait venir jouer aux cartes à ma place.

— Ce n'est pas l'heure de nourrir Bidule ?

— Oh !

Elle fondit sur les tiroirs de son bureau et farfouilla dedans à grand bruit. Bien. J'allais pouvoir finir ma partie. Elle sortit une boîte de céréales et la coucha devant son clavier d'ordinateur. Le carton remua tout seul. Je lâchai mon écran une seconde pour regarder. Un minuscule bout de museau rose et frétillant pointait par l'ouverture. Carmen disposa des graines de tournesol juste devant.

— À table, mon Bidule, dit-elle affectueusement. Maman te donne à manger.

Un hamster blanc et brun sortit de la boîte et enfourna les graines dans sa bouche, faisant gonfler ses joues de façon amusante.

— Il est tellement adorable ! s'extasia Carmen. Ça, c'est le Bidule à sa maman !

Voilà.

J'avais beau m'être habituée, je me demandais toujours s'il était bien normal d'apporter son animal de compagnie au boulot. J'avais lu quatre fois le règlement intérieur sans rien trouver à ce sujet. Il disait seulement qu'il était interdit d'amener ses enfants. Était-ce aussi valable pour Bidule ? Parce que, a contrario, on avait tout à fait le droit de venir avec une plante verte ! Dans quelle catégorie classer un hamster ?

Cette question existentielle m'avait occupée deux bonnes semaines quand Carmen avait adopté Bidule, période pendant laquelle j'avais parcouru des dizaines de textes de loi sur le Net, sans trouver de réponse satisfaisante. Mais j'avais appris plein de choses sur le statut des animaux en France et la jurisprudence en matière de violence animale. Ma conclusion ? Les humains étaient définitivement une espèce à éliminer de la planète.

La petite bête cavala de graine en graine, pour le plus grand plaisir de ma collègue. Et pour le mien aussi, il fallait bien le reconnaître. Mon jeu de cartes ne faisait vraiment pas le poids face à une bestiole rigolote.

— Les animaux, c'est la vie, devisa tranquillement Carmen, toute velléité de se suicider envolée. Tu devrais prendre un chien, Siloé.

— Un chien ? m'étonnai-je. Pourquoi ?

— Tu as une tête à avoir un chien.

Une tête à avoir un chien ? Un rapport quelconque avec mes cheveux châtains auxquels je faisais ajouter des reflets blonds par le coiffeur tous les mois ? À cause de mes yeux marron ? Ou pour les taches de rousseur qui constellaient mon nez ?

— Tu peux préciser ? demandai-je prudemment.

— Tu souris tout le temps.

— Euh... Et alors ?

— Eh bien, ça veut dire que...

Un bruit de pas lourds dans le couloir l'interrompit. Bidule et sa boîte de céréales disparurent comme par magie sous les classeurs de Carmen et le jeu de cartes sur mon écran s'évanouit. Zut. Adieu, record !

La porte de notre bureau s'ouvrit sur un homme d'une soixantaine d'années en costume trois-pièces, souriant sous sa moustache blanche.

— Mesdemoiselles, nous salua-t-il.

— Bonjour monsieur Loiseau ! répondîmes-nous en chœur.

— Comment allez-vous ?

— Débordées, comme toujours, affirma Carmen en battant des cils, les coudes posés sur ses classeurs grands ouverts.

— Tant mieux, tant mieux. C'est toujours agréable d'avoir des employées qui travaillent. C'est signe d'une entreprise en bonne santé.

Je hochai la tête avec conviction en ajustant discrètement le dessin technique d'un barrage sur mon plan de travail. On ne contrariait jamais son boss.

— Siloé, ajouta-t-il, je crois que vous aurez bientôt quelque chose à célébrer ?

— Euh... Ah bon ? bafouillai-je.

Mince ! J'avais raté un truc ? Mon anniversaire était le mois dernier, en mars, et Noël ne serait pas tout de suite.

— Ne soyez pas si modeste ! s'exclama mon patron. Le printemps est là, cela fera trois ans que vous êtes parmi nous ! J'espère que vous comptez organiser une petite fête !

— Ah... Oui, oui, bredouillai-je.

— Mais c'était une surprise pour vous, monsieur Loiseau, intervint Carmen pour me sauver. Ne demandez surtout rien de plus !

L'homme se figea.

— Oh non ! s'écria-t-il. J'ai gâché quelque chose ?

J'esquissai le sourire contrit de circonstance tandis que Carmen éclatait d'un rire clair.

M. Loiseau hocha la tête.

— Bien, je ne vous ennuie pas plus longtemps. Je vois que vous êtes très occupées. Mesdemoiselles...

Il esquissa une sorte de courbette amusante et sortit du bureau. La porte claqua sur ses talons et le bruit de ses pas s'estompa dans le couloir. Je restai toute déconfite. Zut. Il allait falloir que j'organise un truc. Ça n'était pas vraiment dans mes projets. Et puis, en plus...

— Carmen ? marmonnai-je.

— Mmh ?

— Tu crois que les employés qui travaillent, c'est signe d'une entreprise en bonne santé ?

Elle pouffa de rire.

— Heureusement que non ! Autrement, Loiseau et Compagnie aurait fermé boutique il y a des années ! Ne t'inquiète pas. Ça va faire six ans que je suis là, je n'ai jamais eu de boulot, et non seulement la société n'a pas coulé, mais en plus, on t'a embauchée pour m'aider !

J'esquissai un sourire un peu crispé et fouillai mon sac à la recherche de mes granules d'homéopathie. J'en tirai cinq tubes, soigneusement annotés par mes soins. Voyons... Ah voilà. « Sensation d'abattement passager ». Exactement ce qu'il me fallait. Je me servis cinq granules. Mon Dieu, trois ans, déjà...

À vrai dire, lorsque j'avais accepté ce poste d'« assistante technico-administrative dans une entreprise de conseil en ouvrages d'art », je n'imaginais pas exactement les choses de cette façon. Qui aurait cru que derrière un titre aussi prestigieux – pompeux même ! – se cachait un boulot de secrétariat à mi-temps ? Et encore, à mi-temps, j'étais gentille...

Bien entendu, les premières semaines, j'étais folle de joie. Carmen me montrait une foule de petites choses que l'école ne nous apprenait pas et, malgré ses sautes d'humeurs et ses ronchonnements au sujet du travail pas adapté/stupide/déprimant/ « et dire que je supporte ça pour un salaire de misère », ma fierté d'avoir trouvé mon premier CDI l'emportait sur tout.

Les mois avaient passé. Et Carmen avait raison. Quelque chose clochait, ici. Je ne faisais pas le travail pour lequel j'avais été formée. Je servais au mieux de secrétaire de luxe, au pire de potiche lors des inaugurations. Il y avait bien quelques dessins techniques à produire de temps en temps, art que j'adorais et dans lequel j'excellais, mais pas assez à mon goût. Concrètement, au quotidien, je m'ennuyais comme un rat mort.

Trois ans. Misère...

Je rouvris mon jeu de cartes. Trop tard, évidemment. La fermeture brutale avait été enregistrée par le logiciel comme un échec, mes statistiques étaient ruinées. Je soupirai. Je n'avais pas envie de recommencer, mais comment m'occuper autrement, jusqu'à 17 heures ce soir ? Je tapotai du bout des doigts sur la table et jetai un regard à ma collègue. Elle avait fermé les yeux et levé le visage vers le plafond d'un air extatique.

– Carmen ?

– Mmh ?

– Tu fais quoi ?

Elle ne bougea pas d'un centimètre.

– Je médite.

– Tu médites sur quoi ?

– Sur le sens de ma vie.

Je haussai un sourcil. Bigre.

– Et tu le trouves ?

– Quoi donc ?

– Le sens de ta vie ?

Du coup, elle ouvrit un œil et m'adressa un immense sourire.

– C'est merveilleux, Siloé. On a tellement de chance ! On a un salaire, un bureau chauffé, un gentil patron... Tout le monde ne peut pas en dire autant. L'Univers prend soin de nous.

Ah. La vie venait de repasser au rose dans le monde de Carmen.

Bon, elle n'avait pas complètement tort. À force de m'enquiquiner, j'avais eu le temps de mener des recherches de tout poil sur Internet. Ma culture générale portait désormais sur des domaines aussi divers que l'élevage des bisons en Norvège, les dernières avancées en nanosciences ou les alternatives à la théorie du Big Bang. Totalement inutile, certes, mais si je passais un jour dans un jeu télévisé, j'allais pulvériser tous les records.

— J'aime ma vie, poursuivit-elle avec un soupir heureux. J'ai passé six ans à ce poste extraordinaire, et je voudrais en passer encore au moins le double ! Toi aussi, pas vrai, Siloé ?

Un flash m'assaillit. Pendant une fraction de seconde, je m'imaginai assise à la place de Carmen, avec des reflets gris à la place du blond dans mes cheveux châtains, quelques rides en plus sur le front, à regarder le plafond en méditant sur le sens de ma vie, avec un hamster dans une boîte de céréales au fond de mon tiroir. J'avalai de travers. Quelle horreur !

Je me redressai, cliquai sur le moteur de recherche de mon ordinateur et entrai « comment rédiger un CV ».

— Qu'est-ce que tu fais ? s'étonna Carmen en me voyant m'agiter.

Je haussai les épaules. Cette fois, c'était décidé.

Je changeais de boulot.

2

CONCILIABULE ENTRE AMIS

Bien entendu, l'idée de trouver un autre travail m'avait traversé l'esprit, et pas qu'une fois au cours des deux années précédentes, mais les informations du 20 heures m'avaient toujours découragée. Décrocher un boulot en France ? Avec la crise, les chômeurs à la pelle, le Pôle Emploi surchargé, les patrons frileux et les impôts qui ne cessaient d'augmenter ? Pas la peine de rêver. En tout cas, c'était ce que je m'étais toujours dit jusqu'à présent. Mais là, il fallait faire quelque chose.

Le moral gonflé à bloc, j'arpentai les couloirs souterrains du métro, portée par un flot de gens pressés que je ne voyais même pas, le nez sur mon téléphone portable. Pour ce genre de décision, l'homéopathie ne suffirait pas, j'avais besoin d'un back-up psychologique à l'épreuve des balles. J'ouvris le groupe de discussion instantané baptisé « 4 Zamis ».

Conseil de guerre à 18 heures au Bar Tok *!* avais-je écrit dans l'après-midi.

Les réponses étaient arrivées.

Pas de problème, je laisse les enfants à ma sœur ! d'Anne-Laure.

18 heures ? Mais tu penses aux gens qui bossent, un peu ? J'espère au moins que tu vas nous annoncer que tu te maries ! de Carine.

Si tu ne te maries pas, je te demanderai ta main ! de Sébastien.

Je souris. Super. Ils seraient tous là.

Et l'heure approchait.

Je descendis six stations plus loin, indifférente à la foule de l'heure de pointe, aux odeurs désagréables et au bruit incessant. Je faisais ce trajet tous les jours depuis plus de deux ans et demi, j'avais appris à m'isoler de mon environnement, à la façon d'un sous-marin fermant ses écoutilles. Chacun des Parisiens qui m'entouraient s'appliquait d'ailleurs à en faire autant. Il n'y avait que les touristes pour regarder partout et essayer de communiquer avec les autres à coups de sourires contrits. Les pauvres. Serrés comme des sardines dans une rame surchauffée avec des autochtones blasés... On n'avait pas dû leur vendre Paris comme ça. La capitale du romantisme, ils s'en souviendraient. En même temps, quelle étrange idée de prendre le métro aux heures de sortie de bureau !

Les notes argentées de la devanture du *Bar Tok* étincelaient dans le soleil d'avril. Comme souvent en fin d'après-midi, les premiers beaux jours de printemps, la terrasse était pleine et les serveurs couraient dans tous les sens. Deux bras s'agitèrent derrière les feuilles d'une plante en plastique sur le bord de la terrasse.

— Siloé ! Par ici !

Ah, Anne-Laure. Je souris. Première arrivée, comme d'habitude, resplendissante dans son tailleur crème préféré, qu'elle ne portait qu'aux grandes occasions. Cela me toucha droit au cœur. Le maquillage irréprochable et le brushing parfait, c'était habituel chez elle, mais ce tailleur-là ? Juste pour moi et ma grande nouvelle ? Ça, c'était mon Anne-Laure !

Je m'empressai de la rejoindre à la table qu'elle avait gardée en étalant foulard en soie, sac à main dernier cri et menus piqués aux voisins.

— Alors ? s'enquit-elle en m'embrassant sur les deux joues. Pourquoi « conseil de guerre » ? Tu vas vraiment te marier ?

— N'importe quoi ! ris-je. J'ai pris une décision bien plus importante que ça ! Je change de boulot !

Elle s'immobilisa net et me contempla avec des yeux ronds sous son mascara sombre.

— Tu... Quoi ? coassa-t-elle.

— Je change de boulot, répétai-je avec assurance.

— Mais... Tu n'y arriveras jamais !

Je fis la moue. Évidemment. Anne-Laure.

Celle-ci secoua sa tête brune et ses cheveux suivirent joliment le mouvement.

— Désolée, désolée, marmonna-t-elle. Tu m'as surprise. Alors...

Elle inspira profondément, les paupières closes, comme elle l'apprenait dans son cours de yoga, puis souffla à grand bruit. Je souris gentiment. Anne-Laure était ma meilleure amie depuis le lycée, j'avais l'habitude de ses petites manies.

— Donc, dit-elle d'une voix posée. Pourquoi veux-tu changer de boulot ?

— Tu sais très bien que je m'enquiquine dans le mien.

— Oh !

Elle me dévisagea avec surprise.

— Mais enfin, Siloé ! Dans ce cas, fais comme moi ! Épouse un gars gentil et riche, fais-lui deux gosses et prends un congé parental pour une durée indéterminée !

Ah. C'était reparti.

— Soixante ans de féminisme pour entendre un truc pareil..., soupirai-je.

— Peut-être, mais au moins, je n'ai plus besoin de m'imposer un boulot... enquiquinant, comme tu dis. Franchement, Siloé, si tu rencontrais l'homme de ta vie et qu'il était assez riche pour te permettre de ne faire que des choses que tu aimes, qu'est-ce que tu choisirais ?

Je grimaçai. C'était une vraie question, ça ?

— Voilà, asséna-t-elle. Et Frédéric ferait n'importe quoi pour me rendre heureuse.

— Et il a un frère, ton Frédéric ? grommelai-je.

— S'il en avait un, je vous aurais mariés depuis longtemps ! Par contre, on organise une petite réception à la maison, vendredi soir, avec ses collègues de la banque. Tu veux venir ?

Ben voyons... Un « ohé ! » m'épargna une réponse très pénible.

Nous nous retournâmes. Un jeune homme aux sourcils noirs trop fournis et aux cheveux fous traversait la terrasse bondée pour nous rejoindre, tee-shirt à tête de mort flottant autour de son corps mince, un grand sourire aux lèvres.

— Salut les filles !

— Salut Seb !

Nous nous levâmes pour l'embrasser.

— Alors, cette nouvelle ? s'enquit-il gaiement.

— Siloé veut se marier pour pouvoir abandonner son boulot, répondit Anne-Laure sans me laisser le temps de parler.

Les yeux noirs de Sébastien s'écarquillèrent.

— Comment ?

— Mais pas du tout ! me récriai-je. Je veux juste en changer, pas me marier !

— Tu n'as pas d'autre solution, déclara Anne-Laure d'un ton catégorique. Changer de boulot, en ce moment, c'est impossible. Dis-lui, Seb.

Mon camarade passa machinalement le pouce sur la tête de mort de son tee-shirt, perplexe.

— Ben... Moi, je galère quand mes CDD se finissent, mais Siloé est plus diplômée que moi...

Je lui souris largement. Voilà, ça, c'était un copain !

— Si tu veux, ajouta-t-il à mon adresse, je peux te recommander à mon ancien patron. Je sais qu'ils ont ouvert un poste de femme de ménage, au supermarché. Un contrat de dix-huit mois. Pas mal, non ?

Mon sourire retomba. OK. En fait, non, ce n'était pas mieux de ce côté-là.

— Je crois que vous n'avez pas compris, dis-je prudemment. Je voudrais rester assistante technico-administrative, mais changer de boîte. Pour avoir un travail plus intéressant. Parce que là, je suis à peine plus qu'une secrétaire.

Ils me contemplèrent, les sourcils haussés par la perplexité. Visiblement, je leur parlais en hébreu.

— Mais..., tenta Anne-Laure, mal à l'aise. Assistante technico-administrative... euh... ce n'est pas un genre de secrétaire, justement ?

Sébastien approuva en agitant sa crinière noire avec conviction.

— Mais pas du tout ! m'exclamai-je, horrifiée. C'est... C'est...

Un trait de lumière éclaira mon brouillard d'épouvante.

— Oh mince, murmurai-je. Je vous ai trop raconté mes journées chez Loiseau et Compagnie et maintenant, vous croyez que c'est ça, mon vrai métier.

Mes amis échangèrent un regard incertain.

— Siloé ! Seb ! Anne-Laure !

Nous nous retournâmes à nouveau. Carine arrivait à son tour sur la terrasse, sa queue-de-cheval blonde flottant dans le vent, ses lunettes relevées sur le haut du front, vêtue de son éternel sweat-shirt gris à capuche. Elle fonça sur moi.

— Siloé ! s'exclama-t-elle alors que je me levais pour l'embrasser. Alors ! Qu'est-ce qui se passe ?

— Je veux changer de boulot, m'empressai-je de répondre avant que les autres le fassent pour moi.

— Mais elle ne veut pas épouser un collègue de Fred pour assurer ses arrières, précisa Anne-Laure d'un air désapprobateur.

— Et elle ne veut pas que je l'aide pour le poste de femme de ménage que je pourrais lui obtenir facilement, ajouta Sébastien, tout aussi contrarié.

Carine les dévisagea comme s'ils débarquaient de la Lune au milieu du brouhaha du bar. Remarqua mon air blasé. Revint aux deux autres.

— Qu'est-ce que vous racontez ? les sermonna-t-elle. Bien sûr que Siloé ne veut pas des collègues de Frédéric. Elle a mille fois les moyens d'assurer toute seule, elle a un potentiel de fou et dès qu'un employeur s'en rendra enfin compte, elle aura une carrière fabuleuse. Et bien sûr qu'elle ne veut pas d'un CDD de femme de ménage. On parle de Siloé, là ! Notre Siloé, celle qui est capable de déterminer le poids que peut supporter un pont avec une calculatrice de poche. Celle qui connaît par cœur toutes les législations en matière de tunnel dans n'importe quelle roche que la Nature a été fichue d'inventer. Celle qui déduit en un seul coup d'œil la capacité de rétention d'eau d'un barrage. Celle qui vous dessine à main levée la tour Eiffel en y mettant toutes les mesures de mémoire. Vous vous souvenez ?

Anne-Laure haussa les épaules et Sébastien sembla soudain très concentré sur la salière posée devant lui. Moi, je m'étais redressée d'un coup, les joues roses de plaisir. Enfin une réaction de copine normale !

Carine se tourna vers moi et m'adressa un sourire rayonnant.

— Je suis tellement contente que tu te décides à sauter le pas, Siloé ! Tu ne pouvais pas rester dans ce job à la con, tu aurais fini par y mourir d'ennui.

— C'est clair, approuvai-je, soulagée et heureuse. Mais attends, ce n'est pas encore fait.

— Oui, évidemment. Ne mettons pas la charrue avant les bœufs.

Elle s'assit avec nous et rabattit ses lunettes sur son nez d'un air extrêmement sérieux.

— Alors, dis-moi tout. Dans quelle école as-tu prévu de t'inscrire ?

— Euh... Hein ? bredouillai-je.

— Ton école. Tu y as déjà pensé, pas vrai ? Tu vas reprendre tes études et faire une école d'ingénieurs, comme moi ?

Ma mâchoire manqua de tomber.

— Mais... Je...

— Je suis restée amie avec mes anciens profs. Si tu veux, je peux faire passer ta candidature pour de la formation continue.

J'en restai coite, incapable d'articuler quoi que ce soit. Mais qui m'avait foutu des amis pareils ?

Anne-Laure pencha la tête et joua pensivement avec son pendentif en or.

— C'est bien aussi, une école d'ingénieurs... Tu vas rencontrer des garçons intéressants, Siloé. Bon, ils seront sûrement un peu jeunes pour toi, ils risquent de te trouver vieille, avec tes vingt-neuf ans, mais au pire, tu pourras te rabattre sur les profs...

L'ahurissement affaissa encore davantage mes épaules.

— Et si tu ne réussis pas, tu auras des contacts pour un bon job, ajouta Sébastien, très sûr de lui. Assistant d'enseignant-chercheur, j'ai des collègues qui ont fait ça, c'est pas mal.

— Mais enfin, de quoi vous parlez ? gémis-je d'une voix un rien trop aiguë. Je ne veux pas reprendre l'école !

— Ah bon ? demanda Carine, effarée. Comment tu comptes faire, alors ?

— Je veux juste que vous m'aidiez à revoir mon CV !

Un silence interloqué enveloppa notre table, dans le bruit ambiant du café.

— J'ai essayé de chercher sur Internet, cet après-midi, ajoutai-je faiblement en esquissant un geste pour sortir ma tablette de mon sac à main, mais les sites se contredisent. Il y en a qui écrivent qu'il faut absolument une photo, d'autres surtout pas, qu'il faut mettre sa date de naissance, d'autres surtout pas, qu'il faut mettre son école en avant, d'autres son expérience en premier... J'ai besoin d'aide pour y voir plus clair.

Pas de réponse. Un doute m'assaillit soudain. Malgré tout l'amour que je leur portais, entre Anne-Laure qui ne travaillait plus depuis des années, Sébastien qui enchaînait les CDD grâce à son réseau, et Carine qui avait reçu des propositions d'embauche alors qu'elle n'avait même pas encore fini son école d'ingénieurs, seraient-ils vraiment de bon conseil ?

Sébastien se redressa soudain et frappa la tête de mort sur sa poitrine.

— Et comment qu'on va t'aider ! s'écria-t-il, attirant l'attention de la moitié du bar. Compte sur nous ! Ce n'est pas un CV qui va nous résister !

Carine et Anne-Laure approuvèrent vigoureusement. La confiance me revint d'un coup. Bien sûr que j'avais raison de leur demander ! J'allais quand même prendre quelques granules de « Épuisement soudain et incompréhension des demandes des proches ». Juste au cas où...

3

UN DÉBUT PROMETTEUR

De fait, mes amis ne se révélèrent pas plus d'accord que les sites Internet sur ce que devait contenir un CV. Pourtant, après une heure de polémique sur l'intérêt de l'anonymisation, six bières, deux mojitos, un repli stratégique à l'intérieur du bar pour échapper à la fraîcheur tombante, et une bonne douzaine de coups d'œil effarés des serveurs, mon document commença à ressembler à quelque chose. Ma tablette trônait fièrement au milieu des verres vides, sur la table métallique que nous avions choisie, et nos fronts se touchaient presque à force de nous pencher dessus.

— La rubrique « Autres centres d'intérêt », c'est hyper important, déclara Sébastien en pointant son long doigt sur le paragraphe concerné. C'est là-dessus que les recruteurs font la différence.

— Pas du tout ! se récria Carine, le nez sur l'écran de son smartphone. Ils ne lisent pas jusque-là ! D'après mon site, ils passent en moyenne six secondes par CV. Siloé, écris ton diplôme en caractères plus gros, il faut que ça accroche le regard.

— Si, c'est important ! Pour un job de laveur de vitres, l'an dernier, le gars avait lu que je jouais du saxo et il m'a appelé pour en parler. On a passé pratiquement tout l'entretien à discuter de nos concerts.

— Tu as été laveur de vitres ? tentai-je de me rappeler, perplexe.

— Ben non, je n'ai pas été retenu.

Ah...

— Mais l'entretien était sympa, insista-t-il devant ma mine déconfite.

— De toute façon, intervint Anne-Laure, Siloé ne joue pas de saxo, donc la question ne se pose pas. Qu'est-ce que tu veux mettre, Siloé ?

— Euh..., bredouillai-je. Le cinéma ?

— Très bien !

— Mais non, trop banal, nous rabroua Sébastien. Tiens, on va mettre que tu fais du kick-boxing.

— Mais je ne fais pas de...

— Aucune importance ! Le recruteur ne va pas te demander une démo, quand même !

Hum. Pas faux...

Je me retrouvai donc avec « kick-boxing, danse africaine et lecture de polars » dans mes centres d'intérêt. J'avais dû insister, pour les polars, parce que mes amis ne voyaient pas l'intérêt, mais il fallait bien que cela me ressemble un peu malgré tout.

— On a fini, soupirai-je, soulagée.

— Mets aussi que tu parles chinois, déclara Sébastien. Ça attirera l'attention.

— C'est vrai, approuva Carine. C'est très recherché, en ce moment.

Je leur adressai un regard blasé.

— Rassurez-moi, vous savez que je ne parle pas chinois ?

— Nous oui, approuva Sébastien, mais eux, non.

— Ils vont s'en rendre compte en deux secondes, s'ils me posent une question.

Cette fois, le regard blasé vint d'eux.

— Siloé.

— Oui ?

— Depuis quand les recruteurs savent parler chinois ?

Ah. Bien vu. Mais tout de même.

Ils finirent par me persuader que les offres d'emploi qui demandaient un candidat parlant chinois recherchaient simplement quelqu'un qui sortait du lot, la crème de la crème, et non un véritable candidat parlant chinois. Après tout, cela se tenait, avec le nombre de personnes qui devaient postuler pour chaque annonce...

Il nous fallut une deuxième heure et une nouvelle série de mojitos pour écrire une belle lettre de motivation bien propre, avec de jolies tournures de phrase et sans la moindre faute d'orthographe. Autour de nous, les clients se succédaient dans le bar, indifférents à ce qui se jouait ici pour moi. Le serveur allumait la télé sur le début d'un match de foot quand mes amis dégainèrent leur smartphone.

— Cette fois, on est prêts, lança Sébastien en faisant mine de s'échauffer les pouces. Vas-y, redis le nom de ton boulot.

— Assistante technico-administrative dans les ouvrages d'art, proclamai-je avec une fierté non dissimulée. Sur Paris, si possible. En banlieue proche, s'il le faut vraiment.

Un concert de tapotements me répondit, tandis que La *Marseillaise* retentissait à la télévision. Je levai le nez. France-Italie ? Je ne connaissais aucun des joueurs à l'écran. En même temps, à part Ronaldo et Zidane, je n'étais pas sûre de reconnaître quiconque dans ce domaine...

— J'ai ! claironna Anne-Laure en brandissant son élégant portable à coque noir et argent. Alors, l'annonce dit que le poste est disponible de suite et qu'il faut au moins deux ans d'ancienneté chez des particuliers.

— Des particuliers ? répétai-je, perplexe.

— Ah non, attends... C'est une annonce d'assistante maternelle, ça...

— Moi, j'ai ! lança Sébastien. Assistante technico-administrative. À pourvoir immédiatement. Bon, ce n'est pas tout à fait dans les ouvrages d'art, mais je pense que ce n'est pas loin.

— C'est quoi ?

— Assistante technico-administrative pour une association d'aide aux personnes à mobilité réduite.

Je le contemplai avec des yeux ronds.

— Ben quoi ? s'étonna-t-il.

— Euh... Tu crois qu'ils construisent des ponts spéciaux pour personnes en fauteuil roulant ?

Il gratta son épaisse crinière, hésitant.

— Peut-être...

— Et toi, Carine, tu as quelque chose ?

Mon amie fronçait le nez derrière ses lunettes.

— Je ne sais pas à quel mot-clé ça renvoie, marmonna-t-elle, mais j'ai une annonce pour un job de découpeur de viande dans une boucherie hallal...

Ah. La magie d'Internet...

J'enregistrai soigneusement ma lettre de motivation et ouvris mon propre moteur de recherche. Il n'y avait plus qu'à écumer les sites pour l'emploi !

Une demi-heure plus tard, portée par l'enthousiasme de mes camarades, le cocktail Spécial Bar Tok que j'avais bien entamé et les acclamations des spectateurs en délire du France-Italie, j'avais postulé à quatre offres, dont celle de l'association des personnes à mobilité réduite. Après tout, qui ne tentait rien...

— D'après les statistiques, on envoie entre trente et deux cents CV avant de trouver le job qui nous convient, lut Carine qui mâchouillait le cordon de son sweat à capuche, les deux coudes sur la table, toujours collée à son écran de smartphone. Tu as du mou, Siloé.

— Trente CV avant d'avoir un entretien ? s'effara Anne-Laure. Sur les sites de rencontre, c'est seulement quinze premiers rendez-vous avant de dégotter l'homme idéal !

— Non, les entretiens d'embauche sont assez faciles à décrocher, mais on n'est pas forcément retenu. Ou parfois, on préfère dire non en se rendant compte que son futur boss est un gros con.

— D'accord, d'accord... Mais... Siloé, tu es sûre que tu ne veux pas venir dîner vendredi ? Tu gagnerais du temps, tu sais ?

Je pouffai de rire dans mon verre presque vide et me redressai, la main sur le cœur.

— Anne-Laure, jurai-je solennellement, quand j'aurai envoyé deux cents CV, je te promets que je viendrai dîner avec les collègues de ton Frédéric.

— Vendu ! Maintenant, la question la plus importante : comment vas-tu t'habiller pour les entretiens ?

Du coup, Carine abandonna son smartphone et releva ses lunettes sur le front, coinçant ses mèches blondes. Aïe. Sujet sensible à l'horizon.

— On s'en fout de comment elle s'habille, Anne-Laure. L'important, c'est sa tête bien faite, pas sa taille de soutien-gorge.

Je laissai échapper une moue dubitative et même Sébastien haussa ses sourcils trop épais d'un air peu convaincu. Anne-Laure secoua son impeccable chevelure brune avec élégance.

— Carine, ce n'est pas parce que ton patron t'autorise à t'habiller comme un sac que tous les autres sont aussi ouverts d'esprit...

— Comme un sac ! s'insurgea celle-ci. C'est mon jogging préféré ! Et mon patron a embauché une ingénieure, pas une pin-up ! Il compte sur le potentiel de mon cerveau, pas sur mon c...

Un rugissement de joie les interrompit. La moitié des gens autour de nous avaient bondi de leurs sièges, les bras levés vers le ciel, et hurlaient tous ensemble. La France venait de marquer.

— OK, repris-je quand un semblant de calme revint dans le bar. J'adapterai ma tenue à l'entreprise qui m'appellera pour un entretien, d'accord ?

Elles se renfrognèrent toutes les deux. Ça voulait sûrement dire oui.

— N'empêche, marmonna Carine en réajustant son sweat gris, Mark Zuckerberg, le fondateur de Facebook, il porte toujours le même tee-shirt noir et il en a dix exemplaires dans son armoire pour ne pas perdre de temps à s'habiller le matin. C'est une attitude de gagnant, ça.

— Moi aussi, je porte toujours des tee-shirts noirs, fit remarquer Sébastien, assez fier de lui.

Carine jeta un coup d'œil à la tête de mort qui ornait sa poitrine et sembla soudain désabusée.

— OK. Siloé, je t'autorise à porter un chemisier.

— Hein ? Mais...

— Il y a un autre sujet de conversation extrêmement important qu'il faut aborder ce soir, l'interrompit Anne-Laure en agitant son téléphone noir et argent.

— Ah bon ?

— J'ai besoin de votre aide pour une décision primordiale. Les collègues de Frédéric viennent manger vendredi. À votre avis, qu'est-ce que je prépare pour le dîner ?

Alors là, nous savions tous quoi répondre, et il n'y avait pas à hésiter.

— Une épaule d'agneau !

— Du saumon en croûte de sel !

– Des boulettes de porc au vermicelle et au chou !

Je lançai un regard effaré à Carine et Sébastien. Mais enfin, ils n'avaient aucun goût ! Et j'avais confié mon CV à ces gens-là !

Les sourcils fournis de Sébastien s'étaient froncés.

– Vous êtes sérieuses, là ? marmonna-t-il.

– Et comment !

– Bon, on va régler ça dans la violence, alors.

Il tendit son poing fermé au-dessus de la table métallique. Carine et moi l'imitâmes immédiatement.

– Attention. Pierre... Feuille... Ciseaux !

Anne-Laure leva les yeux au ciel. Eh bien quoi ? On se battait pour elle, là !

J'avais passé la matinée à chercher des offres d'emploi, à les trier et à répondre à celles qui m'intéressaient le plus. Pour la première fois depuis longtemps, le temps avait filé à une allure merveilleuse et l'après-midi s'annonçait tout aussi productif. Un regard curieux pesait sur moi depuis vingt bonnes minutes, mais je me gardais bien de réagir. Je n'avais pas une seconde à perdre. Tant qu'on ne me demandait rien...

Bien évidemment, cela ne pouvait pas durer.

– Siloé ?

– Mmh ? marmonnai-je.

– Qu'est-ce que tu fais ?

Je levai le nez. Les yeux noirs de Carmen dépassaient par-dessus l'écran de son ordinateur, comme ceux d'un chat à l'affût d'un oiseau.

— Je postule à des offres d'emploi, répondis-je avec la plus grande franchise.

— Tu postules... Tu veux changer de boulot ?

— Oui.

— Ça alors ! Quelle drôle d'idée ! Pourquoi ?

Voyons... Comment répondre de façon diplomatique ?

— Eh bien, je...

— Ne dis rien ! s'exclama-t-elle en levant les mains. Je comprends. Tu as bien raison. Tu trouves des choses qui t'intéressent ?

— Euh... Oui. J'ai déjà répondu à deux offres, aujourd'hui.

— Oh, super ! C'est bien, continue !

Ça alors ! Je ne pensais pas qu'elle le prendrait avec autant d'enthousiasme !

Elle se pencha sur un tiroir pour en sortir la boîte de céréales de Bidule.

— Mais je ne crois pas que tu y arriveras, ajouta-t-elle en ouvrant le sachet de graines de tournesol.

Je ravalai ma moue désapprobatrice. Carmen, quoi.

La sonnerie de mon téléphone m'empêcha de ruminer derrière mon bureau. Numéro inconnu. De la pub ? Je décrochai.

— Allô ?

— Mademoiselle Gautier ? s'enquit une voix féminine.

— Oui ?

— Martine Duval, responsable des ressources humaines de la société Terre de Demain. Je vous appelle à propos de votre candidature pour notre poste d'assistante technico-administrative de...

Je fis un tel bond sur ma chaise que j'en ratai la fin de la phrase. Bon sang ! Déjà ! Mais je n'avais postulé qu'hier ! Et j'avais un appel !

— Oui ? chevrotai-je.

— Je voulais savoir si vous étiez toujours intéressée.

— Oui ! Oui, oui ! Je... Oui, bien sûr !

De l'autre côté du bureau, un éclair de compréhension passa dans les yeux de Carmen.

— Respire ! souffla-t-elle. Tout va bien !

— J'en suis très heureuse, reprit la voix dans mon téléphone. Nous aimerions vous rencontrer. Vous êtes actuellement en poste sur Paris, c'est ça ?

— Oui, oui.

— Seriez-vous disponible pour un entretien, cette semaine ?

— Cette semaine ? coassai-je, au bord de la panique.

— Oui, vendredi par exemple. Vers 15 heures.

— Vendredi ?

Carmen secoua vigoureusement la tête de haut en bas.

— Oui, pas de problème, affirmai-je, tous les muscles tremblants. Vendredi, 15 heures.

— Parfait. Vous rencontrerez M. Herin, le supérieur direct de la personne à recruter, et moi-même.

— D'accord, balbutiai-je.

— Je vous envoie une invitation par e-mail, avec le plan d'accès.

— D'accord.

— Si vous avez la moindre question, n'hésitez pas à me contacter.

— D'accord.

— Et si vous avez un empêchement, prévenez-moi, nous verrons comment déplacer le rendez-vous.

— D'accord.

Oh mon Dieu ! J'étais navrante, avec mes « d'accord » ! Il fallait absolument que je pose une question intelligente !

— Et... Quel est le bus ou le métro le plus proche de chez vous ? articulai-je de mon mieux.

— Ah, nous sommes un peu isolés en banlieue, c'est plus pratique de venir en voiture. Ça pose un problème ?

— Pas du tout ! m'écriai-je. C'est parfait !

— Entendu. Je vous envoie l'e-mail dans les minutes qui suivent.

— ... D'accord.

— Bon après-midi, mademoiselle Gautier.

— Je... Oui, merci... À vous aussi... Au revoir !

Elle raccrocha et je restai pantelante, assise sur ma chaise. Carmen m'observait toujours.

— Siloé ? Ça va ?

— Je crois que oui, bredouillai-je.

— Bon, tant mieux, parce que je pense que ça ne va pas marcher.

Cela eut au moins le mérite de me sortir de mon état de choc. Je la foudroyai du regard, mais elle avait déjà reporté son attention sur Bidule, qui avait profité de la distraction générale pour entrer tout entier dans le sac de graines de tournesol. Je laissai tomber. J'avais plus urgent à faire. Je tirai de mon sac ma collection de tubes d'homéopathie. « Stress intense » ou « Nervosité, mains qui tremblent » ? Hum... Choix cornélien. Allez, « Estomac noué ».

J'avalai les cinq granules et passai au problème suivant. Une voiture.

Je repris mon téléphone et appelai le premier numéro en mémoire. La tonalité résonna deux fois.

— Allô ?

— Anne-Laure ? C'est Siloé. J'ai besoin que tu me rendes un immense service !

— Oui ? Pour le dîner avec les collègues de Fred ?

Je haussai les sourcils, perplexe. Elle n'avait pas lâché cette affaire-là ?

— Tu peux me prêter ta voiture, vendredi ? J'ai un entretien je ne sais pas où en banlieue, et on ne peut pas y aller en transports en commun.

— Un entretien ? s'exclama-t-elle. Déjà ? Mais tu as envoyé combien de CV, ce matin ?

— Deux. C'est un de ceux d'hier qui a fait mouche.

Un silence.

— Tu sais, Siloé, si c'est juste un prétexte pour dîner à la maison en même temps que les collègues de Fred, tu n'as pas besoin de...

— Anne-Laure ! gémis-je. Je te jure que j'ai un entretien !

Je l'entendis glousser à l'autre bout.

— OK, je te crois. Et je te prête ma voiture, à une condition.

— Tout ce que tu veux !

— Tu viens réellement dîner vendredi.

Je fronçai le nez.

— Tu es sérieuse, là ?

— Tu as vraiment besoin d'une voiture ?

Un soupir m'échappa.

— Ça marche pour le dîner. Mais dans ce cas, moi aussi, j'ai une condition.

— Laquelle ?

— Même si je n'ai pas gagné au Pierre-Feuille-Ciseaux, je ne veux pas des boulettes de porc, je veux du saumon en croûte de sel.

Elle éclata de rire.

— Oh, Siloé !

— Quoi ? grognai-je, prête à mordre.

— J'ai fait les courses ce matin, le poisson est déjà dans mon frigo !

— Ah bon ? Alors que Seb nous a laminées ?

— Bien sûr ! Je n'avais pas perdu l'espoir que tu viendrais.

Je me redressai sur ma chaise, ravie. Ça, c'était de la meilleure copine ! Cet entretien s'annonçait sous les meilleurs auspices. Je me sentais même prête à parler en chinois !

Enfin, non.

En chinois, peut-être pas.

4

SUEURS FROIDES
ET PREMIER ENTRETIEN

Les jours qui me séparaient du vendredi passèrent à toute allure. Il avait fallu en urgence poser une demi-journée de RTT en prétextant un rendez-vous chez le dentiste, choisir une tenue – et pas un tee-shirt noir – convenable, répéter mon discours de présentation sans loucher sur mon CV à chaque phrase, le tout en continuant à postuler un peu partout pour maximiser mes chances de succès.

Conformément aux conseils de Carine, j'avais trouvé trois qualités et trois « axes d'amélioration » (on ne disait plus « défauts », paraît-il) qui convenaient à ma personnalité. J'avais aussi appris à dire bonjour en chinois. Autant dire que j'étais prête, même si mes jambes se liquéfiaient dès que je m'imaginais en face de mes interlocuteurs. Et pourtant, j'avalais des kilos de granules d'homéopathie ! D'ailleurs, quand j'étais allée à la pharmacie en milieu de semaine pour refaire mes stocks, le pharmacien m'avait appelée par mon prénom. Peut-être que ça aurait dû m'inquiéter, mais j'avais décidé de reporter cette réflexion à plus tard.

Sous le soleil doux de ce début de vendredi après-midi, vêtue d'une « robe toute simple pour la maison », ce qui correspondait à ce que j'aurais pu porter pour rencontrer de futurs beaux-parents, Anne-Laure me tendit les clés de sa voiture.

— Relax, Siloé, me conseilla-t-elle en réajustant le col de mon chemisier. Après tout, tu ne le veux pas vraiment, ce job, pas vrai ?

— Ah bon ? coassai-je.

Elle allait encore me parler de mariage !

— Tu ne voulais pas un travail dans Paris intra-muros ? Là, tu pars au fin fond de la banlieue !

Ah oui, exact. Le soulagement détendit mes épaules.

— C'est juste un entraînement, affirma encore mon amie. N'oublie pas de te tenir droite et de regarder les gens bien dans les yeux. Tu me raconteras ce soir, OK ?

— OK, répondis-je, pleine de reconnaissance.

— Et si tu veux penser à autre chose sur le trajet, sache que Frédéric a beaucoup parlé de toi à un certain Brian. Il a trente-deux ans, il arrive tout droit de Cambridge et il cherche une jolie Française pour construire sa vie. Il est plutôt beau garçon et, sur photo, tu lui plais énormément.

Je manquai de m'étrangler.

— Anne-Laure !

— Tu me remercieras à la naissance de ton premier enfant, ma chérie. Je veux être la marraine, d'accord ? Bon courage pour l'entretien !

Elle souriait d'un air tellement heureux que je ne trouvai rien à répliquer. Je montai dans la voiture en ruminant et programmai le GPS de mon téléphone. Brian, Brian... Je lui en collerais, moi, du Brian ! J'étais sûre qu'il ne parlait pas chinois, en plus !

Je pris donc la route dans un état d'esprit à mille lieues de la sérénité. Que voulait-elle que je fasse d'un banquier anglais ? Et s'il n'aimait pas les fromages bien faits dont je raffolais ? Et s'il exigeait de manger ces horribles gâteaux à la *jelly* à chaque fête ? Qu'allait devenir notre couple ? Je secouai la tête, soudain sidérée. Je n'étais quand même pas en train d'imaginer ma rupture avec un type que je n'avais jamais vu ! En tout cas, Anne-Laure avait raison, ça me permettait de penser à autre chose...

J'ouvris la fenêtre. Hors de question de transpirer et d'arriver toute moite à l'entretien. L'air me fit du bien. Je ne m'étais pas rendu compte que j'avais chaud à ce point, sous ce timide soleil d'avril. Autour de moi, la circulation sur les boulevards était dense, mais plutôt fluide. Il n'était pas encore l'heure de partir en week-end pour les Parisiens. Je lançai la playlist de mes musiques préférées pour me changer les idées. D'une façon ou d'une autre, j'étais sûre que ça allait me porter bonheur...

Au bout d'une minute, je chantais à tue-tête dans la voiture, oubliant totalement ce qui m'attendait au bout. Mon fidèle GPS proposa de changer mon itinéraire en constatant un accident sur le chemin principal. Quel brave petit soldat ! J'acceptai le nouveau chemin et, selon ses consignes, bifurquai dans des rues plus étroites, toujours en chantant. La vie était belle !

Je roulai ainsi de ruelle en ruelle pendant une bonne vingtaine de minutes avant de tomber sur une petite Clio blanche qui bloquait la route. Je pilai. Bon sang, qu'est-ce que c'était que ces gens qui s'arrêtaient au milieu du chemin ? Je patientai. La Clio tentait un créneau pour se garer sur une place où elle aurait tenu trois fois. Elle recula et braqua, pas assez, donc avança de nouveau, braqua de nouveau, mais trop, avança encore. Je haussai un sourcil et jetai un coup d'œil à l'heure. 14 heures. J'étais large. Je recommençai à chanter, mais en fredonnant cette fois, un peu contrariée malgré tout. La rue était étroite, impossible de doubler. Il fallait attendre.

La Clio manœuvra une nouvelle fois. J'ouvris de grands yeux. Elle allait toucher la voiture déjà garée ! Elle s'immobilisa à un centimètre de l'autre pare-chocs. Je soufflai. Ouf. Elle l'avait ratée. Elle avança pour reprendre du champ. Je m'appuyai plus confortablement contre mon dossier. Mon Dieu. Dire que les gens qui possédaient une voiture vivaient ce genre de choses tous les jours...

Elle avança, recula, avança, recula, avança, recula. La moutarde me monta lentement au nez. C'était un gag ou quoi ? L'heure tournait ! La Clio se gara enfin. Je me redressai précipitamment et enclenchai la première. Sauf que la Clio était un peu de biais. Elle ressortit. Mon sang ne fit qu'un tour. Je levai les deux mains au ciel.

– Putain ! Mais tu la bouges, ta caisse ?

La Clio s'immobilisa et la portière passager s'ouvrit. Je compris brusquement que mes vitres étaient toujours grandes ouvertes. Mes joues et mes oreilles virèrent au cramoisi. Ils n'avaient quand même pas... entendu ?

Un homme sortit de la voiture. Plutôt jeune, de taille moyenne, brun... et l'air beaucoup trop détendu pour que ce soit normal. Je me ratatinai sur mon siège, la bouche sèche. Il vint s'appuyer contre le toit de ma voiture et plongea son regard dans le mien par la fenêtre ouverte. Un regard marron clair, presque trop clair sous ses mèches sombres, franchement flippant.

– Un problème, mademoiselle ? s'enquit-il d'un ton enjôleur.

– Euh... Non, non, pas du tout, balbutiai-je, cramponnée à mon volant.

– Tant mieux. Parce que, voyez-vous, ma petite sœur est en train d'apprendre à conduire et ce n'est pas évident...

– Ah... Ah ?

Il continuait à me fixer. En plus des yeux trop clairs, il avait un visage trop carré. Une voix trop grave. Des épaules trop larges. Une présence beaucoup trop... présente, dans le faible espace de ma fenêtre. Oh mon Dieu ! Un psychopathe ! Il allait me découper dans une cave et je n'avais même pas eu l'occasion de dire à Anne-Laure que je lui pardonnais pour Brian !

Je déglutis péniblement.

– Je suis désolée, je... Vous comprenez... J'ai... J'ai un entretien dans une heure et... Et j'ai peur d'être en retard... C'est hyperimportant... Je...

Il fronça les sourcils sur ses yeux trop clairs.

– Un entretien... comme un entretien d'embauche ?

– Ben... Oui...

Il soupira, se redressa et tapota le toit de ma voiture.

— OK pour cette fois. Mais ne stressez plus les gens qui se garent. Ce n'est pas gentil.

Bouche bée, je le regardai repartir vers la Clio et faire signe au conducteur de lui laisser la place. Une jeune fille d'à peine seize ans aux longs cheveux noirs sortit, l'air contrit, et m'adressa un sourire timide. Je le lui rendis, aussi horriblement gênée qu'elle, tandis que son frère réussissait son créneau du premier coup.

Je réenclenchai la première et avançai doucement, pas encore tout à fait sûre d'être tirée d'affaire. La jeune fille me fit un petit signe de sympathie quand je la dépassai, mais je n'eus pas le temps de répondre. J'enfonçai l'accélérateur. Je voulais disparaître de là !

Malheureusement, la circulation parisienne m'attendait au tournant et les embouteillages me tombèrent dessus sans prévenir. Même mon GPS ne les avait pas vus arriver. La demi-heure d'avance que j'avais prévue fondit comme neige au soleil au milieu des gaz d'échappement et des klaxons des gens excédés. De plus en plus angoissée, je regardais les minutes s'égrener à une vitesse surréaliste. Là, je ne chantais plus du tout. Le cœur battant, je me faufilai dans chaque espace vide et brûlai chaque feu qu'il était possible de brûler sans emplafonner les bus qui déboulaient dans l'autre sens. Bon sang, se présenter en retard à un entretien ! Si les sites s'accordaient sur une seule chose, c'était bien d'éviter cette erreur !

Je me garai dans le parking de Terre de Demain avec très exactement dix-sept secondes d'avance, le front trempé de sueur et le ventre transformé en plomb. Pas le temps de revoir ma coiffure dans le rétroviseur, ni de relire mon CV, ni même de prendre cinq malheureux granules d'homéopathie, il fallait foncer ! Je jaillis de la voiture comme un diable d'une boîte, mon sac à la main, et me précipitai à l'accueil.

— Bonjour, articulai-je, à bout de souffle, à l'intention de la standardiste stupéfaite. Je... Je suis Siloé Gautier... J'ai... J'ai rendez-vous... avec... avec...

Oh mon Dieu, les noms !

Je sortis précipitamment mon téléphone de ma poche et cherchai l'e-mail de confirmation.

— ... avec Mme Duval et M. Herin.

La lumière se fit dans les yeux de la femme assise derrière son bureau.

— C'est pour l'entretien d'embauche ?

— Oui.

— Allez vous asseoir là-bas. Je les préviens de votre arrivée.

— OK. Merci.

Je suivis des yeux la direction indiquée jusqu'à quatre fauteuils installés autour d'une table basse couverte de magazines. Bon. Si c'était un ordre...

— Mademoiselle ! me rappela la standardiste à voix basse.

— Oui ?

Elle jeta un regard dans le couloir vide qui s'étendait de part et d'autre de l'accueil et reporta son attention sur moi.

— Respirez à fond, d'accord ?

Je me sentis très bête.

— Euh... D'accord...

Elle sourit et décrocha son téléphone. Mince. Je devais être dans un état... J'avais intérêt à me ressaisir si je voulais faire bonne impression. Qu'avait dit Anne-Laure, déjà ? Je ne voulais pas vraiment de ce job ? Bon sang, j'avais l'impression de jouer ma vie !

— Mlle Gautier est là, entendis-je dire la standardiste dans le combiné tandis que je me dirigeais vers les fauteuils. Oui. Oui ? Très bien.

Elle raccrocha.

— Ils seront à vous d'ici à un petit quart d'heure, me lança-t-elle.

La mâchoire m'en tomba. Un quart d'heure ? Avec le mal que je m'étais donné pour arriver pile poil à l'heure ? Et le Code de la route que j'avais réinterprété à ma façon, au risque de prendre cinquante contraventions ? Bande de malappris !

Trente minutes plus tard, j'attendais toujours sur mon fauteuil. Je bouillais, mais plus du tout pour les mêmes raisons. Alors ça, c'était le pompon ! Cette fois, c'était sûr, je ne voulais pas de ce job. Une entreprise où les gens manquaient de respect à ceux qui se donnaient du mal pour être à l'heure ? Très peu pour moi ! Si je n'avais pas eu besoin d'un peu d'entraînement « en situation réelle » pour les entretiens, je serais partie !

— Mademoiselle Gautier ?

Je sursautai. Une femme à la silhouette longiligne vêtue d'un tailleur élégant me faisait signe depuis le bout du couloir. Toutes mes bonnes résolutions en matière de « je-suis-zen-parce-que-je-ne-veux-pas-ce-job » s'évaporèrent et je bondis sur mes pieds, le cœur battant.

– Madame Duval ? coassai-je.

Elle s'approcha pour me serrer la main.

– Si vous voulez bien me suivre...

Elle m'emmena dans un bureau où un homme d'âge moyen en chemise au col ouvert attendait en lisant un document qui ressemblait furieusement à mon CV.

– Mademoiselle Gautier, me salua-t-il en se levant, je suis Luc Herin. Pardonnez-nous pour ce retard, j'étais coincé dans une réunion qui s'éternisait.

– Pas de problème, répondis-je, presque sûre de le penser à cette seconde précise.

– Asseyez-vous, je vous en prie. Nous n'allons pas perdre plus de temps...

Eh ! Qui avait perdu du temps, jusqu'à présent ?

Contre toute attente, le début de l'entretien se déroula plutôt bien. Ils me présentèrent leur société et le poste, informations qui me rentrèrent par une oreille et me ressortirent aussitôt par l'autre, occupée que j'étais à respirer calmement et à sourire de façon « naturelle », puis ils me laissèrent la parole. Je déroulai ma présentation sans accroc, tandis que mes deux interlocuteurs hochaient la tête régulièrement.

– Je n'ai pas très bien compris, m'interrompit Luc Herin alors que je m'apprêtais à conclure, en tapotant mon CV du bout de l'index sur la table. Vous faites quoi, actuellement, chez Loiseau et Compagnie ?

Je me crispai intérieurement. J'étais restée volontairement vague, mais de toute évidence, ça ne passerait pas aussi facilement.

— Je suis les dossiers de nos clients, de la mise en place des chantiers à l'inauguration, répondis-je avec mon plus beau sourire – du moins, je l'espérai.

— D'accord, mais concrètement, qu'est-ce que ça veut dire ?

Cela voulait dire que je jouais aux cartes et que je regardais ma collègue nourrir son hamster.

— Je reprends les travaux des ingénieurs et des architectes, je fais mes propres dessins techniques, je valide les calculs et les matériaux choisis, je mets en place les agendas et les rétroplannings, j'apporte l'expertise et le retour d'expérience de notre entreprise...

Il hocha la tête d'un air satisfait et reposa la main à plat sur mon CV. Ouf !

— Bien, apprécia Mme Duval en débouchant son propre stylo. Passons à un plan un peu plus RH. Pourriez-vous me citer trois de vos qualités les plus marq...

— Oh non, pas les trois qualités et trois défauts ! l'interrompit l'homme. On sait très bien qu'elle va nous parler de sa rigueur, sa motivation, son enthousiasme, blablabla, sans oublier son côté trop perfectionniste.

J'en restai bouche bée. Mince ! Comment avait-il deviné ?

— Vraiment ? bredouillai-je, perturbée.

— Tout le monde répond la même chose, laissa-t-il tomber tandis que la responsable RH affichait un sourire un peu forcé. Les sites Internet manquent d'imagination à ce sujet.

Ah...

— À la place, pourriez-vous me donner trois bonnes raisons de ne pas vous embaucher ?

Mes yeux s'arrondirent un peu plus. Trois bonnes raisons de ne pas...

— Euh... Ben... Non...

Il partit d'un rire franc.

— S'il vous plaît, insista-t-il.

Je jetai un coup d'œil à Mme Duval, qui hocha la tête d'un air navré. Je me mordillai les lèvres. Zut. Que pouvait-on bien répondre à ça sans se griller définitivement ?

— Eh bien... Je... Vous... Je...

Mes neurones pédalaient dans la semoule. Pour quelle bonne raison pourraient-ils ne pas me prendre ? Ah oui, bien sûr !

— Vous pourriez ne pas me prendre parce que vous avez rencontré un candidat meilleur que moi, déclarai-je.

Cela semblait évident, en fait.

Les deux acquiescèrent d'un bel ensemble.

— Quoi d'autre ? enchaîna Luc Herin sans se laisser émouvoir par le bien-fondé de ma réponse.

Comment ça, quoi d'autre ? C'était à lui de savoir pourquoi il ne m'engagerait pas ! Et d'abord, si moi, je n'avais pas envie de venir ? Ah ! Ça me donnait une idée.

— Vous pourriez avoir peur que j'habite trop loin, énonçai-je. Qu'une Parisienne intra-muros n'ait pas envie de travailler en banlieue.

— Très bien. Quoi d'autre ?

— Voyons...

Je triturais mon propre stylo sans y penser, trop concentrée sur la question. Quoi d'autre, quoi d'autre... Ils étaient marrants, eux ! Je n'avais pas réfléchi à ça !

— Vous pourriez penser qu'à mon âge, je vais avoir des enfants dans un futur pas très éloigné...

Un silence.

— ... mais ce n'est pas dans mes projets, ajoutai-je d'un ton rassurant. Je n'ai même pas de copain, alors vous imaginez, les bébés...

Luc Herin se frotta la tête.

— Effectivement, marmonna-t-il, je n'avais pas envisagé tous ces aspects-là.

— Ce ne sont que des hypothèses, soulignai-je précipitamment, pas des réalités, hein ? C'est vous qui m'avez demandé !

— Oui, oui, je sais...

Il échangea un regard avec Mme Duval, qui haussa les épaules comme pour se dégager de toute responsabilité.

— Très bien ! s'exclama-t-il. Mademoiselle Gautier, vous m'avez convaincu. Vous n'êtes pas retenue.

Je le dévisageai, bouche bée. Il se leva et se frotta les mains, l'air très content de lui. La responsable des ressources humaines laissa échapper un soupir, visiblement blasée.

— Luc, un jour, il faudra que vous me laissiez mener les entretiens pour la partie RH...

— Pourquoi ?

Elle ne répondit pas. L'homme se tourna vers moi.

– Merci d'être venue, mademoiselle, c'était très instructif. Bon courage pour vos recherches.

Incapable de bouger, je continuai à le fixer, incrédule. Mais... Mais qu'est-ce que c'était que ce type ?

5

UN DÎNER EN BONNE COMPAGNIE (?)

— Un imbécile, assura Anne-Laure.

— Un sacré connard, tu veux dire ! lança Frédéric depuis l'autre bout de la table.

— Des vicieux comme ça, on n'en voit pas beaucoup, approuva Damien, assis à ma droite.

— En tout cas, il n'a pas fini de rencontrer des candidats, s'il les traite tous comme ça, nota le fameux Brian, à ma gauche. Avec un incompétent pareil au recrutement, le poste va rester vacant un moment.

Les convives s'esclaffèrent et je tentai un sourire, consciente que le résultat n'était pas une franche réussite. En racontant mes mésaventures à Anne-Laure tandis que nous préparions le dîner, je n'avais pas imaginé qu'elle répéterait tout à ses invités au cours de l'apéro !

De l'altercation avec le psychopathe des créneaux à mon autosabotage forcé, chacun de mes actes avait été commenté, décortiqué, analysé, exactement comme si je n'étais pas là. J'avais grignoté mes cacahuètes en silence, mes bâtonnets de carotte et mes bouchées à la saucisse en espérant que la conversation finirait par tourner, mais elle s'éternisait. Sans la promesse du saumon en croûte de sel, peut-être que j'aurais prétexté une migraine pour me sauver lâchement...

En tout cas, Anne-Laure n'avait pas menti. Le dénommé Brian était sacrément beau garçon, avec ses cheveux noirs négligemment coiffés en arrière, son sourire discret et sa veste qui lui taillait des épaules avantageuses. Bon, peut-être un peu prétentieux dans sa manière de parler de lui, un peu condescendant avec ses collègues, un peu hautain lorsqu'il analysait le comportement des chargés de ressources humaines, mais après tout, il était banquier. Mes inquiétudes à propos de la *jelly* revinrent au galop. Je finis mon verre d'un trait. Misère. Quelle nouille je faisais, parfois...

— Je propose que nous passions à table, lança Anne-Laure en se levant. Frédéric...

Son mari bondit sur ses pieds et invita ses collègues à passer au salon. Je me dépêchai de suivre mon amie à la cuisine, sans quitter des yeux Frédéric. Ils formaient vraiment un couple complice. Elle n'avait eu qu'à dire son nom et *pouf* ! Les choses s'enchaînaient sans qu'ils aient besoin d'en parler. Un tel destin m'attendait-il, si j'épousais aussi un banquier ? Je coulai un regard discret vers Brian. Celui-ci me dévorait des yeux. Mes joues chauffèrent brutalement et je me précipitai dans la cuisine.

— Qu'est-ce que tu fais ? s'étonna Anne-Laure en me voyant m'aplatir contre le réfrigérateur.

Je serrai les lèvres, persuadée d'être rouge jusqu'à la racine des cheveux.

— J'ai douze ans, marmonnai-je.

— Oh ! Formidable. Est-ce que ça fait disparaître les rides ?

Mon téléphone se mit à vibrer dans ma poche, m'empêchant de trouver une repartie intelligente – s'il était possible de répondre quelque chose d'intelligent dans mon état. D'autant plus qu'Anne-Laure n'avait pas la moindre ride, pas même une toute petite qu'aurait pu cacher son maquillage sophistiqué.

— Allô ?

— Bonjour, dit une voix féminine, je souhaite parler à Siloé Gautier.

— C'est moi.

— Ah, très bien, bonjour madame. Ici le cabinet de recrutement Delta Conseil. Avez-vous quelques minutes ?

La mâchoire m'en tomba et je regardai l'heure affichée sur le four. 21 heures. 21 heures, un vendredi soir ? Sérieusement ?

— Euh... Oui, oui, bredouillai-je.

Armée d'un torchon pour sortir le gratin de légumes du four, Anne-Laure me jeta un coup d'œil inquisiteur.

— Parfait. Vous êtes à la recherche d'un emploi, n'est-ce pas ?

— Oui, oui.

— Vous avez répondu à une offre d'assistante technico-administrative dont nous avons la charge. Vous êtes toujours en poste, actuellement ?

— Oui, oui.

— Très bien. Donc j'imagine que vous n'êtes pas complètement libre de vos horaires pour des entretiens.

Avez-vous la possibilité de poser une demi-journée pour nous rencontrer ?

J'ouvris de grands yeux, stupéfaite. Tant de sollicitude chez un recruteur ? Dingue !

— Je... Oui, oui.

Décidément, ma communication au téléphone, ça ne s'arrangeait pas...

— Impeccable. Seriez-vous éventuellement disponible mardi matin ?

— ... Oui, oui.

Anne-Laure avait posé son plat fumant sur le plan de travail et me fixait avec une curiosité non dissimulée.

— Un garçon ? articula-t-elle silencieusement.

Je secouai la tête avec vigueur. Elle haussa les épaules, déçue.

— On peut dire 8 heures, si cela vous convient ? poursuivait mon interlocutrice.

Cette fois, je tiquai.

— Euh... Où vous situez-vous ? demandai-je, un peu inquiète.

— À deux minutes à pied de la station Montparnasse. Je vous envoie le plan par e-mail dès que nous aurons raccroché.

Montparnasse ! Pas besoin de voiture !

— Aucun problème, assurai-je, toute ma confiance revenue. 8 heures mardi matin, c'est parfait.

Anne-Laure hocha la tête d'un air entendu. Elle avait compris.

— Très bien, je note. Vous passerez quelques tests de personnalité, puis un entretien avec M. Renoir. En cas de problème, n'hésitez pas à m'appeler à ce numéro.

Des… tests ? De personnalité ? Mais qu'est-ce que c'était que ce truc ?

— Bonne soirée, madame Gautier.

— Euh… Oui… Merci, à vous aussi. À… À bientôt…

Cela coupa. Je restai toute bête au milieu de la cuisine, à regarder mon téléphone. Mon amie se planta devant moi, son torchon toujours à la main, les poings posés sur les hanches d'un air menaçant.

— Siloé, j'espère que tu ne te limites pas aux « oui, oui » quand tu prends un verre avec un homme.

Je me redressai, scandalisée.

— Enfin, Anne-Laure, bien sûr que non ! Là, c'était pour un entretien, pour le boulot. Forcément, j'étais un peu impressionnée.

Elle plissa les yeux pour m'examiner. Mouais. Je ne l'avais pas convaincue. Au fait, ça remontait à quand, la dernière fois que j'avais pris un verre avec un homme ? Bah, aucune importance. J'avais décroché un deuxième entretien !

— Siloé ! me rappela-t-elle tandis que j'emportais les couverts de service vers la salle à manger.

— Oui ?

— On est d'accord, hein ?

— Sur quoi ?

— Devant Brian, « oui, oui » interdit !

Je lui souris d'un air mutin.

— Oui, oui !

— Félicitations ! s'exclama Brian en faisant tinter son verre contre le mien. Deux entretiens en une semaine, c'est admirable.

Je rosis tandis que les compliments montaient de partout autour de la table.

— On l'a aidée à refaire son CV, se rengorgea Anne-Laure qui disposait joliment les légumes gratinés autour des tranches de saumon servies par Frédéric. Ça ne pouvait pas rater.

— Sûrement, acquiesça Brian, mais même la plus belle forme du monde ne sert à rien sans le fond. La formation et les expériences de Siloé doivent être impressionnantes.

Je rougis un peu plus. Il était charmant, en fait.

Il se tourna vers moi et me décocha un sourire à tomber par terre.

— Mais ça ne m'étonne pas. Je me suis rendu compte que les femmes les plus intelligentes étaient souvent aussi les plus jolies.

Mon cœur battit plus vite. Je fis mine de boire pour pouvoir me cacher derrière mon verre de vin blanc, affolée. Oh lala, s'il aimait la *jelly*, je me ferais un devoir de lui en préparer moi-même tous les soirs !

— Et du coup, que comptes-tu faire, une fois que tu auras décroché un poste à responsabilités ? s'enquit-il, visiblement satisfait de son petit effet.

— Comment ça ? bredouillai-je.

— Combien de temps comptes-tu rester ? Un an ? Deux ?

Je le regardai sans comprendre.

— Ou peut-être jusqu'à la naissance de ton premier enfant, comme Anne-Laure ? ajouta-t-il devant mon silence.

Hein ? Mais qu'est-ce qu'elle lui avait raconté sur moi ?

— Euh... Je pensais y rester un moment, avouai-je. Je... Je n'ai pas trop trop réfléchi à la question...

— Il faut bien y penser avant, assura Georges, un homme d'une cinquantaine d'années. Ce qui est important dans la vie d'une femme, c'est ce qu'elle est capable de mener comme carrière, pas ce qu'elle mène réellement.

— Anne-Laure aurait pu devenir la directrice des ressources humaines de son entreprise, ajouta Frédéric en frottant affectueusement l'épaule de mon amie. Elle a démissionné juste après avoir reçu la proposition. Je suis extrêmement fier d'elle.

Tous les hommes hochèrent la tête avec respect tandis qu'Anne-Laure prenait un air modeste. Je les contemplai, ahurie. Ils blaguaient, non ? Brian m'observait toujours avec attention.

— J'ai l'impression que tu n'avais jamais vu les choses comme ça, glissa-t-il à mon oreille, amusé.

— Euh... Non, avouai-je.

— Ne t'inquiète pas. On aura mille fois le temps d'en reparler. Si tu n'as pas envie de lâcher ton boulot, il n'y a aucune raison de te forcer, pas vrai ?

Il n'aurait manqué plus que ça ! Je déglutis péniblement ma bouchée de saumon. J'allais faire un truc qui mettrait Anne-Laure hors d'elle, mais tant pis.

— Oui, oui...

Il sourit gentiment. Mon ventre se serra d'angoisse. Soudain, rien ne m'apparut plus flippant que d'envisager une histoire d'amour avec un banquier ! Et ce n'était plus une question de *jelly* !

6
RECHERCHES ACTIVES

Je passai le week-end à chercher des offres d'emploi, en ciblant mieux mes critères. Si l'on m'avait dit que je décrocherais deux entretiens dès la première semaine ! Bon, deux entretiens sur presque trente CV envoyés, certes, mais en une semaine, que diable !

Pour la première fois depuis longtemps, le lundi matin me vit arriver souriante au bureau. Le soleil avait décidé de s'installer pour de bon et, malgré les températures matinales encore un peu fraîches, j'avais mis une jolie robe pourpre qui faisait ressortir les reflets blonds de mes cheveux. Le beau temps et l'espoir me donnaient l'impression d'avoir rajeuni de dix ans. J'allais changer de boulot ! J'y étais presque !

Je trouvai Carmen avachie sur son bureau, la tête posée sur son clavier d'ordinateur, sa longue chevelure noire étalée partout autour d'elle. Ah. Dépression à l'horizon. Et si j'essayais de lui proposer mes tubes d'homéopathie ?

– Bonjour Carmen ! la saluai-je d'une voix chantante, en espérant que cela la remettrait d'aplomb.

Un grognement à peine humain me répondit. Hum. À ma connaissance, Bidule n'émettait pas de tels sons. Ou alors il était sacrément enrhumé.

— Oh... Siloéééé... C'est horrible comme je m'ennuiiiiie...

Je jetai un coup d'œil à la pendule accrochée au mur. Pas encore tout à fait 9 heures du matin.

— Tu n'as pas allumé ton ordinateur, signalai-je. Ça t'occuperait.

— Oui... Peut-être, oui...

Elle repoussa ses longs cheveux et tendit la main vers le bouton de l'unité centrale avec la rapidité d'un paresseux mal réveillé. L'appareil démarra avec un ronronnement doux. Je mis le mien en route, nettement plus enthousiaste. J'avais de nouvelles annonces à éplucher !

— Je devrais faire comme toi, Siloé..., gémit-elle. Et quitter ce boulot de m...

— Si tu veux, je peux t'aider à refaire ton CV, proposai-je gaiement.

— Ah ?

— Bien sûr ! Tu as envie qu'on regarde maintenant ?

Elle me scruta de haut en bas, puis de bas en haut, les sourcils froncés sur ses yeux noirs.

— Tu t'es faite bien jolie, aujourd'hui, remarqua-t-elle sans répondre à ma question.

— J'ai le moral, m'amusai-je. C'est le printemps, il fait beau et j'ai un entretien demain.

— À mon avis, c'est mauvais signe. Quand tout va trop bien, il se passe toujours un truc affreux.

Je me retins de soupirer. Si quelqu'un devait m'apporter la poisse, c'était bien elle.

Des pas rapides retentirent dans le couloir. Je tendis la main par réflexe vers ma souris, puis me rendis compte que je n'avais rien à cacher, puisque je n'avais encore rien ouvert de suspect. Quelle habitude bizarre, franchement...

M. Loiseau entra dans la pièce, élégant comme toujours, un sourire jusqu'aux oreilles sous sa moustache blanche.

– Mesdemoiselles, bien le bonjour !

– Bonjour monsieur Loiseau !

– Comment allez-vous, ce matin ?

– On traite l'urgent en priorité, affirma Carmen avec le plus grand sérieux.

Je hochai la tête pour confirmer. Moi, en tout cas, je traitais ma propre urgence en priorité. D'ailleurs, à ce sujet...

– Monsieur Loiseau ? demandai-je de ma voix la plus innocente. Est-ce que je peux prendre ma matinée demain ? Je dois retourner chez le dentiste, il n'a pas pu tout régler en une fois.

– Ma pauvre petite, répondit l'homme en grimaçant. Comme je vous plains. Pas de problème, bien entendu, faites au mieux. Les dents, ça ne pardonne pas si ce n'est pas soigné correctement.

Un pincement de culpabilité me serra le cœur, puis je vis sur le coin de mon bureau mes dossiers déjà bouclés jusqu'à la fin de la semaine – en ce lundi matin à 9 heures... – et cela passa.

— Par contre, je veux tout le monde sur le pont lundi prochain ! s'exclama-t-il, sa bonne humeur revenue. J'ai une surprise pour vous !

— Une surprise ?

— Cela fait trois mois que je complote avec le service comptabilité pour vous préparer une journée Team Building inoubliable. Nous partons passer la journée au musée du Louvre ! Et le soir, dîner gastronomique dans un restaurant privatisé, avec dégustation de vins !

J'en restai clouée sur ma chaise, coite.

M. Loiseau nous observait, la moustache frétillante de ravissement.

— J'adore quand vous faites ces têtes-là, se réjouit-il en se frottant les mains. Je compte sur votre présence, n'est-ce pas ?

Carmen se ressaisit la première.

— Oui ! s'écria-t-elle. Bien entendu ! Monsieur Loiseau, vous nous gâtez tellement !

Il se rengorgea avec une fierté manifeste. Mon téléphone choisit cet instant pour laisser entendre sa petite sonnerie guillerette. Mon cœur manqua un battement. Devant mon patron ! Il ne manquait plus que ça !

— Répondez, offrit celui-ci, toujours aussi heureux. C'est peut-être important.

Je jetai un coup d'œil à l'écran. Numéro inconnu. Aïe aïe aïe... Mais maintenant que M. Loiseau m'en avait pratiquement donné l'ordre, ne pas répondre serait suspect.

— Allô ? bredouillai-je.

— Madame Gautier ?

— Oui ?

— Bonjour, société Duvernoy au téléphone. Je vous appelle au sujet de votre candidature.

Oh non, catastrophe ! Je voulais mourir maintenant, tout de suite, foudroyée par un éclair !

— Oui ? dis-je pourtant d'une voix chevrotante, avec l'impression que le sang quittait mon visage.

— *Nĭhăo. Hĕngāoxīngrènshínĭ. Nénggàosùwŏnĭ de míngzìmá ?*

J'ouvris de grands yeux.

— Euh... Pardon ? balbutiai-je.

— *Hĕngāoxīngrènshínĭ. Nénggàosùwŏnĭ de míngzìmá ?* répéta la voix.

— Euh...

Carmen et M. Loiseau froncèrent les sourcils avec un bel ensemble. Mon sang se mit à battre contre mes tempes. Dans quelle situation m'étais-je fourrée, cette fois ?

— Vous ne parlez pas le mandarin ? reprit la voix, soudain beaucoup plus sévère.

— Euh... Je... Euh... Non...

— Vous savez ce que ça coûte, de mentir sur un CV ? Je pourrais vous licencier pour ça !

Hébétée, je ne répondis rien. Il pouvait... me licencier ? Mais il ne m'avait même pas embauchée !

— Au revoir, madame Gautier. Et je ne vous souhaite pas une bonne journée.

Il raccrocha. Abasourdie, je fixai mon portable qui s'éteignit tranquillement.

— De la pub ? s'enquit M. Loiseau avec sollicitude.

— Euh... Oui, bredouillai-je.

— Tu hésites ? s'étonna Carmen.

— Ben... Je... Je crois qu'il m'a parlé en chinois...

Ils secouèrent la tête d'un air entendu et compatissant.

— Décidément, le démarchage sauvage, ça devient n'importe quoi. Vous avez bien fait de lui raccrocher au nez, Siloé.

Hum. Voilà, on allait dire ça.

Mon patron se redressa et réajusta sa veste.

— Sur ce, mesdames, je vous laisse. J'ai encore quelques bureaux dans lesquels annoncer la bonne nouvelle, ce matin. Vous recevrez un e-mail plus tard avec les modalités de notre journée Team Building, je compte sur vous pour être prêtes ! Passez une merveilleuse semaine !

Il partit avec autant d'énergie qu'à son arrivée. Moi, j'étais littéralement liquéfiée sur mon siège. Carmen me jeta un coup d'œil critique.

— Siloé, j'espère que tu as honte.

Eh bien, maintenant qu'on en parlait... Ça existait, l'homéopathie contre la honte ?

— En plus, ajouta-t-elle avec un soupir d'extase, on a vraiment un boulot incroyable. Tu te rends compte ? Le Louvre ! Et un dîner gastronomique ! J'ai tellement hâte ! Comment peux-tu faire un coup pareil à M. Loiseau ? Il est si gentil !

Je la foudroyai du regard. Un jour, je lui dirais ses quatre vérités. Mais pas maintenant. Maintenant, il fallait d'urgence que je change mon CV !

Le reste de la journée se noya dans des recherches diverses, comme l'historique complet du Louvre, les questions possibles à un test de personnalité ou les risques encourus par les gens qui mentaient sur leur CV. Où je découvris en effet que, oui, mon futur patron aurait pu me virer.

Rouge de confusion a posteriori, je finis par tomber sur un site qui proposait une série de questions pièges parfois posées par les recruteurs. Intéressant, ça ! Je cliquai sur le lien et lus les différents items. Mes yeux s'arrondirent au fur et à mesure. Bon sang, donner trois arguments pour ne pas être embauchée n'était qu'un préambule ! Mais qui aurait l'idée de demander des trucs pareils ?

Je me ressaisis. Si c'était écrit sur Internet, d'autres que moi le trouveraient aussi, et pour peu qu'ils soient recruteurs, je devais être prête à leur répondre ! J'attrapai mon stylo et une feuille de brouillon. Voyons...

Que feriez-vous si vous gagniez 5 millions d'euros demain ?

Facile, ça. J'arrêterais de bosser et j'achèterais plein de garages à louer aux Parisiens qui ne savent pas quoi faire de leurs bagnoles. Plan infaillible. Mais pas sûr qu'un recruteur serait heureux de l'entendre. Peut-être qu'en parlant de la paix dans le monde... ?

Je me redressai un peu sur ma chaise de bureau pour jeter un coup d'œil à Carmen par-dessus nos écrans d'ordinateur.

— Carmen ?

— Hum ?

— Tu ferais quoi si tu gagnais 5 millions d'euros demain ?

Ma collègue agita la main comme si elle chassait des mouches.

— Cette question ! Je ferais enfin réparer ma fichue chaudière qui bourdonne comme une ruche !

Ah, oui, très bien, ça !

Je notai soigneusement.

— Qu'est-ce que tu fais ? s'intéressa-t-elle.

— Je répertorie les questions bizarres qu'on peut me poser en entretien pour me déstabiliser, marmonnai-je.

— Pourquoi voudrait-on te déstabiliser ?

— Pour mesurer ma résistance au stress, des trucs comme ça.

— Oh ! Je peux t'aider ?

Je lui jetai un coup d'œil. Elle semblait de bonne humeur, cet après-midi.

— Si tu pouvais changer quelque chose chez toi avec un coup de baguette magique, lus-je, qu'est-ce que ça serait ?

Carmen réfléchit.

— Mmh... J'imagine qu'il faut quelque chose pour te mettre en valeur. Tu as déjà une idée ?

— Oui. Je pensais à « Je me donnerai la capacité de deviner ce qui rend les gens heureux, et je serai une collègue géniale ».

Elle ouvrit des yeux admiratifs.

— C'est super ! Et c'est vraiment ce que tu ferais ?

— Bien sûr que non ! Je ferais en sorte de ne plus jamais avoir besoin d'aller chez le coiffeur, évidemment !

Nous cherchâmes ainsi combien de fois les aiguilles d'une montre se chevauchaient par jour, si l'air dans les roues de voiture tournait quand la voiture roulait, la distance de l'étoile la plus proche et une foule d'autres informations aussi inutiles qu'amusantes. Nous passâmes même une bonne heure à choisir la meilleure blague possible à raconter en cas de « Pourriez-vous me faire rire ? » intempestif.

Au moment de rentrer chez moi, j'étais fin prête. L'entretien du lendemain serait une formalité !

7

EN CABINET DE RECRUTEMENT

Non seulement j'étais arrivée à l'heure en ce mardi matin encore un peu frais, mais en plus, la demoiselle derrière le bureau d'accueil m'avait accueillie avec un sourire charmant.

— Dans votre cas, m'expliqua-t-elle en m'accompagnant dans une petite salle aux murs blancs où trônait un ordinateur, le client a mandaté notre cabinet de recrutement pour mener les recherches et les entretiens, sélectionner pour lui une *short list* de quatre ou cinq candidats, et il se chargera du choix final. Nous devons donc lui fournir des renseignements aussi précis que possible, d'où l'utilité des tests de personnalité.

Je hochai la tête avec le plus grand sérieux. Je ne l'avais découvert que la veille, mais j'avais bien compris le fonctionnement des cabinets de recrutement.

— Il n'y a ni bonne ni mauvaise réponse, poursuivit-elle. Ces tests servent à déterminer qui vous êtes au fond de vous, pour nous aider à savoir qui serait votre chef idéal et le type de management dont vous avez besoin, si vous êtes plutôt une fonceuse ou si vous êtes plus à l'aise avec une équipe autour de vous.

— Très bien, approuvai-je, sûre de ma préparation mentale.

— Il y a plusieurs séries de questions à choix multiples, ne vous étonnez pas si certaines sont redondantes ou si vous êtes obligée de répondre l'inverse de ce que vous avez mis à la question précédente à cause des choix limités, c'est fait exprès.

Je haussai un sourcil. Étrange, comme concept. Mes recherches d'hier ne m'avaient pas prévenue de ça.

— Très bien, répétai-je pourtant.

— Pour finir, il y a des petits tests de logique. En général, ça plaît aux gens. Prenez votre temps et appelez-moi si vous avez le moindre problème.

Elle alluma l'ordinateur et ouvrit un logiciel dans lequel elle entra mon nom.

— Il y en a environ pour une heure. Ensuite...

Elle gloussa et je me tournai vers elle, curieuse.

— Ensuite ?

— Ensuite, vous aurez un entretien avec Valérien Renoir. Ne vous laissez pas déstabiliser, d'accord ?

— Euh... Par quoi ?

Elle rit derechef.

— Vous verrez !

La panique serra mon estomac. Oh misère ! À quoi ressemblait ce Valérien Renoir ? Qu'était-il, dans la liste de mes pires cauchemars ? Cynique ? Pervers ? Sadique ? Chinois ?

La jeune femme me laissa seule avec mon trouble devant l'écran d'ordinateur sur lequel s'affichait un gros logo vert *START*. Malgré mon cœur qui battait à cent à l'heure, je m'installai en feignant d'être très à l'aise – ce qui ne servait à rien puisque personne ne pouvait me voir. Bien. Si tout le monde en passait par là et qu'il n'y avait pas de mauvaise réponse, je n'avais aucune raison de m'inquiéter. Je n'étais pas plus bête qu'une autre.

Je cliquai sur le logo *START* et la première question apparut.

Quels adjectifs vous décrivent le mieux, selon vous ?
✓ Ponctuel et rigoureux
✓ Agréable et empathique
✓ Combattant et endurant

Eh bien... Tous !

Il me fallut cinq bonnes secondes avant de fixer mon choix sur « Ponctuel et rigoureux ». Pour le poste que je briguais, cela me semblait le plus adapté. Je cliquai et la deuxième question apparut.

Quels adjectifs vous décrivent le moins bien, selon vous ?
✓ Respectueux de votre hiérarchie et loyal
✓ Ponctuel et rigoureux
✓ Soucieux de votre famille et de vos amis

Mmh... Je ne pouvais pas cocher « Respectueuse de ma hiérarchie » et encore moins « Soucieuse de mes amis » ! Ce qui me laissait... « Ponctuel et rigoureux ». Pouvait-on revenir en arrière ? Je cherchai un instant, mais non, impossible. Donc soit je prétendais être une rebelle devant mon patron, soit je déclarais que je me fichais de ma famille et de mes amis, soit... Je grimaçai. Très bien. Je choisis la dernière option : passer pour une girouette. Après tout, la demoiselle de l'accueil m'avait prévenue que certaines réponses ne seraient pas cohérentes.

Allez, il fallait oublier ça et passer à la suite. La question 3 s'afficha.

Si l'on demandait à vos parents quelles qualités vous n'aviez pas enfant que vous possédez aujourd'hui, quelles seraient-elles ?
✓ Organisé et ordonné
✓ Calme et réfléchi
✓ Ponctuel et rigoureux

Voyons... J'avais toujours eu un petit côté bordélique que je conservais aujourd'hui, donc pas le 1, j'étais du genre à réfléchir avant d'agir depuis mes trois ans, donc pas le 2, ce qui me laissait... Mais qui avait pondu ce test ?

Il me fallut une bonne heure et cinq granules de « Sensation de problèmes insolubles » pour venir à bout des choix ahurissants proposés par l'ordinateur. Si quelqu'un arrivait à tirer quoi que ce soit des réponses que j'avais données, je teignais mes taches de rousseur en violet. J'avais eu l'impression de me contredire cent fois en cinquante questions et je ne comptais plus le nombre d'items où j'avais dû choisir entre la peste et le choléra. Sans parler des phrases à double négation, où j'avais coché au pif parce que je n'en avais pas saisi le sens.

Du coup, effectivement, les tests de logique où il suffisait de trouver le symbole suivant en fonction des sept premiers me semblèrent d'une simplicité enfantine.

Je finissais à peine quand la jeune femme de l'accueil revint frapper à la porte.

– Ça s'est bien passé ? s'enquit-elle en entrant.

– À vous de me le dire, marmonnai-je. Je ne suis sûre de rien.

Elle rit gentiment.

– C'est comme ça pour tout le monde, ne vous inquiétez pas. Vous allez venir patienter quelques instants dans le petit salon près de l'accueil, le temps que M. Renoir analyse vos résultats. Il viendra vous chercher ensuite.

J'acquiesçai et la suivis dans le couloir avec soulagement. Nous croisâmes un jeune homme en costume précédé d'une autre hôtesse d'accueil, ils entrèrent dans la salle blanche que nous venions de quitter. Mon cœur se serra brièvement. Pauvre garçon, s'il savait...

Je me retrouvai donc à attendre dans une pièce ronde lumineuse, où des fauteuils en cuir rouge entouraient une petite table couverte de prospectus. J'en pris un pour me donner une contenance, même si je savais que j'allais avoir du mal à me concentrer sur quoi que ce soit alors qu'un recruteur s'apprêtait à surgir. Les paroles de la secrétaire me revinrent en mémoire. Ne pas se laisser déstabiliser, hein ? Peut-être qu'elle parlait des tests, pas de ce Valérien Renoir. De toute façon, je le saurais très vite...

Les minutes s'étirèrent, longues comme autant d'éternités. Mais je le comprenais, le pauvre M. Renoir. Analyser mes réponses ne devait pas être une mince affaire. Et s'il me découvrait une tendance à la dépression nerveuse ? Parce que c'était un peu mon état d'esprit à la fin du test...

Une voix masculine finit par interrompre mes pensées de plus en plus angoissées.

— Mlle Gautier est dans la salle d'attente ?

— Oui, monsieur Renoir, répondit la jeune femme de l'accueil. Je vous accompagne.

Je bondis sur mes pieds et m'assurai d'un bref serrage de poing que ma main droite n'était pas moite. Parfait. Il n'y avait qu'à impressionner ce gars et...

Mes neurones s'arrêtèrent brutalement de tourner. Le « gars » venait d'apparaître dans l'ouverture de la porte de la salle d'attente. Le sang quitta mes joues. Ma tête. Tout le haut de mon corps. Mes jambes, aussi.

Yeux trop clairs au milieu d'un visage trop carré, épaules trop larges, présence trop présente, pas de doute, c'était lui ! C'était le psychopathe des créneaux ! Oh misère ! Je voulais disparaître dans un trou ! Mourir sur place, foudroyée par un éclair divin salvateur ! N'importe quoi ! Mais qu'est-ce qui m'avait pris de venir dans cet endroit ? J'étais foutue ! Sauf si... Sauf si... Y avait-il la moindre chance pour qu'il ne se souvienne pas de moi ?

— Vous ! s'exclama-t-il.

Argh ! Au secours !

— Vous vous connaissez ? s'étonna la demoiselle de l'accueil.

Un sourire ravi s'élargissait sur le visage terrifiant de Valérien Renoir.

— Nous nous sommes déjà rencontrés, éluda-t-il. Eh bien, mademoiselle Gautier, si vous voulez bien me suivre...

Liquéfiée, les genoux mous comme du coton, le regard fixé sur mes pieds, je le suivis avec l'impression de vivre les derniers instants de ma vie.

Il m'emmena dans un petit bureau lumineux où deux chaises encadraient une table moderne dotée d'un ordinateur dernier cri.

– Si j'avais su qu'on allait se recroiser comme ça, s'amusa l'homme en refermant la porte derrière moi.

Et moi donc...

– Vous alliez réellement à un entretien d'embauche, alors !

– Évidemment, marmonnai-je. Un truc pareil, ça ne s'invente pas.

Il éclata de rire, et j'osai enfin lever les yeux vers lui tandis qu'il s'asseyait côté ordinateur. Il avait l'air content. En tout cas, nettement moins agressif que lors de notre première rencontre. Je me détendis légèrement, mais ne me laissai pas tromper. Les documentaires étaient formels : les psychopathes se montraient toujours charmants quand ils n'étaient pas en période de crise. Il me fallait rester sur mes gardes.

– Vous alliez chez qui ? voulut-il savoir.

– Une entreprise toute pourrie, maugréai-je dans ma barbe.

– Toute pourrie ? Pourquoi y êtes-vous allée, alors ?

– Je ne pouvais pas deviner qu'elle était pourrie, avant. Mais j'aurais dû m'en douter. Une mésaventure pareille sur le trajet, ça ne présageait rien de bon...

Il rit à nouveau, et je ne pus m'empêcher d'esquisser une moue dépitée. Ça le faisait marrer, lui ?

— Désolé, désolé, déclara-t-il en retrouvant un peu de sérieux. Ma sœur m'a passé un savon, vous savez ? Elle m'a dit que j'avais... légèrement sur-réagi et qu'elle avait honte de moi. Du coup, je suis bien content de vous revoir. Mademoiselle Gautier, permettez-moi de vous présenter mes excuses les plus sincères.

Je le dévisageai avec des yeux ronds. Il souriait, mais il n'avait pas l'air de se moquer de moi. Bigre...

— Et pourquoi l'avez-vous trouvée pourrie, cette entreprise ? reprit-il sans me laisser le temps de me remettre.

Je me renfrognai.

— Ils m'ont forcée à m'autosaboter, grognai-je.

— Comment ça ?

J'hésitai un instant. Puis je me rappelai que j'avais affaire à un psychopathe et que, ruiné pour ruiné, autant me défouler pendant cet entretien ! Je lui racontai donc l'anecdote. Il secoua la tête d'un air désapprobateur.

— Vous avez mal répondu, dit-il.

— Je m'en étais rendu compte, figurez-vous, marmonnai-je.

— Vous auriez dû dire quelque chose comme « Une bonne raison de ne pas me prendre, c'est que je suis beaucoup trop chère pour vous ». Ça leur aurait rabattu leur caquet.

J'avalai de travers.

— Vous rigolez ! Si j'avais dit un truc pareil, ils ne m'auraient jamais prise !

Il sourit innocemment. Je reçus le message cinq sur cinq. OK, ils ne m'avaient pas prise de toute façon.

Valérien Renoir se redressa dans son fauteuil.

— Vous le savez peut-être, mais dans ce genre de cas, le recruteur ne cherche pas la vérité, il souhaite seulement tester votre réactivité, votre imagination ou votre esprit d'à-propos. Vous n'avez pas besoin de donner une réponse exacte. La plupart du temps, si vous tournez ça à l'humour, c'est gagné. Enfin... À condition de ne pas tomber sur un crétin qui s'improvise chargé de RH et qui vous pose des questions pièges sans connaître les règles.

Je retroussai le nez. Sans blague...

Il me jeta un regard par en dessous.

— Ça va ?

Je pris une seconde pour analyser la situation. Pour le job, c'était foutu. Je n'imaginais pas ce type me faire passer un entretien juste et objectif. J'avais deux possibilités. Faire comme s'il ne s'était rien passé et rentrer chez moi pleurnicher sur mon sort, ou bien retrouver ma fierté. Anne-Laure me l'avait assez répété pendant ses études de psychologie : « Quand quelque chose se passe mal et que tu as été prise de court, revis cette situation en imagination et trouve les mots que tu aurais dû dire, jusqu'à ce que l'autre s'excuse dans tes pensées. » Eh bien, cela tombait à pic, la réalité allait dépasser mon imagination, et j'avais largement eu le temps de trouver ce que j'aurais dû dire quelques jours plus tôt !

Je croisai les bras et redressai le menton en signe de défi.

— Bien sûr que non, ça ne va pas, déclarai-je. Vous m'avez fichu les jetons délibérément, et même si ça vous fait rigoler aujourd'hui, moi, je vous trouve méprisable. En plus, je suis persuadée que si vous aviez été à ma place, vous auriez hurlé beaucoup plus tôt que moi sur une conductrice qui n'arrivait pas à garer sa voiture. Au lieu de comprendre et de m'aider, en dégageant l'espace pendant cinq secondes pour que je passe, vous avez préféré vous la jouer gros muscles sans cervelle. Et ça vous a apporté quoi ? Vous étiez fier de vous, après ? Vous avez fait peur à une fille ? Vous vous êtes senti héroïque ? Vous n'êtes pas quelqu'un de bien, monsieur Renoir. Pas du tout.

L'homme me considéra d'un air perplexe, les sourcils haussés.

– Euh... Vous n'en faites pas un peu trop ?

Hum... Dans mon imagination, ça marchait mieux que ça. Bon, plan B. Je haussai les épaules avec la dignité d'une reine.

– Je me suis débarrassée de quelques ex un peu trop collants, comme ça, répondis-je sans rien perdre de ma superbe.

Une étincelle s'alluma dans les yeux trop clairs de mon interlocuteur.

– Ah oui ?

– Oui.

– Oh...

Il me considéra avec beaucoup plus d'attention. Eh bien, quoi ? C'était quoi son problème, ce coup-là ?

– Puis-je vous demander combien, si ce n'est pas indiscret ?

– Combien de quoi ?

– Combien d'amoureux malheureux vous avez éconduits.

– Mais... Ça ne vous regarde pas ! m'insurgeai-je.

— D'accord, d'accord, mais plutôt trois ou plutôt quinze ?

Ma mâchoire manqua de se décrocher. Il sortait d'où, ce type ?

— Plutôt quinze, évidemment, marmonna-t-il dans sa barbe. Bon sang, j'aurais dû m'en douter, en vous entendant jurer dans votre voiture...

Mes joues s'enflammèrent.

— Je ne comprends vraiment pas de quoi vous parlez, maugréai-je.

— Non, bien entendu.

Il m'étudia encore une poignée de secondes, les mains croisées devant le visage. Je pouvais presque voir les rouages tourner à toute allure dans son cerveau. Il se redressa soudain, avec l'air de quelqu'un qui a pris une grande décision.

— OK, déclara-t-il. Mademoiselle Gautier, je voudrais vous proposer un arrangement. Vous me rendez un service, et moi, je vous prépare pour vos prochains entretiens.

J'ouvris des yeux larges comme des soucoupes. Un... service ? Quel genre de service ce gars pouvait me demander ? Forcément un truc louche !

— Je ne sais pas à quoi vous songez, quand vous froncez les sourcils comme ça, ajouta-t-il en désignant mon front, mais je vous rassure tout de suite, ce n'est pas un plan bizarre. J'ai besoin d'aide pour ma sœur.

Mon Dieu ! Il lisait dans mes pensées !

Je me ressaisis. Même si je ne comprenais pas tout, il avait prononcé les mots magiques, « je vous prépare pour vos prochains entretiens » et ça, ça ne se laissait pas passer. Louche ou pas, je devais savoir de quoi il retournait.

— Votre sœur ? m'enquis-je donc avec méfiance. Si c'est pour un créneau, vous vous en sortez très bien tout seul.

— Merci, sourit-il, mais non, la conduite, je la garde pour moi. Mon problème, c'est plutôt les garçons.

L'ahurissement fit retomber mes épaules crispées.

— Les garçons ?

— Enfin, un garçon en particulier, précisa-t-il. Celui que ma sœur fréquente en ce moment. Il est... Comment dire ? Disons que ce n'est pas un type pour elle, mais je n'arrive pas à le lui faire comprendre et, lui, je n'arrive pas à le dissuader de sortir avec elle.

Je haussai un sourcil. Qu'est-ce que c'était que cette situation absurde ? Il blaguait, non ? Ou alors c'était un de ces fameux tests de RH pour tester ma réactivité avec des questions peu communes ?

— J'ai du mal à croire que vous n'ayez pas réussi à le faire fuir, bougonnai-je. Vous avez essayé de vous appuyer contre sa voiture et de lui faire un sourire de psychopathe ?

Valérien Renoir se gratta la tête.

— Je vous assure que oui, mais ça n'a rien donné...

Il le reconnaissait ! Il savait qu'il avait une tête de psychopathe ! Fallait-il que je parte en courant ? Oh misère ! Ça ne servait à rien, mon adresse était inscrite en haut de mon CV !

— Vous n'auriez pas une idée ? m'implora-t-il. Ça doit être un jeu d'enfant, pour vous ! C'était quoi, votre phrase, déjà ? Vous n'êtes pas quelqu'un de bien ? Ça marche sur un ado de dix-sept ans ?

Je le contemplai, incrédule. Et en plus, il me faisait des yeux de cocker mouillé ! Je clignai des paupières. Bon, OK, avec cette bobine-là, je comprenais mieux les avertissements de la secrétaire sur une éventuelle déstabilisation. Mais c'était toujours un psychopathe, et je plaignais sa sœur ! Et puisqu'on en était là...

— Qu'est-ce que vous lui reprochez, à ce pauvre garçon ? demandai-je.

Valérien Renoir se redressa, soulagé.

— Il n'est pas assez bien pour elle, asséna-t-il. Ils ne se correspondent pas du tout. Ma sœur est une jeune fille bien élevée, un peu timide, et lui, il est plutôt du genre punk à chien.

J'esquissai une moue perplexe en imaginant un couple aussi improbable.

— Vous ne croyez pas que vous devriez faire confiance à votre sœur et la laisser vivre sa vie ?

L'air horrifié de mon interlocuteur m'apprit que non.

— Et vos parents, enchaînai-je avant de lui laisser le temps de dire un truc de psychopathe. Ils doivent avoir leur avis sur la question ?

Il se renfonça dans son fauteuil, le visage soudain fermé.

— Ils sont morts il y a dix ans. Ma sœur en avait six. Mes frères et moi sommes ses tuteurs légaux.

Ah. Ça calmait un grand coup, ça. Très bien, je comprenais pourquoi il s'était senti obligé de me terroriser dans ma voiture. Il jouait le grand frère poule hyperprotecteur.

— En général, elle vit chez moi, ajouta-t-il, sauf quand on se fâche un peu trop, elle va habiter chez un de mes frères, mais ça ne dure que quelques jours. Ils sont beaucoup plus... envahissants que moi.

Eh bien, qu'est-ce que ça devait donner. Pauvre gamine...

— Au moins, la solution à votre problème n'est pas compliquée, relevai-je.

— Comment ça ?

— Vous voulez le faire fuir, votre punk à chien ? Accueillez-le, donnez-lui du « monsieur », du « très cher » et du « quel type d'argenterie aimeriez-vous que l'on vous offre pour vos épousailles ». Si avec ça, il ne se barre pas en courant...

Un sourire de psychopathe – authentique – naquit sur le visage de Valérien Renoir.

— Vous êtes géniale, murmura-t-il. Je tente ça ce soir.

— Votre sœur va vous détester, le prévins-je.

Il écarta ma remarque d'un geste de la main.

— Je préviendrai Tibère qu'elle risque de débarquer. Il préparera sa chambre.

Je tiquai. Tibère ? Valérien et Tibère ? J'avais eu ma lubie Rome antique quelques mois plus tôt. Les longues heures de « travail » passées sur des sites spécialisés dans cette période m'avaient laissé quelques souvenirs.

— Vos parents avaient un faible pour les empereurs romains, non ?

Il sourit.

— Mon deuxième frère s'appelle Marc-Aurèle et ma sœur Philippa, si ça peut répondre à votre question.

Cela y répondait. Une famille impériale, donc. Fichtre... Cela dit, moi qui m'appelais Siloé, je n'allais pas critiquer.

Surtout si les géniteurs de cette fratrie étaient morts depuis dix ans.

L'homme se redressa sur son siège.

— Et maintenant..., commença-t-il.

Son ton soudain sérieux me rappela pourquoi j'étais là et je me ratatinai un peu de mon côté du bureau. Valérien Renoir aligna parfaitement devant lui son clavier d'ordinateur, son bloc-notes et un stylo noir. Je fronçai le nez. Est-ce qu'il pouvait arrêter de faire des trucs de psychopathe, juste cinq minutes ?

— Une promesse est une promesse, déclara-t-il. Je vous fais passer votre entretien et voici le code : à chaque fois que je souris, vous savez que vous devez changer de réponse.

— Euh... OK.

Psychopathe.

Psychopathe, psychopathe, psychopathe.

8

VALÉRIEN RENOIR

Cet étrange entretien se passa infiniment mieux que je l'aurais cru. Je finis même par trouver le petit sourire en coin de Valérien Renoir plutôt craquant. Je récitai donc ma présentation détaillée, répondis quand il me demanda des précisions sur certaines lignes du CV et parlai même un peu en anglais. Le kick-boxing me valut un coup d'œil moqueur, tout comme la danse africaine. Ça m'apprendrait à me laisser embarquer par mes amis...

— Vous parlez vraiment chinois ? s'enquit-il au bout d'un moment.

Je rougis jusqu'à la racine des cheveux. Un sourire rayonnant pas du tout psychopathe illumina son visage. OK. Carrément craquant.

— Il faudra le retirer, dit-il sans la moindre méchanceté.

— Je sais, marmonnai-je. C'est déjà fait sur la version actualisée. C'est juste que vous avez un CV qui date de la semaine dernière.

— Oh... Vous voulez me raconter ?

Je grimaçai.

— Ça dépend. Ça fait partie de l'entretien ou pas ?

Il éclata de rire.

— Non, ça restera entre nous !

J'acquiesçai et lui révélai l'horrible coup de fil. Il eut le bon goût de prendre un air compatissant, mais ses prunelles claires flambaient d'hilarité. En même temps, si quelqu'un d'autre m'avait raconté ça, ça m'aurait amusée aussi...

— Voilà qui est réglé, conclut-il en barrant la mention « chinois » de sa feuille. Je suis content que vous appreniez vous-même de vos erreurs, vous progresserez d'autant plus vite.

— Est-ce que... Est-ce que...

Je le regardai timidement.

— Est-ce que vous pensez que j'ai une chance d'être retenue ? Même si j'ai crié sur votre sœur ?

Il se pinça les lèvres, soudain grave.

— Pour ma sœur, c'est oublié, grommela-t-il. Le problème est ailleurs.

— J'ai fait une mauvaise présentation ? m'exclamai-je, catastrophée.

— Non, votre présentation est très bonne, surtout avec les modifications que vous avez apportées au fur et à mesure.

— Ah ? Mais... Quoi, alors ?

Ses sourcils s'étaient froncés de contrariété. Il jeta un coup d'œil à l'écran de son ordinateur, comme si celui-ci pouvait lui donner la réponse, puis soupira.

— Très bien, je vais vous dire la vérité, même si je ne suis pas censé dévoiler les coulisses d'un recrutement. Vous garderez ça pour vous, d'accord ?

— Euh... oui, balbutiai-je.

— Mon client veut recruter un homme. Son équipe de dix personnes comporte déjà neuf femmes. Au nom de la parité, la loi m'oblige à lui présenter autant de candidats masculins que féminins, mais je sais déjà qu'il ne convoquera que les hommes pour l'entretien final.

— Mais... Mais..., m'étranglai-je. C'est injuste !

— Ça dépend pour qui. Lui risque de se retrouver à payer des compensations s'il ne respecte pas la mixité dans ses équipes...

J'en restai effondrée, les mains crispées sur l'ourlet de ma veste.

— J'ai... J'ai passé l'entretien pour rien ?

— Pas pour rien, tempéra-t-il. Vous avez corrigé plein de petites choses dans votre présentation et je suis content de vous avoir revue.

Alors ça, ça me faisait une belle jambe !

— Mais...

— Tenez, prenez ma carte de visite. Si vous avez la moindre question, le moindre doute, ou besoin du moindre conseil pour votre prochain entretien, contactez-moi. Je me rendrai disponible pour vous.

Je sentis mes joues chauffer, sans trop savoir si c'était à cause de la proposition ou de ma terrible déconvenue.

— Je vais vous poser une dernière question, ajouta-t-il avec son sourire craquant. Une question qu'on vous posera systématiquement, d'accord ?

Encore sous le choc de ma déception, je me contentai de hocher la tête.

— Pourquoi voulez-vous quitter votre poste actuel ?

Je poussai un soupir à fendre l'âme. Perdue pour perdue…

— Je suis sous-employée, énumérai-je en comptant sur mes doigts, mon patron est persuadé que je travaille trop et qu'il devrait m'en donner beaucoup moins, ma collègue est bipolaire et elle planque un hamster dans son tiroir.

Valérien éclata de rire. Étonnamment, cela me mit un peu de baume au cœur.

— Oui, j'avais bien compris qu'il y avait quelque chose de ce genre, mais vous ne pouvez pas répondre ça ! Vous m'avez expliqué pendant une heure que vous meniez des projets d'envergure pour de gros clients ! Essayez de trouver autre chose.

Je lui retournai un regard blasé. Il souriait, penché au-dessus de la table comme s'il mourait d'envie de poser une question.

— Un hamster, vraiment ? s'enquit-il d'ailleurs, les yeux brillants.

— Oui. Il s'appelle Bidule.

Il s'esclaffa et je plongeai dans un abîme de réflexion. Voyons, une vraie fausse bonne raison… Non, vraiment, j'étais à sec. La nouvelle de ce « recrutement truqué » me coupait tous mes moyens.

— Vous pourriez dire qu'au bout de trois ans, vous pensez avoir fait le tour de votre poste et que vous avez envie de voir de nouvelles choses ? suggéra-t-il.

— Mouais…

Il rit de nouveau.

– Je vous laisse réfléchir à la question. Si vous avez une autre idée, n'hésitez pas à me la proposer. Vous avez mes coordonnées.

– Il y a un autre truc que je voudrais savoir ! m'exclamai-je en sentant que l'entretien se terminait.

– Oui ?

– Mes résultats psychologiques, ils donnent quoi ?

– Ah, ça... Ne vous inquiétez pas, vous êtes parfaite.

Je sentis à nouveau mes joues chauffer. Décidément, ses compliments me touchaient drôlement. Sûrement à cause de notre passé commun. Misère. J'avais un passé commun avec un psychopathe...

Mais un psychopathe gentil, une fois qu'on le connaissait un peu.

Et avec un sourire craquant.

– C'est le syndrome de Stockholm, affirma Carine avec le plus grand sérieux.

Je levai les yeux vers le ciel d'un bleu parfait entre les immeubles immenses du quartier Montparnasse. Le bruit ambiant m'empêchait d'entendre mon amie très distinctement dans le téléphone, mais je comprenais l'essentiel.

– Il ne m'a pas kidnappée, tu sais ?

– Non, mais il t'a mis une pression psychologique et il te tenait en otage pour le job, c'est pareil.

– Je ne l'aurai pas, le job, le recruteur veut un mec.

– Peu importe. Le syndrome de Stockholm, je te dis. Tu ne peux pas le trouver mignon s'il t'a fait flipper comme ça. Vendredi soir, on va prendre un verre et on regardera tous les gars du bar pour refaire ton échelle d'appréciation masculine.

Je pouffai de rire.

— OK pour le verre. D'ailleurs, je meurs de faim. Bizarre, il est quelle heure ? Quelque chose comme 10 heures, non ? 10 heures et demie ?

Soupir à l'autre bout du fil.

— Il est presque midi, Siloé. Si tu me dis que tu n'as pas vu le temps passer avec ce type, je t'emmène chez le psy.

J'ouvris des yeux ronds. Presque midi ? Bon sang, je n'avais pas vu le t... Ah non, surtout, ne même pas le penser, Carine pourrait entendre...

— Siloé ? s'enquit d'ailleurs celle-ci d'un air soupçonneux.

— Catastrophe ! gémis-je. J'ai tout juste le temps d'acheter un sandwich et de filer au boulot !

— Ah, OK. Fonce, alors. À plus tard.

— À plus tard !

Ouf !

J'avais à peine fait trois pas sur le trottoir que le téléphone se remit à sonner entre mes mains. Carine avait oublié quelque chose ? Ah non, ce n'était pas son numéro.

— Allô ?

— Siloé Gautier ?

— Oui ?

— Bonjour, Anna Martinez de la société Futur ensemble. Vous avez répondu à l'une de nos offres...

Mon cœur battit plus vite et j'oubliai comme par magie les passants qui se pressaient autour de moi. Merveilleux ! Cette annonce-là, je m'en souvenais et j'y croyais vraiment.

— Oui ! Bonjour !

— J'aurais aimé savoir quand je pouvais vous appeler pour prendre rendez-vous pour un entretien.

Hein ? C'était quoi, cette formulation bizarre ?

— Euh... Maintenant ? tentai-je.

Un rire léger résonna à l'autre bout.

— Non, je voulais dire que je souhaite convenir d'un créneau pour vous appeler, afin de définir un premier rendez-vous téléphonique, au terme duquel nous déterminerons une date pour un entretien.

Je plissai le front, pas sûre d'avoir bien saisi dans le brouhaha ambiant. Elle voulait un rendez-vous pour me donner un rendez-vous pour me donner un rendez-vous ?

— Eh bien... Quand vous voulez, hasardai-je donc.

Zut. J'aurais dû demander à Valérien Renoir ce qui valait le mieux en terme d'image et de motivation, entre avoir l'air occupé ou superdisponible. Et si ces fichues voitures voulaient bien cesser de klaxonner une minute !

— Puis-je vous appeler cet après-midi, vers 15 heures ?

— 15 heures, parfait, approuvai-je.

— Très bien. N'oubliez pas de vous munir de votre agenda, pour fixer le rendez-vous.

— Oui. Oui, bien sûr.

— Parfait. Excellente journée à vous, madame Gautier.

Je raccrochai, perplexe. Une terrible vérité commençait à se frayer un chemin dans mon esprit. En réalité, ce n'était pas Valérien Renoir qui avait un problème. Tous les recruteurs étaient plus ou moins des psychopathes.

Bon, un sandwich. La bonne humeur me revint d'un seul coup tandis que je relevais la tête vers les enseignes des boutiques de la rue. Non, pas un sandwich, une petite salade. Après tout, l'été arrivait et si je voulais remettre mes jolies robes de l'an dernier, il fallait reprendre de bonnes habitudes !

Et puis, si jamais je recroisais Valérien Ren...

Je m'arrêtai net. Mais qu'est-ce que c'était que cette horrible pensée ? Valérien Renoir ? Et pourquoi pas Brian, tant qu'on y était ! Carine avait raison, je nageais en plein syndrome de Stockholm ! Ou alors j'étais en hypoglycémie et mon inconscient voulait m'obliger à me reproduire avec le premier mâle venu, au cas où je mourrais dans un futur proche. Oui, ça ne pouvait être que ça. Vite, la salade ! Et un gros muffin. Au chocolat. Tant pis pour les robes. Mon Dieu, Valérien Renoir...

9

L'ENTRETIEN SUITE À L'ENTRETIEN SUITE À L'ENTRETIEN

Le gros avantage de passer un entretien pour préparer un entretien pour préparer un entretien, c'était que cela avait bien occupé le reste de ma semaine. Le vendredi avec sa phase finale était arrivé à une vitesse incroyable, et après mûre réflexion, cette succession d'étapes ne me choquait plus. Lorsqu'on partait du principe qu'on avait affaire à des extraterrestres, tout devenait limpide !

— Vous avez un profil extrêmement intéressant, déclara la femme assise en face de moi en reposant mon CV.

Je me rengorgeai. Ce rendez-vous ultime s'annonçait sous les meilleurs auspices. Les deux heures nécessaires pour traverser Paris et une bonne partie de la banlieue s'étaient déroulées sans encombre malgré la circulation de ce vendredi après-midi ensoleillé. J'étais arrivée parfaitement dans les temps, puis j'avais fait une excellente présentation – selon mes propres critères, en tout cas – et répondu aux questions sans bafouiller une seule fois. Comme quoi, avec un peu d'entraînement, cela finissait par devenir facile.

De l'autre côté du bureau, la femme passa la main dans ses cheveux noirs, l'air détendu.

— Je vais vous poser une dernière question, si vous voulez bien, finit-elle par déclarer.

— D'accord.

— Si vous deviez mourir et vous réincarner en animal, lequel serait-ce et qu'est-ce que ça veut dire de vous dans vos rapports avec vos collègues ?

Des extraterrestres. Définitivement.

Je souris avec le plus grand naturel, en mettant de côté le fait qu'elle me demandait d'envisager ma mort.

— Je me réincarnerais en dauphin. Ce sont de magnifiques animaux, qui vivent ensemble et en harmonie avec les autres poissons, qui sont capables de s'unir face à une menace, et qui protègent leurs petits quand ils naissent. Et en plus, j'adore nager.

La recruteuse parut impressionnée. Eh oui. Il fallait au moins ça pour un poste de documentation technique sur la mise aux normes d'auvents à péage vieillissants. Foi d'extraterrestre.

Je regagnai la voiture d'Anne-Laure qui m'attendait dans le parking, soulagée malgré tout. L'habitacle surchauffé par l'après-midi au soleil laissa échapper une bouffée d'air brûlant quand j'ouvris la portière. Je fermai les yeux et tournai mon visage vers le ciel, pas très pressée de monter dans la fournaise. Rien ne pressait. On était vendredi après-midi, un vent délicieux courait sur ma peau, faisant voleter les manches courtes de mon chemisier, ma vie prenait un tournant pétillant qui me plaisait bien et tout ce soleil allait faire ressortir mes taches de rousseur. Que demander de plus ?

Je songeai à mon histoire de dauphins. Quelle blague, franchement. Pendant une seconde, je me demandai ce que Valérien Renoir en penserait. Puis j'ouvris des yeux horrifiés. Non ! J'étais encore victime du syndrome de Stockholm ! Il fallait absolument que je me concentre sur autre chose. Par exemple, quelle robe allais-je porter pour notre journée Team Building, lundi prochain ? Je n'avais que deux jours pour décider, il ne fallait pas traîner...

— Un jean et de bonnes baskets, affirma Carine en sirotant son mojito, les lunettes remontées dans ses cheveux.

Je gonflai les joues en signe de désapprobation.

— Ils prévoient du soleil et presque 25 degrés ! Je ne peux pas mettre un jean ! Et puis imagine que je tombe sur l'homme de ma vie ?

— S'il a besoin d'une robe à ras de la foufoune avec les seins qui débordent du décolleté pour tomber amoureux de toi, c'est que ce n'est pas l'homme de ta vie.

Mon sourcil se haussa tout seul. Oui, évidemment. Mais si je me fiais à son jogging...

— Il doit y avoir un juste milieu, objectai-je.

— Jean, baskets. Tu vas visiter le Louvre, ma cocotte. Prépare-toi à marcher au moins sept kilomètres, sans compter les escaliers. Tiens, qu'est-ce que tu penses de celui-là ?

Je me retournai pour suivre la direction de son doigt. Elle désignait un tout jeune homme appuyé au comptoir du bar, une pinte à la main, qui riait avec ses amis.

— Je pense que je risque de finir en prison pour détournement de mineur, répondis-je tranquillement.

— Pas faux. Dis-moi quand même et promis, je ne te dénoncerai pas.

— OK, pouffai-je. Il n'est pas si mal. Dès qu'il aura assez grandi pour mettre autre chose qu'un tee-shirt Bob l'Éponge, j'irai jouer les cougars.

Carine hocha la tête d'un air approbateur et rabattit ses lunettes sur son nez pour mieux voir les autres clients.

Nous étions assises depuis près d'une heure à notre petite table, et nous avions assisté à un splendide coucher de soleil derrière les immeubles. Les bars de Paris pouvaient se montrer agréables, lorsqu'on savait où aller pour éviter la foule et le bruit. Après avoir fêté ce nouvel entretien délirant avec une bière à la cerise, nous étions passées à des sujets bien plus plaisants. Mon amie me désignait tous les hommes à peu près potables qui passaient à moins de dix mètres de nous, et moi, je devais donner mon avis.

Un vent frais se leva soudain. Maintenant que le soleil avait disparu, la température baissait à toute allure. Il était temps de proposer à Carine de venir dîner chez moi, à deux pas de là.

— Au fait, s'enquit celle-ci en resserrant frileusement sa veste de jogging autour d'elle, Brian, tu en penses quoi ?

Je fis la moue. Ça, je savais d'où ça venait.

— C'est Anne-Laure qui t'a demandé de me relancer là-dessus ?

Carine sourit innocemment et repoussa à nouveau ses lunettes sur ses cheveux blonds.

— Elle m'a promis un dîner végétarien, si je te reparlais de lui. Tu penses bien que je m'acquitte de ma tâche avec abnégation.

— Tu me trahis pour un repas végétarien ! m'écriai-je.

— Je te trahis ? Pourquoi ? Il est comment, le mec ?

Alors ça, avec Carine, j'avais un argument tout trouvé !

— Il a suggéré que je décroche un boulot de rêve, puis que je l'abandonne pour lui faire des gosses et que je brille à son bras quand il m'exhibera devant ses collègues.

Le sourire de mon ingénieure d'amie s'évanouit.

— Tu rigoles ?

— Pas du tout.

— Mais... Il t'a dit ça comment ? Pas aussi crûment, quand même ?

— Eh bien..., réfléchis-je. Non. C'était plus subtil. Mais c'était l'idée.

Ses lunettes tremblèrent sur son crâne quand elle manqua de s'étouffer avec sa bière à la cerise.

— Mais c'est quoi, ce connard ?

— C'est le choix de vie d'Anne-Laure, ne l'oublions pas, tempérai-je.

— M'en fous. Je vais la tuer.

— Elle ? Elle n'y est pour rien !

— Bien sûr que si. Tu te rends compte ? Elle m'a appâtée sournoisement avec un dîner végétarien pour te convaincre de tomber dans les bras d'un... d'un...

— Il est plutôt beau gosse, signalai-je.

— Ah bon ?

— Oui.

Carine soupira bruyamment et se renfonça sur sa chaise inconfortable.

— Siloé.

— Oui ?

— Arrête de trouver mignons tous les mecs ravagés que tu croises. C'est mauvais pour ta santé.

J'éclatai de rire. Mon amie leva les yeux vers le ciel de plus en plus sombre. Bon, il fallait que je règle le problème « Brian », sans quoi, Carine ou pas Carine, Anne-Laure me pourrirait la vie indéfiniment.

— Je te propose un marché, dis-je en retrouvant mon sérieux.

— Un marché ?

— Tu dis à Anne-Laure que je trouve Brian supermignon et que je vais le revoir discrètement, dans mon coin, sans lui en parler pour ne pas avoir la pression. Et que je t'ai fait promettre de garder le secret.

Elle haussa un sourcil perplexe. Je souris.

— En échange, je t'invite à une soirée crêpes, là, maintenant, tout de suite.

Carine se redressa d'un coup et me tendit la main par-dessus nos verres.

— Tope là, Siloé ! Tu peux compter sur moi !

Je topai dans la paume tendue, ravie. Et un problème de moins, un ! Mais quand même... Qu'est-ce qu'on n'était pas obligée de faire, franchement...

10

AU CŒUR DU LOUVRE

M. Loiseau et les filles du service commercial nous avaient gâtés. Nous avions passé une incroyable matinée de visite sur le thème « Sur les traces des plus grands films », où nous avions suivi une guide à travers une foule dense de touristes.

Nous avions traversé des galeries où des meurtres sanglants avaient été commis, vu des pièces de maître volées avec un brio certain et même tenté une mise en situation avec M. Loiseau à la place de Jacques Saunière, le conservateur du Louvre dans *Da Vinci Code*, lors de son assassinat au début du livre. Ce qui nous avait permis de découvrir que la herse qui s'abattait à ce moment-là ne risquait pas d'emprisonner grand monde, pour la simple et bonne raison qu'elle n'existait pas. Malgré cette désillusion, nous avions applaudi à tout rompre quand M. Loiseau s'était relevé, sous les flashs d'appareils photo d'un groupe de touristes japonais.

Le déjeuner s'était déroulé dans la même ambiance conviviale, dans un petit restaurant privatisé pour l'occasion. De l'assortiment de rillettes en entrée à la crêpe Suzette en dessert, tout fleurait bon la cuisine traditionnelle française.

Pour l'après-midi, nous avions reçu la permission de visiter comme bon nous semblait. Carmen sur les talons, j'avais décidé d'aller voir l'aile égyptienne. Cette période me fascinait et j'avais passé des heures entre deux « dossiers de travail » à éplucher les sites Internet sur cette civilisation hors du commun. Bien plus avancée que nous, par bien des côtés. Et tout aussi barbare, puisqu'elle aussi obligeait les femmes à s'épiler.

Les touristes ne se bousculaient pas encore, en ce début d'après-midi, nous pouvions déambuler à notre guise.

– Dis donc, elles sont riquiqui, ces momies ! s'ébahit Carmen en s'arrêtant devant une vitrine illuminée où reposaient trois corps entourés de bandelettes.

– Les humains étaient beaucoup plus petits, à cette époque, répondis-je d'un ton docte. Sans compter que le processus de momification consiste à sécher intégralement le corps pour qu'il ne pourrisse pas, donc ça doit faire perdre encore quelques centimètres...

Je me penchai sur l'étiquette de la première momie. Hum...

– Et en plus, celle-ci, c'est un enfant, ajoutai-je, désabusée.

– Aaaah...

Je me rendis à la vitrine suivante. Des bijoux. Une anecdote amusante me revint en mémoire.

– Carmen, tu savais que la famille du mort remplissait son sarcophage avec tout le nécessaire pour vivre une vie complète de l'autre côté ? Et si une princesse mourait vierge, on l'enterrait avec un pénis de pierre, au cas où...

— Non, je ne savais pas, répondit une voix masculine. Quelle curieuse coutume. Vous m'impressionnez, mademoiselle Gautier.

Je sursautai violemment et me retournai. Non, je ne rêvais pas, c'était bel et bien Valérien Renoir !

Il se tenait là, tranquillement, avec ses yeux trop clairs et son visage trop carré, les mains dans les poches de sa veste en cuir.

— Mais... Mais..., bredouillai-je. Qu'est-ce que vous faites là, vous ?

— Je...

— Vous m'avez suivie !

— Pardon ?

— Vous allez me suivre partout ? Je savais bien que vous étiez un psychopathe !

Ses yeux trop clairs s'étaient arrondis.

— Quoi ? Mais pas du tout ! Je... Je...

Il secoua la tête pour se reprendre.

— Je visite avec ma sœur, reprit-il sur un ton prudent avec un signe de menton vers la gauche. Il y a une expo spéciale, cette semaine, et Philippa voulait la voir. Et je ne peux poser que mes lundis, à cause des entretiens que je mène.

Je regardai dans la direction qu'il indiquait. Effectivement, une jeune fille aux longs cheveux noirs qui ressemblait furieusement à mon apprentie des créneaux s'extasiait sur les vitrines, la main dans celle d'un garçon dégingandé. Celui-ci mâchait un chewing-gum avec l'air de s'ennuyer à mourir.

— Vous avez vraiment dit que j'étais un psychopathe ? demanda Valérien, circonspect.

— Pas du tout, affirmai-je avec la plus grande conviction.

— Ah. Je vous ai entendue, vous savez ?

Je me renfrognai, mais mes joues s'enflammèrent.

— C'est le copain de votre sœur ? m'enquis-je pour détourner la conversation.

L'homme soupira.

— Oui. Hélas.

— Il ne ressemble pas à un punk à chien.

— Exact. Pour le punk à chien, j'ai mis en application vos conseils et...

Un sourire malicieux releva le coin de ses lèvres.

— Il est parti.

Je fronçai les sourcils, tout en faisant semblant de reporter mon attention sur mes momies.

— Mais lui, c'est qui, alors ?

— Le nouveau grand amour de Philippa.

— Le nouveau ? Au bout de... combien ? Moins d'une semaine ?

— Il y en a un nouveau à peu près tous les deux jours.

Ah. Bah, une ado, quoi.

— Si elle change de grand amour tous les deux jours, vous auriez peut-être pu vous passer de mes services, notai-je. Elle l'aurait viré toute seule, son punk à chien.

Il sourit avec innocence.

— Disons que j'aide un peu à ce que ça soit aussi rapide.

Mouais.

– Je n'aurais pas voulu avoir un grand frère comme vous, bougonnai-je.

– Nous sommes trois, répondit-il avec sérénité. Ça permet de se relayer quand on manque d'imagination.

– Je n'aurais pas voulu avoir trois frères comme vous.

Je le vis hausser les épaules dans le reflet de la vitrine. Ça lui allait plutôt bien, la veste en cuir. Mieux que le costume ? Il faudrait que j'y réfléchisse. Et après, je me ferais soigner ce fichu Stockholm.

– En même temps, rétorqua-t-il, à mille lieues de mes préoccupations sur mon état de santé, si ces gars étaient vraiment l'amour de sa vie, ils ne se décourageraient pas aussi facilement.

Pas faux.

– Et donc, celui-là ? demandai-je en désignant d'un signe de tête l'amoureux transi du jour, qui mâchait toujours son chewing-gum d'un air blasé.

– Un certain Adrien. Ils prennent le même bus tous les jours pour aller au lycée depuis presque trois ans. D'après Philippa, ça a été le coup de foudre immédiat avant-hier.

– Le coup de foudre immédiat avant-hier ? répétai-je, perplexe. Au bout de trois ans ?

Un sourire malicieux étira ses lèvres.

– Je vois que vous partagez mon point de vue.

Moi ? Penser la même chose que ce type louche ? Bon, peut-être un peu, mais il m'y obligeait, avec ses arguments hyperlogiques !

– Donc la prochaine étape, c'est de se débarrasser de cet Adrien ?

— C'est en bonne voie, acquiesça l'homme avec un regard en coin vers sa sœur qui s'extasiait devant un morceau de vase craquelé.

— Vous avez fait exprès d'emmener votre sœur à cette expo juste à cause de lui ? m'indignai-je.

— Mais enfin, pas du tout ! Pour qui me prenez-vous ? Si ça n'avait pas fait plaisir à Philippa, on ne serait jamais venus !

J'examinai plus attentivement la jeune fille, tout en essayant de lire la pancarte des bijoux égyptiens pour donner le change. Elle partageait avec son frère des yeux très clairs, mais ses cheveux étaient bien plus noirs, ses traits plus doux et son sourire plus éclatant. Ses bras disparaissaient sous des bracelets colorés cliquetants qui bougeaient au rythme de ses mouvements et son pantacourt en jean soulignait la finesse de ses jambes. Et, effectivement, elle semblait s'amuser comme une folle, courant de vitrine en vitrine, traînant son nouvel amoureux sans remarquer son air blasé.

— Si ça n'avait pas fait l'affaire, j'aurais trouvé un autre moyen, faites-moi confiance, ajouta Valérien Renoir avec un haussement d'épaules décontracté. Ne vous inquiétez pas, Siloé. Je n'aurai pas besoin de vous pour celui-là. Je peux vous appeler Siloé, d'ailleurs ? Ou ça fait trop psychopathe pour vous ?

Mes oreilles virèrent au cramoisi.

— Siloé ! s'exclama une voix ravie, m'évitant de devoir répondre. Tu ne me présentes pas ton charmant compagnon ?

Carmen surgit derrière moi et s'accrocha à mon bras.

— Carmen, la collègue préférée de Siloé, glousa-t-elle en tendant la main à Valérien. Enchantée. Et célibataire.

J'avalai de travers. Hein ? Mais depuis quand Carmen la jouait-elle cougar ? Surtout avec ce type-là !

— La propriétaire de Bidule, je présume, dit l'homme en acceptant la poignée de main avec le plus grand sérieux.

— Oh ! Siloé vous a raconté pour mon Bidule d'amour ! Vous aimez les animaux ?

Oh lala, ça allait mal finir... Si Valérien se souvenait de Bidule, il ne devait pas avoir oublié que j'avais qualifié Carmen de « bipolaire »... D'ailleurs, celui-ci m'adressa le sourire en coin qui commençait à m'être familier. Psychopathe ou craquant, ce coup-là ? Impossible à définir...

— J'adore les animaux. Ma sœur ramène toujours des bestioles paumées, à la maison, et c'est moi qui m'en occupe.

Il jeta un coup d'œil éloquent à Adrien. OK. Psychopathe. Définitivement.

— Et parfois, Siloé m'aide.

— Ah, lâcha ma collègue, déçue. Vous êtes proches, alors.

— On peut dire ça.

Eh ! Il se rendait compte que c'était comme ça qu'on créait des rumeurs ?

— Siloé ! Carmen ! Vous aussi, vous aimez l'Égypte ?

Nous nous retournâmes. M. Loiseau venait de surgir au détour d'une galerie en compagnie d'André, un homme de l'équipe juridique, tout sourire.

— J'adore l'Égypte ! s'exclama Carmen d'un air ravi. En plus, Siloé connaît plein d'anecdotes, c'est génial de visiter avec elle !

— Je confirme, approuva Valérien.

— Et vous êtes ? s'enquit M. Loiseau.

Valérien lui tendit la main.

— Valérien Renoir, un ami de Siloé.

— Un ami très proche, gloussa Carmen avec un clin d'œil.

Super. Début de la rumeur dans cinq... Quatre...

— Oh, je vois, dit M. Loiseau avec un sourire complice. Il faut bien prendre soin d'elle, n'est-ce pas ? Elle nous est très précieuse.

— À moi aussi, assura Valérien, vous pouvez me croire.

Trois... Deux...

— Enchanté, je suis Yves Loiseau. Et cette demoiselle est... ?

Valérien se retourna. Sa sœur s'était rapprochée et se tenait timidement derrière lui, les yeux pleins de questions muettes.

— Ma sœur, Philippa. Philippa, je te présente M. Loiseau, le patron de Siloé et sa collègue Carmen. Tu te souviens de Siloé, pas vrai ?

Le regard clair de la jeune fille tomba sur moi et ses joues s'empourprèrent brutalement. Ah, oui, elle se souvenait de moi. Et je devais être au moins aussi rouge qu'elle.

— Bonjour, murmurai-je, terriblement embarrassée.

— Salut, répondit-elle avec un geste craintif de la main. Et... Euh... Désolée...

— Voyons ! s'exclama M. Loiseau. Il n'y a pas de quoi être désolée ! Vous ne nous dérangez pas !

Certes. Décidément, mon boss avait un don certain pour interpréter les choses à sa sauce.

Le garçon au chewing-gum s'avança à son tour.

— Ah ouais ! s'exclama-t-il. Je me rappelle ce nom-là, Siloé. C'est pas la meuf qui se fait chier à son boulot et qui essaie de se casser ?

Un silence de mort tomba sur notre petit groupe.

— Si, si, insista Adrien. Je me souviens de ce que tu m'as dit, Philippa. Et même que son patron est tellement con qu'il croit qu'elle est débordée alors qu'elle glande toute la journée.

Philippa était devenue livide. Mais probablement pas autant que moi, sous mes taches de rousseur. Je n'osais plus bouger. Valérien lui-même s'était immobilisé, interdit. Son regard anxieux posé sur M. Loiseau parlait bien assez.

— Ben quoi ? s'étonna Adrien. C'est pas elle ?

Un mouvement léger à l'orée de mon champ de vision m'informa que M. Loiseau venait de se tourner vers moi.

— Eh bien, Siloé, répondez. Ce n'est pas vous ?

Les mots restèrent coincés dans ma gorge.

— Je crois que c'est plus compliqué, monsieur Loiseau, tenta bravement Carmen. Je...

— Taisez-vous, Carmen. Je ne vous ai rien demandé. Siloé ?

Le ton sec et les mots brutaux de mon supérieur me tétanisèrent encore un peu plus.

— Je... Je ne comprends pas, articulai-je difficilement.

— Vous ne comprenez pas quoi ?

— Je... Je n'ai jamais utilisé des... des mots pareils... Je...

— Donc vous reconnaissez que vous voulez partir ?

— Au bout de trois ans à un même poste, de nombreux jeunes ont envie d'évoluer, intervint calmement Valérien. Ce n'est pas très étonnant. C'est même plutôt sain. S'ils n'ont pas la possibilité de le faire dans leur propre entreprise, ils se tournent vers l'extérieur.

M. Loiseau reporta son attention sur lui et je réussis enfin à bouger. Son visage d'ordinaire si jovial s'était crispé dans une expression de fureur absolue. Il fusillait du regard un Valérien stoïque devant la vitrine des momies, les mains dans les poches de son blouson en cuir. Oh mon Dieu, si j'avais vu mon patron me fixer comme ça, mon cœur aurait lâché !

— Le copain de ma sœur est un imbécile sans la moindre finesse, ajouta Valérien sur un ton tranquille, mais Siloé est une jeune femme intelligente qui a toujours fait son travail avec brio, en temps et en heure. Vous n'avez rien à lui reprocher, n'est-ce pas ?

La bouche de M. Loiseau se tordit en une horrible grimace et il me décocha un coup d'œil venimeux.

— Eh bien, mademoiselle Gautier, j'attends votre lettre de démission demain matin, sur mon bureau. Et vous n'avez pas besoin de faire votre préavis, je vous en dispense.

Mes jambes faiblirent et mes pensées se mélangèrent.

— Mais... Mais..., bredouillai-je.

— Vous n'avez pas le droit de l'obliger à démissionner, reprit Valérien, toujours aussi serein. Et encore moins de supprimer son préavis. Si vous voulez qu'elle parte, vous devez la licencier.

Mon cœur s'affola encore plus. Me licencier ? Mais dans quel camp il jouait, celui-là ?

– Je ne vous ai rien demandé, à vous ! rétorqua mon patron.

– Je vous le dis quand même.

– Il a raison, monsieur Loiseau, s'interposa André du service juridique, un peu inquiet. Si vous obligez Siloé à démissionner, de cette façon et avec autant de témoins, elle peut porter plainte.

Je déglutis avec peine. Enfin quelqu'un qui venait à mon secours.

– En revanche, indiqua-t-il, vu ce que nous venons d'entendre, vous pouvez la licencier pour faute grave. Avec des propos pareils, il y a clairement volonté de nuire à l'entreprise, donc cela se défendra sans problème. Et pas besoin de préavis.

Valérien hocha la tête en signe d'assentiment. Je me liquéfiai sur place. Mon cœur cognait à coups sourds et ma vue se troublait. Mais... Mais comment était-ce possible ? Que se passait-il ? Pourquoi n'arrivais-je pas à parler pour me défendre ?

M. Loiseau se redressa de son mieux et réajusta sa veste.

– Très bien. Pas besoin de venir au bureau demain, donc, mademoiselle Gautier. Nous vous ferons savoir quand vous devrez passer pour récupérer vos affaires et signer les papiers liés à votre départ.

Il tourna les talons et s'en fut au milieu des allées où déambulaient une poignée de touristes. André me lança un regard navré et le suivit. Je restai immobile, anéantie, incapable de dire ni même de penser quoi que ce soit.

Une main tapota mon épaule de façon réconfortante. Je levai la tête. Valérien s'était rapproché. Il sourit.

— Bon, déclara-t-il. Voilà une bonne chose de faite, non ?

11

DE L'IMPORTANCE DE L'HOMÉOPATHIE

— Une bonne chose de faite ? s'insurgea Carmen. Elle va se faire virer !

— Oui. C'est plutôt une bonne nouvelle.

— Comment ? Mais vous êtes stupide ou quoi ?

Valérien fronça les sourcils sur ses yeux trop pâles.

— Siloé n'a pas trouvé de travail ailleurs, pas vrai ?

Carmen m'interrogea du regard. Toujours sous le choc, je ne pus que secouer la tête négativement.

— Donc c'est très bien, asséna Valérien. Si elle avait été obligée de donner sa démission, elle n'aurait pas eu droit aux allocations-chômage. Par contre, en étant virée, elle va pouvoir les toucher. Elle continuera à avoir un revenu, même s'il est un peu inférieur à l'actuel, sauf qu'en plus, qu'elle aura tout le temps nécessaire pour préparer ses entretiens. Et elle n'aura pas besoin de mentir à son patron pour poser des jours, elle sera libre comme l'air.

J'eus l'impression de sortir d'un nuage de brume. Ah bon ?

Juste derrière lui, près de la vitrine, Adrien nous contemplait en mâchant son chewing-gum, façon vache en train de contempler un train.

— J'ai pas compris, c'était qui, ce mec ?

— Toi, tu la boucles, dit sèchement Carmen. Siloé, ça va ?

Je battis des paupières. Il allait me falloir plus qu'un tapotement sur l'épaule pour me remettre de ça.

— Je... suis vraiment... virée ? demandai-je d'une toute petite voix.

— Ne t'inquiète pas, ma chérie. Au pire, si les huissiers viennent chez toi, tu pourras venir dormir à la maison.

— Les huissiers ? Pourquoi les huissiers ?

Valérien leva les yeux au ciel.

— Il y a encore un peu de temps avant que les huissiers frappent à votre porte, Siloé.

Je tiquai d'un coup et l'énergie déferla brutalement dans mes veines.

— Mais dites ! m'écriai-je. Comment il savait, ce môme, que je cherchais du boulot ?

Je désignai Adrien d'un index accusateur. Celui-ci continua à me regarder en mâchonnant, un sourcil levé en signe de perplexité. Mais qu'est-ce que c'était que ce crétin ?

Valérien se tourna vers sa sœur, le front plissé.

— Philippa ?

— Je suis désolée ! s'écria celle-ci, rouge vif, les bracelets cliquetant sur ses bras tremblants. Je ne pensais pas que ça pouvait créer des problèmes ! Pardon, pardon, pardon !

— Tu as lu mes notes ?

— Je... Je suis désolée ! J'adore tes notes ! Elles me font tellement rire ! Pardon Valérien ! Pardon Siloé ! Je... Je...

Les larmes lui montèrent aux yeux.

— Je vais tout réparer ! Qu'est-ce que je peux faire ? Est-ce que... Est-ce que... Vous voulez venir dormir chez nous si les huissiers vous prennent votre maison ?

— Sur vos notes, vous avez écrit que mon chef était un con ? lâchai-je à l'intention de Valérien, les dents serrées.

— Non, répondit-il en haussant les épaules, mais c'est une interprétation très probable de votre désir de changement de poste, vu vos compétences et les... raisons que vous m'avez exposées.

Il jeta un coup d'œil bref à Carmen, qui le dévisageait avec une curiosité à peine dissimulée.

— Vous avez laissé traîner vos notes, dis-je encore d'une voix sombre.

Valérien se rembrunit.

— Elles sont rangées dans mon bureau, mais pas enfermées à clé. Je suis navré, Siloé. Je n'avais pas imaginé qu'une chose pareille pouvait se produire. C'est une erreur de ma part.

— C'est ma faute ! s'exclama Philippa en s'avançant pour attraper le bras de son frère dans un geste plein de désespoir. Je vous en prie, ne lui en voulez pas, c'est tout de ma faute ! Je sais que je ne dois pas lire ses notes et... et encore moins les répéter à quelqu'un...

Elle lança un regard coupable à Adrien. Celui-ci avait l'air de s'ennuyer mortellement, en caricature parfaite de l'ado au musée. Je haussai les épaules. La colère montait en moi. Si je ne voulais pas me mettre à hurler devant les vitrines et rameuter les gardiens, j'avais intérêt à ne pas la laisser éclater. Je fouillai mon sac à main et sortis un tube d'homéopathie. « Rester zen ». Il allait falloir que j'avale la moitié du tube pour ne pas craquer.

Adrien sortit de sa léthargie.

— Eh, mais c'est de l'homéopathie, ça !

— Et alors ? grommelai-je en pressant sur le capuchon pour faire sortir les granules.

— C'est de la connerie. Vous savez que les substances chimiques sont tellement diluées qu'il n'y a plus rien dedans ?

La rage bouillonna un peu plus dans mes veines.

— Tu as l'air de maîtriser le sujet, grognai-je.

— Évidemment, mon père est pharmacien. Il dit que ça ne vaut même pas un bon placébo. Le principe actif est délayé jusqu'à ce qu'on ne trouve plus rien dans vos espèces de bonbons. C'est comme de verser une goutte de médicament dans tous les océans de la planète réunis. Vous y croyez, vous, à la « mémoire de l'eau » qu'ils essaient de vous vendre ? Sérieux, c'est trop con.

Je plissai les paupières. Il commençait à me chauffer les oreilles, le garçon. Pas de chance pour lui, il venait de tomber sur quelqu'un qui « glandait » depuis trois ans et qui avait eu le temps de fourbir ses armes en matière de culture générale. Je pris une grande inspiration.

— Mon garçon, déclarai-je posément, si ton père t'a appris tout ça, il t'a sûrement aussi appris que nos yeux ne sont capables de percevoir qu'un petit pour cent du spectre électromagnétique. Et nos oreilles entendent moins de un pour cent du spectre acoustique. Au moment où nous parlons, nous voyageons à la vitesse de 220 kilomètres par seconde dans la galaxie, sans en ressentir le moindre effet. Quatre-vingt-dix pour cent de notre corps est composé de cellules qui ne sont pas « nous », mais des bactéries qui disposent de leur propre ADN, dont nous ignorons l'action pour la plupart. La matière est composée à plus de quatre-vingt-dix-neuf pour cent de vide, et nous n'arrivons même pas à appréhender correctement cette notion de vide. Alors ce n'est pas parce qu'un jeune crétin dans ton genre me dit qu'on n'a pas prouvé le fonctionnement de l'homéopathie que je vais arrêter d'en prendre. Si des gens pensent qu'on peut imprimer l'énergie d'un virus ou d'une substance en l'agitant dans l'eau, puis en diluant, je ne suis pas assez présomptueuse pour leur dire qu'ils ont tort. Et le jour où la « mémoire de l'eau » sera prouvée, mon cher garçon, c'est toi qui auras l'air trop con.

Et je vidai le capuchon dans ma bouche d'un geste sec.

— Autre chose, ajoutai-je dans le silence interloqué qui suivit. N'oublie jamais ceci : même la plus banale des pommes de terre a deux chromosomes de plus que toi. Alors ne la ramène pas.

Je tournai les talons et partis à grands pas. Je voulais quitter cet horrible musée. Une dernière chose me retint. Je jetai un regard en arrière. Aucun des autres n'avait bougé. Je fixai Valérien.

— Et vous, je ne veux plus jamais vous voir.

Ma voix se brisa. J'allais exploser. Mais surtout pas devant eux. Je sortis en courant.

— Je suis tellement désolée, Siloé... Je t'en prie, arrête de pleurer. Ça va aller...

Le ton ému d'Anne-Laure me bouleversa encore un peu plus. Accroupie entre deux présentoirs de poteries cassées à la section d'art étrusque, un endroit où personne ne devrait avoir l'idée de me chercher, je pleurais à chaudes larmes, le téléphone vissé à l'oreille.

— Tu aurais vu son visage ! sanglotai-je. C'était horrible ! Il m'en voulait à mort !

— Ce n'est pas vraiment à toi qu'il en veut, Siloé, c'est à l'image de toi que lui a décrite ce petit imbécile. Cela n'a rien à voir avec ce qu'il y a en toi.

— Mais il croit que c'est vrai !

— On s'en fiche, ma belle. Ce qui est important, c'est ce que toi, tu sais. Et moi, je le sais aussi. Et Carine et Seb aussi.

Je reniflai, indifférente aux regards des visiteurs. Avec les années, nos modes de vie s'étaient radicalement éloignés l'un de l'autre, mais Anne-Laure me réconfortait toujours comme si nous étions lycéennes.

— Ton psychopathe a raison, ajouta-t-elle doucement. Maintenant, tu vas avoir plus de temps pour te consacrer aux choses importantes de ta vie.

— Mais je n'ai plus de travail ! gémis-je.

— Siloé, tu n'avais déjà plus de travail. Tu passais tes journées sur Internet à apprendre les capitales des pays du monde par cœur.

Pas faux.

– Mais ce ne sera pas pareil, murmurai-je, anéantie. Maintenant... Maintenant, je suis... officiellement... chômeuse.

Le mot me brûla les lèvres et les larmes gonflèrent à nouveau mes paupières.

– Ce n'est pas grave. Il y a plein de gens au chômage, tu sais ? Et puis avec tous les entretiens que tu décroches, ça ne devrait pas durer très longtemps, pas vrai ?

Je ne répondis pas. Objectivement, elle avait raison, bien sûr. Mais j'avais un peu de mal à être objective.

– C'est quand, ton prochain entretien, déjà ?

– La semaine prochaine, reconnus-je.

– Eh bien tu vois !

Non, je ne voyais plus rien. Juste cette horrible scène qui tournait en boucle dans ma tête.

– Tu es meurtrie parce qu'on t'a renvoyé une image de toi détestable. C'est normal, Siloé. Viens à la maison, on va se faire un bon thé et je préparerai des scones, d'accord ? On va se rappeler ensemble qui est la vraie Siloé. On se fiche de ce que croient les autres. Surtout ceux qui t'ont gardée prisonnière d'un job pourri pendant trois ans.

Un rire m'échappa à travers les larmes. Les études de psychologie de mon amie refaisaient surface de temps en temps, et ses mots tapaient merveilleusement juste.

– OK. Je passe aux toilettes mettre un peu d'eau sur mon visage et j'arrive.

– Bien. Et...

Elle hésita une seconde.

– Quoi ?

— Je me demandais... Tu veux que j'invite Brian ?

La stupéfaction me fit oublier pendant une seconde que je venais de me faire virer. Puis je me rappelai le marché que j'avais passé avec Carine. Zut...

— Je préfère qu'il ne me voie pas dans cet état, bredouillai-je, un peu honteuse de mon mensonge. Je... Je voudrais encore l'impressionner un peu... Pour qu'il... pour... Enfin, tu comprends ?

— Évidemment, acquiesça-t-elle avec le plus grand sérieux. Vous n'êtes pas encore assez intimes pour que tu montres tes fragilités.

— Euh... Oui, voilà...

— Aucun problème. Et compte sur moi pour servir à Frédéric une version de cet incident qui te mettra en valeur.

Alors là, je ne voyais pas comment.

— D'accord, approuvai-je pourtant, pas en état de négocier.

— Je t'attends. Courage, ma Siloé. Tu es la meilleure et la plus belle. Il n'y a vraiment que les idiots pour ne pas s'en rendre compte. Gros bisous.

Je souris à mon téléphone alors que le déclic annonçait la fin de la conversation. J'avais les meilleurs amis du monde, quand même. Je me redressai, sous le regard curieux de touristes japonais qui eurent le bon goût de ne pas me prendre en photo, et je trouvai très vite les toilettes les plus proches.

Le miroir au-dessus des lavabos me renvoya une image épouvantable d'yeux tellement gonflés qu'on n'en distinguait plus la couleur, de nez rouge coulant et de joues ravagées par les larmes. Mes taches de rousseur avaient complètement disparu sous les traces de mascara. Mes cheveux châtains pourtant fraîchement lavés étaient aplatis sur mon crâne et mes reflets blonds semblaient bien ternes. Pas étonnant que les Japonais n'aient pas essayé de prendre une photo. Le choc avait dû être trop fort.

Je m'aspergeai le visage pour essayer de réparer un peu les dégâts, sans grand succès. La plus belle, tu parles... Je me contemplai à nouveau. Mon Dieu. Deux semaines plus tôt, j'avais encore tout. Aujourd'hui, j'étais au chômage pour la plus terrible des raisons. Mais qu'est-ce que j'avais fait ?

Une femme d'un certain âge avec une canne sortit d'une des cabines de W-C derrière moi et me contempla un instant par-dessus ses lunettes rondes. Puis elle s'avança vers les lavabos pour se laver les mains.

— Mon enfant, déclara-t-elle d'une voix un peu éraillée, je ne sais pas ce qui vous arrive, mais je suis sûre que ce salopard ne vous méritait pas.

Je l'observai, les yeux ronds. Ce salopard ? Lequel ? M. Loiseau ? Valérien Renoir ? Ou peut-être Brian ?

Elle m'adressa un clin d'œil qui lui mangea la moitié de son visage ridé par les ans.

— Vous en trouverez un bien mieux, croyez-en une vieille dame.

Je hochai la tête et tentai un sourire, peu convaincant si j'en croyais mon reflet dans le miroir.

— Merci, madame.

— Pas de quoi. Entre jolies femmes, on se serre les coudes !

Elle sortit des toilettes en claudiquant avec sa canne. Entre... jolies femmes. Un peu de légèreté me revint. Allons, la situation n'était pas si désespérée. J'avais toujours mes amis, ma santé, mon appart et même mes revenus. J'étais juste... J'étais juste... Oh misère. J'étais au chômage.

12

VERSION ALTERNATIVE

— À ton avis, j'y vais quand même, demain ?

Ma voix timide encore brisée par les larmes me fit pitié à moi-même. Anne-Laure cessa de surveiller ses pâtisseries dans le four pour me lancer un regard sévère. Assise devant l'îlot central de la cuisine, je replongeai le nez dans ma tasse de thé brûlant. Même vêtue d'un tablier de cuisine couvert de farine, avec des mèches qui s'échappaient de son chignon, elle arrivait à en imposer.

— Siloé.

— D'accord, d'accord, murmurai-je, sans cesser de fixer le pot de sucre posé sur la table.

— Non, pas d'accord. Maintenant, tu assumes. Tu voulais une nouvelle vie, la voilà. Un peu plus tôt et pas du tout de la façon dont tu l'avais imaginée, mais la voilà.

Je fis la moue. Elle avait une façon de tourner les choses...

— Et non, tu n'y vas pas demain. Après ce que t'a dit ton patron, hors de question que tu ailles mendier quelques jours de rab. Un peu de fierté, que diable !

— Mais qu'est-ce que je vais faire, alors ?

— La même chose que ce que tu faisais là-bas. Chercher du boulot et compter les chromosomes des pommes de terre.

Ah, elle avait retenu ça ?

— En plus, ajouta-t-elle, il y a une nouvelle épreuve qui t'attend et qui devrait bien t'occuper.

— Quoi ? m'effrayai-je.

— Tu dois t'inscrire au Pôle Emploi.

Je me redressai un peu. Je n'avais pas pensé à ça, mais oui, maintenant qu'elle le disait, c'était évident. J'avais du boulot en perspective.

— J'ai été inscrite quelques mois, à la fin de mes études, me souvins-je. Ils n'ont pas fait grand-chose pour moi vu que je ne pouvais pas encore toucher d'indemnités, mais...

— Parfait ! On va le faire tout de suite, tiens !

Ni une ni deux, je me retrouvai avec l'ordinateur portable de mon amie à la place de ma tasse de thé. Je l'allumai, encore un peu mitigée. M'inscrire au Pôle Emploi me semblait signer le glas de mon travail. Et si M. Loiseau changeait d'avis... ?

Je secouai la tête. Stupide. Avec ce qu'il avait entendu, même dans cinquante ans, il m'en voudrait encore. Quelle horrible situation...

Je trouvai très vite les modalités d'inscription. Oh ! Ça pouvait se faire en ligne ! Voyons...

Deux mètres plus loin, Anne-Laure sortait ses scones du four, répandant dans la cuisine un somptueux parfum de gâteau.

— Qu'y a-t-il ? s'étonna-t-elle en me voyant immobile, les yeux plissés à scruter l'écran.

— Ça me demande mon numéro d'inscription de la dernière fois, marmonnai-je.

— Ah...

Cela remontait à plus de trois ans. Avais-je conservé une information pareille ? J'ouvris ma boîte e-mail personnelle et tapai « pôle emploi » dans la barre de recherche.

— Yes ! m'exclamai-je en voyant les résultats apparaître. Je l'ai gardé !

— Super.

Comme quoi, ne pas faire de tri régulier dans ses e-mails, ça avait du bon !

J'entrai le numéro et le mot de passe qui allait avec. La session s'ouvrit comme si je n'avais jamais quitté Pôle Emploi. Ce qui était un peu flippant, en y réfléchissant bien. Je cochai rapidement les réponses aux différentes questions proposées, puis grimaçai.

— Je dois fournir des infos écrites sur le document de licenciement de mon entreprise...

— Ça m'étonnait que ça soit aussi facile, s'amusa Anne-Laure en apportant les scones sur la table avec du beurre et de la confiture. Je sais qu'il y a eu le choc de simplification, mais tout de même.

Je ruminai une seconde.

— Il faudrait peut-être que je contacte Pôle Emploi, pour savoir quels papiers je dois réclamer à mon chef. Pour peu qu'il soit encore furieux et qu'il en oublie la moitié...

Anne-Laure approuva d'un hochement de chignon, en coupant un scone en deux pour le beurrer. Hum. Elle avait lâché l'affaire, quoi. Je dégainai mon téléphone et composai le numéro affiché sur le site. La tonalité résonna moins d'une seconde et cela décrocha. Je sursautai presque. Bon sang ! Ils avaient fait des progrès, dans les administrations !

— Allô ?

De l'autre côté, un morceau de musique classique résonna, suivie d'une voix féminine traînante.

— Bonjour. Si votre appel concerne un changement de situation, tapez 1. Pour des informations au sujet de vos droits d'allocation-chômage, tapez 2. Pour un rendez-vous dans votre agence Pôle Emploi la plus proche, tapez...

Je gonflai les joues, blasée. J'aurais dû m'en douter. Face à moi, Anne-Laure pouffa. Je tapai successivement les numéros requis pour avoir un humain en ligne, en la regardant garnir ses gâteaux de confiture. Mince alors. Je mourais de faim, en fait...

— Tous vos correspondants sont momentanément occupés. Merci de patienter, nous faisons le maximum pour réduire votre temps d'attente. Tous vos correspondants sont momentanément occupés. Merci de...

J'attrapai le demi-scone que me tendait mon amie par-dessus la table. Parti comme c'était parti, j'avais le temps d'en manger trois !

J'en avalai quatre avant que le déclic familier m'indique que la conversation débutait.

— Pôle Emploi, bonjour, Lisa à votre écoute, récita une femme.

— Bon... bonjour ! m'étouffai-je, la bouche encore pleine. Euh... Je... Je...

Je déglutis.

— Je vous appelle pour m'inscrire !

— Pour cela, il y a l'inscription en ligne, madame, dit très poliment mon interlocutrice.

— Oui, je sais, mais il me manque des informations, alors j'ai besoin de votre aide.

— Très bien. Vous étiez en poste ?

— Oui.

— Pour quelle raison quittez-vous votre entreprise, madame ?

La question fort directe me déstabilisa.

— Euh... Ben... J'ai été... licenciée.

— Pour quel motif ?

Malgré son détachement apparent, le rouge me monta aux joues.

— Faute grave, répondis-je pourtant en essayant d'avoir l'air le plus naturel possible.

Un silence s'écoula. Je fixais le réfrigérateur avec insistance, comme s'il avait le pouvoir de faire disparaître cette ignominie. Puis :

— C'est encore un licenciement économique déguisé, pas vrai ?

— Quoi ? balbutiai-je.

— Votre faute grave, c'est un licenciement économique déguisé ? Votre patron vous vire en prétendant une faute grave et il vous donne une grosse somme d'argent pour que vous n'alliez pas aux Prud'hommes ?

— Euh...

— Ne vous fatiguez pas, me coupa la conseillère, blasée. Depuis que l'État a réduit le nombre de licenciements économiques autorisés par an, j'en ai quinze comme vous chaque jour. Mais ne vous inquiétez pas, je sais que c'est un arrangement confidentiel entre votre patron et vous, ça ne paraîtra pas dans votre dossier. Si tout le monde y trouve son compte... Faute grave, donc. Très bien. Essayez quand même d'avoir l'air un peu plus triste, quand vous dites ça, vous serez plus crédible.

La bouche ouverte, j'essayai désespérément de trouver une repartie intelligente. Face à moi, Anne-Laure s'était redressée, les yeux brillants sous son maquillage parfait.

— Eh bien voilà ! souffla-t-elle. C'est ça que je vais raconter à Frédéric et à ses amis !

— Qu'avez-vous besoin de savoir ? reprit mon interlocutrice.

— Les... Les documents à fournir..., bredouillai-je.

— Votre entreprise nous enverra une partie de ce dont nous avons besoin, avec votre salaire actuel pour le calcul de vos indemnités. Vous, vous recevrez un double de cette attestation. Pensez bien à récupérer votre solde de tout compte, votre certificat de travail, et le chèque qui achète votre silence.

Ah... Oui. On allait oublier, ça...

— Et c'est tout ?

— C'est tout. Inscrivez-vous par Internet dès que vous aurez le papier. Ce n'est pas la date de votre licenciement qui compte, pour les indemnités, c'est votre date d'inscription, donc ne mettez pas quinze jours. Mais vous avez déjà un autre poste en vue, j'imagine ?

— Je... J'y travaille.

— C'est bien ce que je pensais. Y a-t-il autre chose pour votre service, madame ?

— Ben... Euh... Non.

— Très bien. Je vous remercie pour votre appel et Pôle Emploi vous souhaite à travers moi une bonne fin de journée. Au revoir, madame.

— Euh... Merci... Au r...

Cela raccrocha. Je contemplai mon téléphone, médusée.

— Quelle efficacité, Pôle Emploi ! s'écria Anne-Laure. Ils ont fait de sacrés progrès !

Son rire perlé m'arracha une moue désabusée.

— Anne-Laure.

— Quoi ?

— Ce n'est pas drôle.

— Tu trouves ? Moi, j'adore ! Avoue que leur version de ton licenciement est bien meilleure que la tienne.

Je tentai de l'assassiner à coups de regards tueurs, mais elle me décocha un sourire éclatant avant de mordre dans un nouveau scone. Bon, très bien...

— Je n'ai pas de preuve de cette version, soupirai-je, vaincue.

— Bien sûr que non ! Elle vient de dire que c'était un arrangement ultraconfidentiel entre ton boss et toi, donc il ne peut pas y avoir de preuve. Et du coup, on ne peut pas prouver non plus que ce n'est pas vrai.

Elle rayonnait.

— Oh lala..., murmura-t-elle pour elle-même. Quand Brian va savoir que tu as négocié ton départ pour embobiner la législation française...

— Anne-Laure ! J'ai été virée !

— Mais non, mais non. Crois-en mes études de psychologie, c'est tout dans la tête.

Je la dévisageai, dubitative. Et son déni de réalité, on en parlait ou bien... ? Bah, il valait mieux reprendre un gâteau. Rien ne pouvait résister à la confiture de fraise maison de mon amie, même pas un licenciement pour faute grave.

La journée du lendemain fut incroyablement longue. Je m'étais levée et habillée comme pour aller au travail, puis j'étais restée plantée devant mon téléphone, dans l'espoir improbable d'un appel me demandant pourquoi je n'étais pas à mon poste

Bien entendu, l'appareil ne vibra que deux fois, la première pour me signaler un SMS de Carine : *Coucou Siloé ! Anne-Laure m'a tout raconté, chapeau pour ta négo ! Tu vas toucher combien pour ne pas aller aux Prud'hommes ?* Et la seconde pour un SMS de Sébastien : *Yo ! J'ai dû menacer AL pour avoir la vérité au lieu de son conte de fées, ça doit être dur pour toi. Mais c'est mieux comme ça. Tu as fait la grasse mat', au moins ? J'espère que tu n'es pas devant ton téléphone en train d'attendre qu'ils te rappellent ! Lol !*

Rouge vif, j'avais ronchonné pour la forme, puis j'avais pris mes granules d'homéopathie et je m'étais de nouveau attelée à ma recherche d'emploi. Cette fois, je n'avais plus le choix !

Une chose était sûre, ne plus aller au travail me dégageait un temps incroyable. Les deux jours qui suivirent me donnèrent l'impression d'être plus productive que mes trois dernières années réunies. Un peu de sport le matin, quelques heures bien remplies de recherche d'emploi, un soupçon de ménage, un film sympa pour me détendre, une bonne séance de vaudou pour maudire la sœur de Valérien Renoir et son crétin de petit ami, et le soleil se couchait déjà.

Par bonheur, mes granules « Ne pas remâcher les erreurs du passé » fonctionnaient remarquablement bien et, tant que j'étais occupée, l'horrible scène du Louvre restait loin de mon esprit. De plus, mes efforts portaient leurs fruits et mon agenda se remplissait miraculeusement d'entretiens téléphoniques pour des postes divers. Mes premières expériences me rendaient lucides quant au sérieux de certaines, mais il y en avait d'autres auxquelles je croyais de tout mon cœur. Les statistiques de Carine disaient vrai. Un entretien pour dix candidatures, si l'on ciblait bien ses offres. Bien entendu, l'angoisse venait régulièrement me tenailler, mais un coup de fil à mes amis ou un peu d'homéopathie suffisait à me remettre d'aplomb. Après tout, jusqu'à preuve du contraire, je n'étais toujours pas au chômage !

L'officialisation arriva le vendredi matin sous la forme d'un courrier recommandé du service des ressources humaines de Loiseau et Compagnie. Je pris le temps de m'asseoir sur le canapé de mon salon et grimaçai en l'ouvrant. Le ton était froid et laconique. Je m'y attendais, bien sûr, mais c'était désagréable quand même. La lettre reprenait en des termes assez peu flatteurs la conversation qui s'était tenue entre deux momies, et me convoquait le mardi suivant dans les locaux de l'entreprise. L'heure me serait précisée ultérieurement. Je fronçai les sourcils et attrapai mon agenda. Flûte. Mardi, j'avais un entretien pour un poste qui me plaisait bien en début d'après-midi. Pourvu que ça soit avant ou après...

Mon téléphone se mit à vibrer. Je me jetai littéralement dessus. Encore un autre entretien ?

– Allô ?

– Siloé ? Bonjour, c'est André, du service juridique.

J'eus l'impression de recevoir une douche froide. La réalité me rattrapait.

– Oui ?

– Hem... Ça... Ça va ?

Il paraissait à peu près aussi à l'aise que moi.

– Tant que je ne pense pas à ce qui s'est passé, ça va, avouai-je.

– Oui, je comprends... Je t'appelle pour fixer le rendez-vous de mardi prochain. Tu as dû recevoir la lettre hier ?

– Ce matin, oui.

– Bon, très bien. J'ai deux ou trois choses à te préciser avant que tu viennes. Tu as un peu de temps ?

– Bien sûr.

Je m'installai plus confortablement sur mon canapé, mi-inquiète, mi-intriguée. J'avais fini par comprendre qu'André avait pris ma défense en suggérant un licenciement au lieu de laisser M. Loiseau me forcer à démissionner. Pourquoi donc m'appelait-il ?

– OK, dit-il à voix plus basse. Alors premier point : j'ai fortement insisté pour que ton cas reste confidentiel.

M. Loiseau voulait tout raconter à l'entreprise entière parce qu'il était furax. J'ai réussi à le convaincre que ce serait une vitrine catastrophique pour les salariés et la société si la rumeur devait se répandre. Il a fini par me croire.

– Ah..., bredouillai-je. Euh... Super...

– Il n'y aura donc que cinq personnes au courant : toi, moi, M. Loiseau, le DRH et ta collègue Carmen. J'ai aussi vu avec elle, elle a promis de se taire. Et je me charge des papiers avec le DRH.

– D'accord.

– Deuxième point...

Il laissa passer un silence. Je pressai plus fort le téléphone contre mon oreille.

– Une bonne nouvelle, reprit-il comme s'il jubilait. J'ai aussi réussi à t'obtenir une prime de départ.

– Quoi ? m'écriai-je.

– Je t'explique. En tant qu'assistante technico-administrative, tu étais beaucoup en relation avec les clients de Loiseau et Compagnie.

Hum. Oui. Pour le peu que je faisais, effectivement, j'étais en contact. Officiellement, en tout cas.

– J'ai expliqué au patron que si tu étais virée pour faute grave, peu importait la nature de la faute, les clients finiraient par l'apprendre et ils remettraient en cause les travaux que tu as effectués pour eux. Avec une prime de départ, même petite, on peut parler de départ négocié, et là, ce n'est plus du tout la même chanson.

Les yeux écarquillés, je fixai la télé sans la voir.

— Mais... Mais alors je ne suis pas virée pour faute grave ? bégayai-je.

— Sur le papier, si. Mais cette prime permettra de prétendre le contraire, au cas où les clients s'en inquiéteraient. Le départ négocié est une pratique assez courante, mais totalement confidentielle.

Je n'y croyais pas. La conseillère Pôle Emploi avait raison sur toute la ligne !

— Et au cas où de futurs recruteurs appelleraient chez Loiseau et Compagnie pour avoir des références, conclut-il, la consigne est de dire qu'il s'agit d'un départ à l'amiable. Mais si je peux me permettre un conseil, ne donne pas les coordonnées de quelqu'un d'ici. Ou alors celles de Carmen, peut-être, si elle est d'accord.

Je clignai des paupières. Carmen ? Avec ses sautes d'humeur, elle était foutue de me couler même auprès d'un recruteur hypermotivé !

— La prime se monte à 200 euros bruts. Je suis désolé de ne pas avoir pu obtenir plus, on est plutôt autour de 10 000 à 20 000 euros pour un vrai départ négocié, mais ça permettra de faire comme si...

— C'est génial ! m'écriai-je en me trémoussant sur le canapé, folle de joie. Merci André !

— Oh... Pas de quoi.

— Mais... Mais pourquoi tu fais ça pour moi ?

Il n'était pas amoureux de moi, quand même ! On se connaissait à peine et il avait l'âge d'être mon père !

Une seconde de silence s'écoula.

— Eh bien..., finit-il par murmurer. Disons que... J'aimerais bien être à ta place.

— Quoi ?

— Tu sais, ce que ce petit gars a dit, au Louvre… Ne pense pas que tu sois la seule à t'ennuyer, ici. Les journées sont longues pour beaucoup de gens.

J'en restai sans voix.

— On est tous pareils, à hésiter entre partir à l'aventure et rester à dépérir ici. Sauf qu'à mon âge, l'aventure, c'est dangereux. On ne retrouve plus si facilement du travail, alors impossible de me décider à sauter le pas. Toi, tu as réussi à choisir, alors je veux t'aider. Je t'admire beaucoup, tu sais ?

Les mots me manquaient. J'avais réussi à choisir ? Mais je n'avais rien choisi du tout ! Qu'est-ce que c'était que cet incroyable malentendu ? « On » avait choisi pour moi !

— Enfin bref… On se dit quelle heure, pour mardi ?

— Euh… Le matin ? balbutiai-je.

— Parfait. 11 heures ? Comme ça, tu viens un peu plus tôt pour vider ton bureau et tu signes les papiers ensuite ?

Je jetai un œil sur mon agenda. L'entretien était à 14 heures.

— D'accord.

— C'est noté. À mardi, alors. Et surtout n'oublie pas, tout ce que j'ai dit doit rester confidentiel.

— Oui, compte sur moi.

— Bon courage, Siloé.

Il raccrocha. Il me fallut quelques secondes pour digérer toutes ces informations. Et soudain, je bondis sur mon téléphone. Bon sang ! J'allais vraiment toucher une prime ! Mes amis allaient halluciner !

— Allô, Carine ? Ça y est ! Je sais combien je vais toucher !

C'était le meilleur licenciement de toute ma vie !
Bon, le premier, aussi.
Et le dernier, il fallait me le souhaiter.
Mais ça comptait quand même !

13
DÉPART

Le mardi suivant, je me rendis donc à mon travail. Un peu anxieuse, des cartons et des sacs vides plein les bras, je posai mon badge sur le tourniquet de sécurité. Celui-ci se débloqua avec sa petite lumière verte habituelle. Ouf, mon compte n'avait pas encore été supprimé !

Sous le regard impassible du vigile, je passai avec mon chargement et gagnai mon bureau.

– Siloé ! s'écria Carmen en se levant d'un bond. Tu es enfin là !

Elle se jeta à mon cou, faisant dégringoler mes cartons et mes sacs.

– Euh... Oui, bredouillai-je, étonnée par une telle démonstration d'affection.

– C'est affreux ! Si tu savais comme tu me manques ! Je suis obligée de faire tout ton travail !

Mes épaules s'affaissèrent de désappointement.

– Eh bien, au moins, tu en as, du travail, déclarai-je en essayant de maîtriser l'amertume de ma voix.

— Oui... Oui... Bon, c'est vrai, pas tant que ça... Mais qu'est-ce que je m'ennuie, sans toi !

Ça, j'y croyais déjà un peu plus.

— Ma pauvre Siloé, comme tes journées doivent te sembler longues...

— En fait, pas tant que ça non plus, avouai-je. Comme je passe beaucoup de temps à chercher du boulot, je ne...

— Ah ! Tu déprimes ! Je le savais, je le savais. Oh, ma chérie... Viens là.

Elle me serra de nouveau dans ses bras, me collant ses cheveux dans le visage.

Mouais. On ne s'était pas comprises.

— Ne t'inquiète pas, chuchota-t-elle à mon oreille. D'une façon ou d'une autre, je serai toujours près de toi pour te soutenir.

— Merci, bougonnai-je en soufflant sur une mèche noire pour la dégager de mon nez. C'est gentil.

— Je suppose que tu galères à décrocher des entretiens ?

Je levai les yeux au ciel, toujours coincée contre elle. Tant d'optimisme...

— J'en ai un cet après-midi, à 14 heures.

Du coup, elle cessa de m'enlacer pour m'observer, les yeux ronds.

— Vraiment ?

— Vraiment.

— Eh ben, dis donc ! Tu n'auras pas mis longtemps à nous oublier ! Lâcheuse !

Je me forçai à sourire. Rester calme et sereine. Rester calme et sereine. Rester calme et... Où avais-je mis mon tube d'homéopathie ?

— Tu m'aides à ranger mes affaires ? demandai-je pour passer à autre chose.

— Oui, évidemment.

Il nous fallut une bonne heure pour faire le tri entre les affaires qui m'appartenaient, celles à transférer et celles à jeter. Je vis ainsi défiler une espèce de rétrospective de trois ans de travail. Curieusement, je ressentis une pointe de nostalgie, mais aucun véritable regret. Rien de ce que j'avais fait ici ne m'avait suffisamment fait vibrer pour me rendre triste lors de ce dernier jour. Carmen récupéra mes pots à crayons, mais je la vis glisser discrètement dans mes cartons mes stylos de couleur préférés. Cela me toucha. Peut-être que j'allais vraiment lui manquer, en fait, et pas juste parce qu'elle allait s'ennuyer sans moi. Il faudrait que je la tienne au courant de mes prochaines péripéties.

Faire rentrer ma plante verte dans un carton et la caler avec des feuilles de brouillon froissées nous prit un certain temps et finit en fou rire incontrôlable quand un bourgeon entra dans la narine gauche de Carmen. Elle me donna un coup de main pour tout transporter dans la voiture d'Anne-Laure que j'avais à nouveau empruntée, toujours sous les yeux placides du vigile, puis ce fut l'heure d'aller signer les papiers.

Contrairement à ce que j'avais craint, M. Loiseau ne se montra pas. Je récupérai les documents que me donna le DRH avec un regard froid, apposai ma signature aux endroits indiqués, rangeai le chèque annoncé par André en essayant de ne pas sourire trop largement et m'en fus sans demander mon reste. Je n'aurais jamais imaginé que cela serait aussi simple et aussi rapide ! Qu'avais-je imaginé, d'ailleurs ? Un long sermon à base de « ce-n'est-pas-bien-petite-Siloé-tu-es-une-méchante-fille » ? En y réfléchissant deux minutes, c'était ridicule !

Je ne vis pas André non plus, mais il avait peut-être reçu des consignes. Ou peut-être qu'il ne souhaitait pas être vu en compagnie de la « rebelle ». En tout cas, je me gardai bien de demander où il était. Pas la peine d'afficher ma sympathie pour lui, cela ne lui rendrait probablement pas service.

Carmen et moi nous retrouvâmes dans l'entrée, et elle se jeta à mon cou.

— Tu vas tellement me manquer, renifla-t-elle, la voix pleine de larmes. Plus rien ne sera comme avant, sans toi. J'ai l'impression qu'on m'arrache un bras.

À trois mètres de nous, le vigile haussa un sourcil plein de flegme.

— Allons, murmurai-je, émue. On va se revoir très vite...

— Ah ça oui, alors ! J'ai tout prévu pour ça.

Un soupçon d'inquiétude me vint.

— Euh... Ah bon ?

Carmen me lâcha et essuya ses grands yeux noirs, un sourire forcé aux lèvres.

— Oui, mais ne me pose pas de question, c'est une surprise.

— Ah, d'accord.

— Fais très attention à toi, Siloé. Tu as été la meilleure collègue que j'ai jamais eue et que j'aurais jamais de toute ma vie.

Hum. Avec ses paupières humides et sa voix vibrante, je l'aurais presque crue. En tout cas, je l'aurais crue si elle ne m'avait pas rabâché pendant mes six premiers mois ici que personne au monde ne pourrait remplacer la collègue qu'elle avait avant moi. Carmen, quoi.

— Tu me manqueras aussi, assurai-je.

— On se revoit très vite !

— OK.

Nous nous embrassâmes chaudement, sous le regard redevenu impassible du vigile. Carmen m'accompagna jusqu'à la voiture, et je mis le contact. La voiture démarra avec un doux ronron. Un incroyable sentiment de liberté m'envahit alors que je m'engageais dans le flot de la circulation parisienne. C'était fini ! Fini ! Je partais pour une nouvelle vie pleine d'aventures ! Une aventure qui commençait pas plus tard qu'après le déjeuner, avec un nouvel entretien !

Le soleil brillait par la baie vitrée, donnant des reflets d'or à la grande femme au tailleur élégant qui me recevait. Elle m'avait expliqué les tenants et aboutissants du poste, puis avait écouté mon speech d'un air bienveillant, en pointant sur mon CV avec son stylo les points que j'abordais. Tout se passait pour le mieux.

— Et voilà pourquoi je postule chez vous aujourd'hui, conclus-je avec conviction.

Mon téléphone vibra dans mon sac à main, posé contre ma jambe. Je me raidis, mais de l'autre côté du bureau, la femme sourit d'un air confiant. Ouf, elle n'avait pas entendu. Comment avais-je pu zapper de l'éteindre ?

Des sites Internet au diabolique Valérien Renoir, tout le monde se montrait formel à ce sujet : pas de téléphone en entretien !

— J'aimerais que nous entrions davantage dans le vif du sujet, reprit mon interlocutrice en passant sa main dans ses cheveux d'or. Sur des aspects un peu plus techniques. Il me semble que vous dessinez vos propres plans, n'est-ce pas ?

— Oui, approuvai-je, ravie que ce point ait retenu son attention. J'en ai apporté quelques-uns, en supprimant le nom des clients à cause de mes clauses de confidentialité. Vous voulez les voir ?

— J'allais vous le demander !

Je me penchai sur mon sac, le cœur battant. J'avais confiance dans la qualité de mes dessins techniques, mais c'était la première fois que je les montrais à quelqu'un d'extérieur à ma boîte, et qui s'y connaissait quand même !

Je tirai ma grande pochette à dessins et la lui tendis. La femme l'ouvrit, les paupières plissées en signe d'intérêt. Je me mordillai les lèvres. Elle prit plusieurs dessins et les leva devant son visage pour mieux les voir. Mon nez me piqua. Ah non, ce n'était pas le moment d'éternuer. Je glissai la main dans la poche de ma veste posée sur le dossier de mon siège, à la recherche d'un mouchoir. Mes doigts rencontrèrent quelque chose de chaud, qui sursauta brutalement. Je manquai de hurler. La chose se débattit. Horrifiée, je n'eus que le temps de voir une boule poilue émerger de la poche et rouler par terre. Oh mon Dieu ! Mais... Mais...

La boule se déplia et fonça sous le bureau de toute l'énergie de ses petites pattes. Le sang quitta mon visage. Bidule.

— Ces dessins sont remarquables, déclara la recruteuse. Vous avez un tracé sûr, mademoiselle Gautier.

— Merci, murmurai-je d'une voix blanche.

— Nous cherchons des gens avec de tels talents, surtout pour les faire évoluer. Dites-moi, où vous voyez-vous, dans dix ans ?

Je tentai de me reconcentrer, mais la boule poilue se dirigeait droit vers la jambe de mon interlocutrice. Oh non. Catastrophe.

— Je... Eh bien...

La réponse que Valérien Renoir m'avait soufflée quelques jours plus tôt me revint en mémoire.

— J'aime beaucoup ce que je fais, récitai-je mécaniquement, et d'ici à quelques années, j'aimerais prendre des responsabilités, peut-être en tant que chef de projets, ou pourquoi pas chef d'équipe ? Cela dépendra des besoins de l'entreprise et des opportunités...

Tu parles d'une réponse bateau... Pourtant, la femme inclina la tête d'un air enchanté.

— Parfait. Je n'ai plus de question de mon côté. Et vous, souhaitez-vous encore...

Elle s'interrompit sur un cri perçant. Mon cœur se figea. La recruteuse se leva d'un bond et fit un mouvement de jambe digne des plus grands shoots de football. Bidule décrivit un arc de cercle parfait dans les airs et atterrit sur le sol avec un petit *pof* mignon, avant de cavaler sous l'armoire la plus proche.

— Un rat ! hurla la recruteuse, les yeux exorbités. Un rat !

Je crus une seconde qu'elle allait monter sur sa chaise, mais elle se précipita sur le porte-parapluies à côté de la porte et m'en jeta un.

— On va le tuer ! Aidez-moi !

Bouche bée, je la regardai brandir son propre parapluie comme une épée et foncer vers l'armoire.

— Je vais le faire sortir ! Vous, tapez-lui dessus quand il passera devant vous ! Visez la nuque, pour lui briser la colonne d'un seul coup ! Frappez aussi fort que vous pouvez !

L'épouvante me glaça sur place. Miséricorde, Bidule ! Je n'allais pas lui exploser le crâne à coups de parapluie !

— Dépêchez-vous, mademoiselle Gautier ! Il faut l'avoir avant qu'il s'enfuie !

Je déglutis péniblement. Que faire ? Lui avouer que ce « rat » était dans ma poche depuis le début de l'entretien ? J'allais me faire virer direct ! Je me levai, les jambes flageolantes.

— N'ayez pas peur, Siloé, ordonna la recruteuse, le regard fou et les cheveux en bataille. Je sais que c'est difficile la première fois, mais faites-moi confiance. On va l'avoir.

— Euh... Oui, bredouillai-je. Mais vous êtes sûre que c'est un rat ?

Elle écarta ma remarque d'un geste de la main.

— Certaine ! Allez, debout !

— Mais... Euh... Je veux dire, on n'est peut-être pas obligées de le tuer. Enfin... Si vous voulez, je peux le prendre et le mettre dehors...

La haine dans ses prunelles noires me coupa dans mon élan.

— Un bon rat est un rat mort. Si vous pensez que vous n'y arriverez pas, on peut échanger. Vous le faites sortir et moi, je le tue.

— Euh... Non, non.

— OK. Alors mettez-vous là, je le pousse vers vous.

Catastrophe... Que faire ?

La recruteuse s'accroupit avec prudence devant l'armoire et glissa son parapluie en dessous. Je m'empressai de la rejoindre. Il fallait sauver Bidule ! Le hamster ne tarda pas à sortir en cavalant de toute la force de ses petites pattes, poussé par le parapluie.

— Là ! rugit la femme.

Je me précipitai sur la bestiole et la saisis avec une douceur très contestable. Bidule couina. Tant pis. Au moins, personne ne le décapiterait aujourd'hui.

— Regardez ! m'exclamai-je en le brandissant vers le haut. Ce n'est pas un rat, c'est un hamster !

La femme l'observa avec un dégoût évident, puis reporta son attention sur moi, les sourcils froncés par le doute. Oh non...

— C'est vous qui l'avez apporté ?

— Pas du tout, bredouillai-je. Je... Je...

— Il n'était pas là avant. C'est vous qui l'avez apporté.

— Non ! Je... C'est... C'est ma collègue qui a dû le mettre dans ma poche...

— Dehors ! Vous et votre saloperie, dehors !

Les mots restèrent coincés dans ma gorge. Mais non !

— Dehors !

L'adrénaline se remit à courir dans mes veines. Elle allait me frapper avec son parapluie !

Le cœur battant, je reculai précipitamment, fourrai Bidule dans mon sac, attrapai mes feuilles de dessin sur le bureau, ma veste, et marchai à reculons jusqu'au couloir sans même essayer de ranger. La femme me fixait d'un air révulsé, le parapluie levé.

Je partis en courant.

14

LE VŒU DU HAMSTER

Je passai la fin de la journée enveloppée dans une couverture, malgré la tiédeur agréable du dehors, sur mon canapé, à regarder la télé avec une indifférence totale, traumatisée. Mon téléphone avait sonné une bonne dizaine de fois sans que je lui prête la moindre attention. Même Bidule, qui couinait dans le grand saladier où je l'avais consigné, ne parvenait pas à me sortir de mon état de choc. Pendant quelques secondes, j'avais réellement pensé à tuer un petit animal sans défense à coups de parapluie. J'étais un monstre. Un horrible monstre. Et, tout aussi grave, j'avais failli me faire moi-même défoncer le crâne par une recruteuse terrifiante. Qu'avais-je bien pu faire dans mes vies précédentes pour mériter un tel retour de karma ?

On tambourina soudain à ma porte. Je levai les yeux, décidai que c'était une erreur et replongeai dans ma léthargie.

— Siloé ? C'est nous ! Tu es là ?

Ah ? Ce n'était donc pas une erreur. Et cela ressemblait à la voix de Carine.

— On sait que tu es là, reprit un timbre beaucoup plus grave – celui de Sébastien. La voiture d'Anne-Laure est garée en bas. Ouvre.

Je serrai les dents et rabattis la couverture sur ma tête. Je ne voulais voir personne, j'avais trop honte.

— Bon, on entre, prévint à son tour Anne-Laure.

La clé tourna dans la serrure. Un de ces quatre, il faudrait que je pense à lui reprendre le double que je lui avais confié.

— Siloé !

En un bond, mes trois amis furent autour de moi.

— Mais qu'est-ce qui se passe ? Siloé ! On s'est fait un sang d'encre !

Carine me retira d'autorité la couverture de la tête tandis qu'Anne-Laure s'asseyait près de moi pour me serrer dans ses bras. Son parfum délicat envahit mes narines. Si je m'essuyais le visage sur son joli tailleur, m'en voudrait-elle ?

— Tu ne répondais pas aux messages et tu n'es pas passée me rendre ma voiture, me glissa-t-elle avec affection, visiblement insensible à mon nez humide. Je me suis fait du souci. On a appelé tous les hôpitaux et tous les commissariats de Paris pour savoir s'il y avait eu un accident impliquant une jeune femme brune avec des taches de rousseur.

— Je ne pensais pas qu'il y avait autant d'accidents impliquant des jeunes femmes brunes avec des taches de rousseur chaque jour, ajouta Carine en se calant sur mon accoudoir, l'air secoué. Heureusement, tu n'en faisais pas partie.

— Alors on a pensé que ton licenciement de ce matin s'était mal passé, et on est venus. Dis quelque chose, Siloé.

Je secouai la tête, incapable d'articuler un mot.

— Tu as pris ton homéopathie ? demanda Sébastien, penché sur mon étagère de tubes colorés. Tiens, celui-là, par exemple. « Encaisser les chocs », ça semble pas mal, non ?

Je clignai des yeux. Mon homéopathie. Je n'y avais même pas pensé. Il fallait vraiment que je ne sois pas dans mon assiette.

Mes amis me préparèrent les granules, que je gobai sans poser de question. Rassurée, Anne-Laure se leva et réajusta sa veste de tailleur, avec l'attitude de quelqu'un sur le point de prendre les choses en main.

— Je suppose que tu n'as rien mangé depuis ce matin ? Je vais cuisiner un petit quelque chose. Seb, tu m'aides.

— Pourquoi moi ? râla celui-ci.

— Parce que c'est Carine qui s'est farci les visites d'hôpitaux avec des femmes qui correspondaient au signalement de Siloé.

— Bon... OK...

Je jetai un coup d'œil à Carine. Les lunettes de mon amie étaient un peu de travers sur son nez, des cheveux blonds s'échappaient de sa queue-de-cheval et des rides de souci plissaient son front. Même sa veste de jogging semblait épuisée, en pendant de chaque côté de ses épaules. La culpabilité me tordit le ventre. J'aurais peut-être dû répondre à mes messages, en fait.

— Tiens ? s'étonna Sébastien en approchant du plan de travail de ma cuisine ouverte. Tu fais une salade de hamster ?

Un cri de détresse m'échappa.

— Non ! Pas Bidule !

Un silence perplexe accueillit ma protestation.

— Bidule ? finit par demander Anne-Laure, tout doucement comme pour ne pas me brusquer. Le hamster de Carmen ? Elle te l'a donné ?

— Oui... Non... Je... je... Elle... Je vais le lui rendre... Je ne voulais faire de mal à personne... C'était... C'était une erreur...

Du coup, ils revinrent s'asseoir près de moi.

— Tu l'as volé ? s'enquit prudemment Anne-Laure.

Scandalisée, je me redressai et avalai d'un coup les granules qui fondaient tranquillement sous ma langue.

— Mais pas du tout ! J'ai juste failli le tuer ! Avec un parapluie ! Parce que c'était une folle !

Mes amis échangèrent des regards effarés.

— Voyons, Siloé, tu as toujours su que Carmen est à moitié cinglée, pas la peine de tuer Bidule pour ça...

J'inspirai profondément. Bon, il fallait que je me calme pour leur expliquer. De façon un peu moins décousue, si possible. En commençant par leur montrer ce fichu SMS que j'avais reçu en entretien et qui m'aurait peut-être épargné une scène horrible si je l'avais lu avant.

Bon courage pour ton entretien, Siloé ! J'espère que le petit porte-bonheur que j'ai mis dans ta poche quand tu es partie t'apportera la chance que tu mérites ! Bisous, C.

Une heure plus tard, mes amis riaient aux éclats de mon effroyable mésaventure. Sur la table entre nous trônait un plat de spaghettis à la carbonara vidé et presque propre tellement nous l'avions saucé avec nos morceaux de pain. Le ventre plein, l'énergie me revenait et leur bonne humeur me rassérénait.

– Je t'imagine tellement, avec ton parapluie, à chercher une solution ! s'esclaffait Sébastien en essuyant ses yeux ruisselants de larmes.

– À ta place, j'aurais écrabouillé la bestiole, affirma Carine, complètement remise de ses émotions de l'après-midi, le jogging à nouveau bien en place.

– Hein ? m'étranglai-je.

– Tu étais en plein recrutement, bordel ! En plein recrutement, on obéit au recruteur !

J'ouvris des yeux tellement horrifiés qu'ils rirent de plus belle.

– Je plaisante, Siloé ! Évidemment que tu ne pouvais pas transformer Bidule en hachis !

– En plus, intervint Anne-Laure, je ne suis pas persuadée que tu aurais été retenue si tu avais explosé une tête de rongeur sur le beau parquet de cette femme. Et quand bien même tu l'aurais été, tu voulais travailler avec une tueuse hystérique ?

Le rouge me monta aux joues. Pas vraiment...

Sébastien leva son verre de cidre – le seul alcool qu'il avait trouvé dans mes placards et qui dénotait un peu dans les mains de celui qui portait un tee-shirt trash d'un festival de hard-rock.

— À Siloé et à son courage ! Parce qu'elle a refusé des ordres à la con et sauvé Bidule le hamster, et parce que c'est la meilleure amie du monde même si elle ne répond pas au téléphone !

— À Siloé ! répétèrent Anne-Laure et Carine, hilares, en faisant tinter leurs verres.

— Tiens, Bidule, bois un peu de ça, c'est à ta santé aussi.

Il versa quelques gouttes de cidre dans le saladier.

— Non ! m'écriai-je.

Trop tard, le rongeur s'était précipité pour boire. Je le regardai, médusée. Les autres le contemplèrent avec beaucoup d'intérêt.

— Ça peut être bourré, un hamster ?

— Aucune idée...

— Oh mon Dieu, bredouillai-je, qu'est-ce que je vais faire s'il meurt ?

— Tu enverras une photo de son cadavre à la recruteuse. Peut-être qu'elle te donnera le poste...

Ils éclatèrent à nouveau de rire et je fis la moue, très embêtée pour Bidule. Les hamsters supportaient-ils l'alcool ? Voilà une information qui manquait cruellement à ma culture générale.

— Bon, ce n'est pas tout ça, mais est-ce que tu t'es inscrite sur le site de Pôle Emploi, Siloé ? s'enquit Anne-Laure en redevenant sérieuse.

— Non, avouai-je.

— Tu as récupéré tous les documents ?

— Oui.

— Alors fais-le. Pendant ce temps, je prépare un petit dessert et Seb commence la vaisselle.

— Encore moi ? s'indigna celui-ci.

— Oui.

— Mais pourquoi ?

— Carine doit surveiller Bidule et lui faire un massage cardiaque s'il tombe dans le coma.

— Mais je peux très bien...

— Tu sais faire les massages cardiaques ?

— Euh... non...

— Alors vaisselle.

Mon camarade se leva en grommelant tandis que Carine pouffait de rire. Le saladier de Bidule sous le bras, elle me suivit côté bureau de ma pièce de vie où j'allumai l'ordinateur.

— C'est le genre d'inscription où tu as besoin d'avoir suivi un double doctorat en décodage administratif et langages paléolithiques ?

— Normalement, non, souris-je. La dernière fois, ça avait l'air plutôt simple, il me manquait juste des informations.

Je sortis les documents remis par le DRH le matin même tandis qu'elle attrapait une chaise pour s'asseoir près de moi, le saladier sur les genoux.

— Alors voyons...

En quelques minutes, je suivis la procédure, entrai les informations et numéros demandés, puis validai.

— C'est fini ? s'exclama Carine, les yeux écarquillés derrière ses lunettes. Avec ça, tu vas toucher des indemnités et tout ?

— Ben... Je crois...

— La vache ! C'est limite suspect, non ?

Un petit pingouin vêtu d'un costume trois-pièces apparut en bas de mon écran, m'informant de l'arrivée d'un e-mail. Pôle Emploi. Je l'ouvris.

— Vous trouverez ci-joint votre notification d'inscription, lus-je à voix haute. Vos courriers seront accessibles depuis votre espace personnel...

Anne-Laure avait raison, quelle efficacité, Pôle Emploi !

— Tu peux prendre rendez-vous pour faire un bilan de ta recherche d'emploi, remarqua Carine en pointant son doigt vers un coin de l'écran.

Je cliquai à l'endroit indiqué. Effectivement, le site proposait un suivi personnalisé.

— Intéressant, murmurai-je. Et puis j'ai le temps, maintenant que je ne vais plus au boulot.

— Un bilan de compétences, c'est toujours bon à prendre.

Sans hésiter plus longtemps, je remplis le formulaire de demande. Le site me renvoya sur un écran qui me proposait trois dates différentes. Je les lus, incrédule.

— Eh bien ! apprécia Carine. Ça ne traîne pas, avec eux ! Tu peux déjà les voir cette semaine !

— Impressionnant, approuvai-je.

Une seconde plus tard, j'étais inscrite pour un rendez-vous le surlendemain. Un bruit étrange, comme un moteur de miniventilateur asthmatique, frappa mon oreille. Je fronçai les sourcils, très inquiète, et examinai mon ordinateur. Mais rien.

— Mince, marmonna Carine, ça ne lui réussit vraiment pas, l'alcool.

— De quoi ? À qui ?

Elle me mit le saladier de Bidule sous le nez. Au fond, le rongeur roulé en boule gonflait et rapetissait au rythme du bruit.

— Tu avais déjà entendu un hamster ronfler ?

— Euh... Non.

— Moi non plus. On fait un vœu ?

Je lui jetai un coup d'œil torve et elle sourit innocemment.

— Quand un truc rare arrive, il faut toujours faire un vœu. Va savoir, des fois que ça marche...

Très bien. Je souhaitais que... que... qu'Adrien le jeune crétin s'étouffe avec son chewing-gum ? Non, trop cruel. Je ne souhaitais pas la mort des gens. Et puis après tout, ce n'était pas sa faute s'il était complètement idiot. Alors quoi ?

— Les filles ! appela Anne-Laure depuis le plan de travail. Dessert !

Si, je savais. Je souhaitais que Valérien Renoir réussisse dans ses complots diaboliques et que sa sœur Philippa soit malheureuse en amour toute sa vie ! Ha !

15

RENDEZ-VOUS CHEZ PÔLE EMPLOI

Assise sur mon lit devant mon armoire ouverte, je me triturai la lèvre inférieure, en proie à une interrogation fondamentale. Comment s'habiller pour un rendez-vous Pôle Emploi ? « Tailleur jupe » avait affirmé Anne-Laure, « Jogging » avait répliqué Carine, « Ah bon, il y a une tenue spéciale pour aller chez Pôle Emploi ? » avait demandé Sébastien. Avec ça, j'étais bien...

Il ne s'agissait pas d'un entretien d'embauche, évidemment, mais ça n'était pas si différent et je voulais faire bonne impression. Bon sang, moi et mes fichues questions existentielles... Toutes les femmes avaient-elles ce genre de problème ?

Je finis par fixer mon choix sur un joli pantalon de tailleur noir et un chemisier blanc à laçage en cuir un peu rétro. Élégant, mais pas trop tape-à-l'œil. Je l'espérais, en tout cas. Je soupirai en me contemplant dans le miroir. Alors c'était ça, être au chômage. Se prendre la tête pour des histoires de rien du tout en pensant qu'elles étaient énormes... Je nouai mes cheveux en tresse, mis mes plus jolies boucles d'oreilles – de belles torsades en argent – et complétai le tout avec un collier en perles de bois façon ethnique. D'après la montagne d'articles dont je m'étais gavée la veille, la principale cause de dépression suite à un licenciement était la perte de l'estime de soi, qui commençait elle-même par un laisser-aller vestimentaire. Hors de question que cela m'arrive. Après tout, je rencontrerais peut-être l'homme de ma vie, aujourd'hui. Avec toutes les misères que j'avais eues ces derniers jours, la chance allait bien finir par tourner. Je devais me tenir prête !

J'arrivai devant l'agence Pôle Emploi avec pas moins de quarante minutes d'avance, sous une légère bruine printanière. Contre toute attente, les métros parisiens roulaient à merveille, ce matin-là. Aucun « incident voyageur » ou « colis suspect » n'avait ralenti le trafic. Cela n'arrivait pas souvent ! Le destin m'envoyait sûrement un signe : malgré le mauvais temps, tout allait formidablement bien se passer. Je m'abritai sous le porche de l'agence et vérifiai d'un coup d'œil le contenu de ma pochette cartonnée. CV, copies de diplômes, attestation d'assurances et bien sûr, les fameux documents de licenciement, rien ne manquait. Parfait. Je réajustai ma veste de tailleur, même s'il y avait peu de chances qu'elle me protège de la météo peu clémente. Allons, je n'allais pas attendre quarante minutes dehors.

Je poussai la porte. Et me retrouvai dans un autre monde.

En ce jeudi matin, 11 heures, le gigantesque hall d'entrée était noir de monde. Stupéfaite, je restai toute bête au milieu du chemin. Où fallait-il aller ? Je pensais trouver un simple bureau d'accueil au milieu d'une salle d'attente ! Autour de moi, les gens se retournèrent pour me dévisager avec curiosité. Je me ratatinai un peu sur moi-même et serrai ma pochette contre ma poitrine. Eh bien quoi ? J'avais un truc sur le nez ?

Un rapide coup d'œil aux alentours me fit déglutir avec difficulté. OK, je comprenais pourquoi j'attirais l'attention. Où que je regarde, à part moi, personne n'était habillé comme pour un entretien d'embauche. Jeans, joggings, tee-shirts trop grands, trop courts ou à imprimé bigarré, pantalons troués, minishorts, casquettes de travers... Avec mon tailleur et mon chemisier, j'avais l'air complètement à côté de la plaque ! Et si j'allais attendre dehors ? C'était vivifiant, la pluie...

Un panneau Accueil accroché au plafond attira mon attention. En dessous, une jeune femme qui n'avait même pas mon âge recevait les arrivants d'un air morose, sur un bureau minuscule. Et devant elle, une queue de... dix-huit personnes. Je passai ma langue sur mes lèvres sèches. OK. Quarante minutes d'avance n'allaient peut-être pas être de trop, en fin de compte.

Je me mis à la fin de la file, avec l'air le plus naturel possible, comme si les regards ne m'affectaient pas le moins du monde. À l'intérieur de moi, je tremblais comme une feuille. Pouvais-je prendre de l'homéopathie sans attirer encore plus l'attention ? Probablement pas. J'ouvris donc ma pochette et fis semblant de lire son contenu. Pourvu que la file avance vite...

Trente-deux minutes et vingt-huit secondes plus tard, je me présentai enfin devant la demoiselle.

— Bonjour, dis-je avec mon plus joli sourire. Siloé Gautier. J'ai rendez-vous à 11 heures pour un bilan de situation professionnelle. Voilà ma convocation et les papiers demandés.

Je lui tendis l'e-mail que j'avais imprimé, ainsi que ma pochette. La jeune femme me dévisagea comme s'il m'était poussé des antennes.

— Euh... Quoi ? m'inquiétai-je.

— Non, non, rien, se reprit-elle précipitamment. Vous avez... euh... Vous avez tous les documents qui étaient sur la liste ?

— Ben oui !

— Ah...

— Il ne fallait pas ? m'enquis-je, un peu alarmée.

— Si, si ! Bien sûr ! C'est juste... Enfin, je n'ai pas l'habitude, quoi.

— De quoi ?

Elle haussa les épaules et prit ma feuille.

— Aucune importance. Les papiers seront pour votre conseiller. J'ai juste besoin de votre carte d'identité, s'il vous plaît, madame Gautier.

Je la lui donnai. Bizarre...

La jeune femme compara ma carte d'identité à la convocation, puis consulta son ordinateur.

— Parfait. Je préviens Mme Bodeau de votre arrivée. Si vous voulez bien patienter ici, elle va venir vous chercher...

Elle me rendit ma carte et désigna un ensemble de chaises déjà bien occupées par des gens de tous âges. Je la remerciai et me dirigeai tranquillement vers eux.

— Bonjour, lançai-je par réflexe à la cantonade.

Les autres me dévisagèrent comme si je débarquais de la Lune. Le rouge me monta aux joues. Je m'assis maladroitement et fis de nouveau semblant de me plonger dans mon dossier. Bon sang, il fallait que je maîtrise mes instincts, moi ! Chez Pôle Emploi, on déprimait, on ne souriait pas à tout le monde !

Au bout de quelques secondes, je trouvai le courage de lever les yeux pour observer mon entourage. Dans un coin, de jeunes enfants chahutaient en riant. Je les regardai avec curiosité. Pourquoi n'étaient-ils pas à l'école, ces petits-là ? Encore une bizarrerie Pôle Emploi. Je jurai intérieurement de ne plus m'étonner de rien.

À l'autre bout de cette surprenante salle d'attente, je remarquai une dame vêtue d'un joli tailleur crème, cramponnée à son sac à main, qui jetait des regards frénétiques autour d'elle. Un élan de compassion me gonfla la poitrine. Soudain, je me sentis beaucoup moins seule. Bon, j'étais psychologiquement prête à affronter les six minutes d'attente qui me séparaient de mon rendez-vous.

— Madame Gautier ?

Je bondis sur mes pieds. On m'appelait déjà ? Génial ! Et ça ne faisait même pas six minutes ! Non loin de moi, une femme d'une quarantaine d'années me faisait signe. Je la rejoignis et lui serrai la main avec enthousiasme. Elle ouvrit des yeux ébahis, mais ne pipa mot et m'invita à la suivre d'un geste. Bigre. Elle avait l'air fatiguée, cette dame, entre ses cernes épais et ses épaules voûtées. En même temps, avec les gais lurons qui l'entouraient, je ne pouvais que comprendre.

Elle me guida jusqu'à une petite salle où la lumière peinait à traverser le rideau beige recouvrant la baie vitrée. Un bureau englouti sous des piles de papiers hautes d'au moins dix centimètres trônait au centre. Sur l'indication de la femme, je m'installai sur le siège face à elle. Elle repoussa un tas de documents pour dégager un ordinateur portable et en releva l'écran.

— Juste un instant, j'ouvre une session à votre nom...

J'acquiesçai. Les conversations des deux pièces voisines me parvinrent très clairement à travers les murs.

— ... un SMS de rappel de pointage pour le maintien de vos indemnités, disait-on à gauche. N'oubliez pas. Si vous ne pointez pas à la fin de chaque mois, vous serez automatiquement radié...

Ah. C'était bon à savoir, ça.

— ...vois pas le problème avec ce poste de secrétaire en intérim, s'agaçait-on à droite. Cela rentre parfaitement dans vos compétences !

— Mais je suis doctorant en lettres modernes !

— Oui, vous savez écrire, alors !

Ouh la...

Un peu inquiète, je reportai mon attention sur la fameuse Mme Bodeau, toujours aux prises avec son ordinateur. Elle sembla en venir à bout.

— Bien, décréta-t-elle. Juste une petite vérification de mes données : vous êtes Siloé Gautier, vingt-neuf ans, demeurant dans le VIIIe arrondissement de Paris, licenciée avant-hier ?

— Euh... oui, confirmai-je, un peu surprise par l'association d'informations aussi disparates.

— Et vous venez pour ?

— Un bilan de ma situation et de ma recherche d'emploi.

— Alors que vous n'êtes au chômage que depuis avant-hier ?

Je clignai des yeux, déconcertée.

— Ben... Oui.

— Vous voulez dire que vous avez déjà commencé à chercher ?

— Évidemment.

Ses épaules s'affaissèrent comme si je venais d'y poser un sac de dix kilos.

— Très bien, très bien, dit-elle pourtant. Alors voyons, commençons. Quelle est votre profession ?

— Assistante technico-administrative dans les ouvrages d'art.

Elle s'arrêta, les mains en suspens au-dessus du clavier, et me jeta un coup d'œil désarçonné.

— D'accord, mais le vrai intitulé ?

Je plissai le front.

— Ben... c'est ça : assistante technico-administrative dans les ouvrages d'art.

— Vous êtes sûre ?

Comment ça, j'étais sûre ? Je tirai l'attestation de travail délivrée par Loiseau et Compagnie de ma pochette cartonnée.

— Ah oui, c'est vrai...

Elle en avait douté ? Les gens ne lui mentaient quand même pas, d'habitude !

— Il n'y a pas une façon plus simple de le dire ? demanda-t-elle, l'air de plus en plus fatigué.

J'en restai bouche bée. Mais... Mais les recruteurs qui voulaient des gens comme moi savaient bien de quoi il s'agissait, eux ! Si j'appelais ça autrement, comment allaient-ils me trouver ?

— Je ne sais pas, bafouillai-je. Je...

— Qu'appelez-vous « ouvrages d'art » ?

— Ben... Les ponts, les barrages, les...

— Ah ! Il suffisait de le dire.

Elle pianota sur son ordinateur : ingénieur des Ponts et Chaussées. J'ouvris des yeux ronds comme des soucoupes. Ingénieur ? Moi ? Avec mon bac + 3 ? Carine allait être contente !

— Vous avez été diplômée quand ? poursuivit-elle.

— Il y a huit ans.

— Et vous êtes restée chez votre précédent employeur combien de temps ?

— Trois ans.

— Vous avez donc connu cinq ans de chômage ?

— Non, non, j'ai eu des CDD après mon diplôme.

— Oh ! Mais vous avez toujours travaillé alors !

Je passai la langue sur mes lèvres. Ce rendez-vous s'annonçait tout à fait épique.

— Voilà.

— Très bien, très bien. Vous allez retrouver un poste rapidement.

Je l'espérais ! J'étais même là pour ça ! Mais pourquoi paraissait-elle de plus en plus épuisée ? Ça ne pouvait pas être notre conversation ! Elle devait sacrément déprimer, dans ce bureau...

— Donc, en tant qu'ingénieur, vous êtes cadre, murmura-t-elle en manœuvrant sa souris.

— Je ne suis pas ingénieur, corrigeai-je avec prudence, je suis assistante technico-administrative.

— Oui, mais je n'ai pas ça, dans mes cases. On va mettre que vous êtes cadre.

— Mais je...

— En général, les cadres ne font que passer, je ne suis pas inquiète pour vous.

Ahurie, je la regardai se débattre avec son logiciel qui semblait lui résister activement. Mince, j'étais tombée sur une stagiaire ou quoi ?

— Très bien, très bien, reprit-elle au bout de quelques dizaines de secondes, quand son écran fut calmé. Dans quel domaine aimeriez-vous travailler ?

— En conception.

— En quoi ?

— En conception.

— C'est-à-dire ?

Je serrai les lèvres. Catastrophe. Ma stagiaire dépressive n'avait aucune idée des différents secteurs d'activité d'une entreprise. Qu'avais-je fait de mon homéopathie ?

— C'est à l'origine des projets, expliquai-je, quand les ouvrages d'art ne sont pas encore construits.

— Ah oui, les ponts.

— Voilà.

— Vous devriez essayer d'utiliser du jargon moins spécifique. Ce serait plus simple pour retrouver du travail.

J'inspirai à fond, le plus discrètement possible.

— Vous avez apporté un CV ?

— Oui.

— Faites voir.

Un peu sur la défensive, je le sortis de ma pochette pour le lui tendre par-dessus le bureau encombré. Ce CV avait été relu par Valérien Renoir et validé par tous les recruteurs que j'avais rencontrés. Qu'allait-elle en penser ?

Elle ouvrit de grands yeux effarés.

— Oh lala ! Mais il est trop compliqué !

Je tiquai à peine.

— Trop compliqué ?

— Oui, il faut tout lire !

Hum... Devant mon absence de réaction, la conseillère poursuivit.

— Et en plus, il y a votre formation et votre diplôme en premier. Ce n'est pas tendance, ça. Vous devriez mettre vos compétences en valeur.

— Mes compétences ? répétai-je, étonnée. C'est-à-dire ?

— Les petites choses que vous savez bien faire. Si vous avez un talent particulier, comme la musique ou la cuisine...

Bien sûr. Mon CV nouvelle version commencerait donc par :

> Compétences : connaît par cœur les deux cents molécules d'homéopathie les plus utilisées, sait distinguer le ronflement pathologique chez le hamster commun,

reprise les chaussettes et recoud les boutons de chemise.

Si, avec ça, les recruteurs ne me prenaient pas au sérieux...

– Quelque chose qui attire l'œil ! insista Mme Bodeau.

Au temps pour moi. La première ligne de mon CV serait mes mensurations. Et j'ajouterais une photo de moi en maillot de bain. Avec un jeune recruteur mâle, ça pourrait fonctionner. Je me demandai une seconde si Valérien aurait... Je serrai les poings. Même pas en rêve !

La conseillère me scrutait en se triturant les doigts avec une anxiété visible, en attente d'une réponse. J'inclinai donc la tête en souriant. On ne contrariait pas les gens déprimés. Elle parut soulagée.

– Bien. On passe à la recherche d'emploi ?

– Je n'attends que ça ! m'exclamai-je.

Elle me regarda, déconcertée. Je me renfonçai dans mon siège. Pas trop d'enthousiasme, surtout, pas trop d'enthousiasme.

– Bon, qu'est-ce que j'entre dans le moteur de recherche ? « Ingénieur Ponts » ?

– Essayez « assistante technico-administrative dans les ouvrages d'art », répondis-je en tentant de maîtriser ma voix. On ne sait jamais, sur un malentendu, ça pourrait marcher.

– Si vous voulez, mais je n'y crois pas trop.

Elle tapa les mots-clés dans la barre prévue à cet effet tandis que je me penchais par-dessus les piles de paperasse pour mieux voir l'écran. Le résultat s'afficha aussitôt :

mille deux cent huit offres correspondantes. Mon cœur bondit d'espoir. Génial !

Mme Bodeau cliqua sur le premier lien. Le texte s'afficha : « Recherche d'un assistant technico-administratif systèmes embarqués ». Elle me lança un regard interrogateur. Je me grattai le crâne.

— C'est de l'électronique. Je n'ai aucune compétence là-dedans.

— D'accord.

Elle ferma l'onglet et ouvrit la deuxième offre : « CDI Technicien application ouvrages d'art ».

— Ils demandent juste le niveau baccalauréat, nota-t-elle en lisant l'annonce en même temps que moi. Ce n'est pas pour vous.

J'acquiesçai. Elle revint à mon dossier et y inscrivit « Aucune offre ne correspond au profil. » J'en restai comme deux ronds de flan.

— Euh... Et les... Et les mille deux cent six autres ?

La femme poussa un soupir à fendre l'âme.

— Écoutez, madame Gautier, votre dossier est beaucoup trop compliqué à gérer.

Hein ?

— Vous savez quoi ? Je vais le confier à un de nos consultants bénévoles qui est de permanence aujourd'hui. Il est parfait pour les gens comme vous. Attendez ici.

Je ne répondis pas, abasourdie. Il y avait donc tellement de chômeurs que le Pôle Emploi avait besoin de consultants bénévoles ? Wow...

La conseillère se leva, mon CV à la main, et sortit dans le couloir.

— Monsieur Renoir ? appela-t-elle. Monsieur Renoir !

Mon cœur manqua un battement et mes jambes perdirent toute leur solidité.

Monsieur… Renoir ?

Non. Non ! NON !

16
MARCHÉ CONCLU

Et si. La silhouette désormais familière de Valérien Renoir apparut sur le seuil. Ses yeux clairs s'écarquillèrent quand il m'aperçut et il claqua littéralement la porte au nez de Mme Bodeau qui arrivait derrière lui.

— Je vous jure que je ne suis pas un psychopathe qui vous poursuit ! s'exclama-t-il avant que je puisse dire quoi que ce soit. C'est un hasard complet !

— Monsieur Renoir ! protesta la voix étouffée de la conseillère derrière la porte.

Il se retourna.

— Je m'en occupe, Mireille, affirma-t-il sans ouvrir.

— Mais... Vous avez oublié le CV !

— Ah...

Il entrebâilla juste assez pour saisir mon CV et referma aussi sec. Malotru. Elle n'avait pas fini de déprimer, la pauvre Mireille.

— Vous me croyez, au moins ? s'enquit-il, les sourcils froncés.

— Oui, gémis-je, au bord du désespoir. J'ai compris. Ce n'est pas vous le problème, c'est moi.

— Comment ?

— J'ai dû commettre un crime atroce dans ma vie précédente et la roue divine me punit en m'obligeant à retomber sur vous indéfiniment...

L'homme plissa le front, soucieux.

— Vous croyez ?

Il avait l'air tellement sérieux que je ne pus empêcher le coin de mes lèvres de frémir en un début de sourire.

— Vous n'y croyez pas, soupira-t-il, rassuré. Tant mieux. Je sais bien ce que vous balancez aux gens qui ont l'esprit un peu fermé, je n'avais pas envie d'y passer.

— Vous travaillez aussi ici, murmurai-je, défaite.

— Un jeudi sur deux, oui.

— Je n'aurais jamais imaginé...

Valérien haussa les épaules et vint s'asseoir à la place de Mme Bodeau, derrière les montagnes de documents empilés. Ses yeux s'arrondirent devant l'écran encore ouvert sur mon dossier.

— Ingénieur des Ponts et Chaussées ?

— Ne cherchez pas, marmonnai-je. Il n'y avait pas la bonne case pour moi, elle a collé ça par défaut.

Un début de sourire traversa son visage. Mince, j'avais oublié qu'il était aussi craquant. Pourtant, il le ravala très vite.

— Je comprends mieux pourquoi Mireille trouvait votre dossier compliqué. Vous êtes venue pour un bilan professionnel, c'est ça ?

— Bien obligée, maugréai-je, vu que j'ai été virée avant-hier.

Valérien se redressa et repoussa ses mèches brunes pour plonger son regard dans le mien.

— Siloé, je suis profondément désolé de ce qui s'est passé. Je n'aurais jamais imaginé que ça pourrait tourner de cette façon. J'ai commis une faute énorme et je comprendrais si vous décidiez de vous plaindre à mes supérieurs. Je peux même vous fournir leurs coordonnées pour vous faire gagner du temps.

Je levai les yeux au ciel avec lassitude.

— Comme ça, vous vous feriez virer aussi ! Quelle bonne idée !

— Vous ne trouvez pas que ce serait un juste retour des choses ?

— Bien sûr que non ! Qui pourrait souhaiter un truc pareil ?

Un nouveau sourire, mi-amusé mi-touché, apparut sur le visage de Valérien.

— Vous êtes vraiment hors du commun, vous, murmura-t-il.

Mouais. Pas la peine de lui dire que j'avais souhaité quatre-vingts ans de malheur amoureux à sa petite sœur chérie deux jours plus tôt. D'ailleurs, à ce sujet...

— Le dénommé Adrien, là..., maugréai-je. Vous avez réussi à le dégager, au moins ?

Le sourire de Valérien s'élargit.

— En fait, je crois que c'est vous qui avez réussi. Philippa l'a viré le soir même.

— Parce qu'il était trop stupide ? devinai-je.

– Elle a prétexté qu'elle lui trouvait un « esprit trop obtus », donc ça serait plutôt grâce à votre... exposé sur l'homéopathie.

Je me redressai un peu sur mon siège, en essayant de ne pas avoir l'air trop satisfaite. Bien fait !

– Le nouveau s'appelle Damien, ajouta-t-il.

– Le nouveau ? me récriai-je. Déjà ?

– Bien sûr. Ça fait plus de deux jours...

Du coup, je me renfrognai. Elle avait de la ressource, la gamine.

– Je le trouve un peu vieux pour elle, poursuivit Valérien en tapotant innocemment la pile de feuilles la plus proche de lui. Il a dix-neuf ans, il est en terminale pour la deuxième fois...

– Bon, ben là, c'est pas compliqué, grognai-je. Vous le prenez entre quatre yeux et vous lui dites que si vous le revoyez, vous portez plainte pour détournement de mineure. En faisant votre tête de psychopathe. Radical.

Les prunelles claires de Valérien étincelèrent d'amusement.

– Excellente idée ! Je vais aller l'attendre à la sortie du lycée, ce soir.

J'acquiesçai vigoureusement. Ça, c'était un plan d'enfer ! Le grand frère collant qui venait faire son cirque à la fin des cours, en public, rien de tel pour décourager tous les autres candidats potentiels !

– Si ça ne suffit pas, appelez-moi, décrétai-je. On trouvera une solution.

– Vraiment ? s'exclama l'homme, aux anges.

— Vraiment. Carrément, même. Je suis au chômage, j'ai tout le temps que je veux, maintenant.

Grâce à elle. Il fallait au moins ça pour la remercier, non ?

Valérien éclata de rire en se rejetant contre son dossier. Mon irritation retomba un peu. Au fond, il me semblait que j'aimais bien le voir de bonne humeur. Bref.

Je désignai mon CV toujours entre ses mains. On allait essayer de se recentrer sur l'essentiel.

— On peut parler de moi, maintenant ?

— Bien sûr, se reprit-il en redevenant sérieux. J'imagine que vous n'avez pas perdu votre temps à vous tourner les pouces, vous avez décroché d'autres entretiens ?

Sans répondre, je lui montrai mon agenda ouvert avec les futurs entretiens notés à l'intérieur.

— Votre collègue, là, Mireille, avait l'air de penser que c'était trop tôt pour chercher...

Valérien balaya ma remarque du revers de la main, manquant de dégommer la pile de dossiers la plus haute.

— Elle n'a pas l'habitude, la plupart des gens n'ont pas votre motivation.

— Elle a dit aussi que mon CV était trop compliqué parce qu'il fallait tout lire, grommelai-je.

L'ombre d'un sourire passa sur le visage de l'homme.

— Siloé.

— Oui ?

— Oubliez Mireille, c'est moi qui m'occupe de vous, d'accord ?

Un frisson courut le long de mon dos. Ouh la. Comment ça pouvait autant me plaire qu'il dise ça ?

— D'accord.

– Bon, voilà ce que je vous propose : avant chaque entretien, on se voit pour le préparer et je vous pose les questions qui risquent de tomber. Et après, on débriefe. Vu mon planning, ça pourra être parfois en dehors de mes heures de travail, plutôt en soirée. Ou le week-end. Et je m'engage à ce que vous retrouviez un travail dans les trois prochains mois.

Je le contemplai avec des yeux ronds.

– Vous faites ça pour tous les gens que vous suivez chez Pôle Emploi ?

– Non, avoua-t-il. Seulement ceux qui m'aident à éloigner les soupirants de Philippa.

– Ah... Et on est nombreux ?

– Avec vous ? Ça fait un.

Oh.

Je sentis le rouge me monter aux joues bien malgré moi.

Valérien me tendit la main par-dessus la table et ses montagnes de dossiers.

– Marché conclu ?

J'attrapai la main et la serrai vigoureusement.

– Marché conclu !

– Parfait. Vous avez un entretien lundi. Donc dimanche soir, vous venez prendre l'apéro à la maison.

Mon sourire s'effaça un peu. Ah ? Déjà ?

Je me ressaisis. S'il fallait ça pour trouver du boulot, hors de question de me défiler !

Question : était-ce une excuse bidon pour revoir Valérien ?

J'eus un sursaut de fierté. Mais absolument pas !

17

POUR SE FAIRE PARDONNER...

— Ta robe rouge, affirma Anne-Laure. Celle avec la manche gauche en dentelle.

Mes joues virèrent au cramoisi sous le téléphone collé à mon oreille.

— Anne-Laure ! C'est beaucoup trop... trop... Trop ! C'est juste un... un genre de rendez-vous comme ça !

— Justement, ma petite. Si tu crois que ton « beau gosse mystère dont tu ne veux pas me dire le prénom » n'a pas vu quarante filles sapées de façon bien plus sensuelle que la tienne, tu te plantes. Donc, robe rouge à manche en dentelle.

Je grinçai des dents. Je voulais juste un conseil pour « sortir en bonne compagnie un dimanche soir », pas une tenue de drague éhontée !

— Tu n'as pas le choix, insista-t-elle. J'ai accompagné Fred dans des soirées organisées par sa banque, si tu voyais les canons qui tournent autour de Brian, tu lui sortirais le grand jeu direct avant qu'il en trouve une autre.

Mes sourcils se froncèrent d'eux-mêmes.

— Brian ?

— Oh, Siloé ! Je te connais par cœur ! Bien sûr que j'ai deviné que ton rendez-vous, c'est Brian.

Ah. J'avais déjà oublié. Et galère...

— Des escarpins, ton cache-cœur en satin noir..., poursuivit mon amie.

— Je vais crever de froid ! l'interrompis-je.

— Peut-être, mais c'est le prix à payer pour ne pas finir ta vie célibataire. Et n'oublie pas de très jolis sous-vêtements. On ne sait jamais. Si on se fie aux goûts de Fred, un ensemble en soie ou un peu transparent, ça serait parfait.

Là, j'avais carrément chaud, même si j'étais seule dans ma chambre. Je m'imaginais dans ladite tenue dans le salon de Valérien Renoir, avec sa sœur en train de grignoter des chips juste à côté. Bon sang, j'allais faire une syncope !

— OK, bredouillai-je d'une voix blanche. Je te rappelle, d'accord ?

— Évidemment que tu me rappelles. J'exige que tu me racontes tous les détails ultracroustillants, compris ?

Je voulais mourir...

Je raccrochai avec l'impression de trahir le monde entier et contemplai l'intégralité du contenu de mon armoire étalée sur le sol. Je cherchai depuis des heures ce que je pouvais bien mettre, sans succès. Les vêtements que je portais pour aller travailler au quotidien me semblaient bien trop classiques, mais si je choisissais une jolie petite robe ou une tunique au décolleté un peu plongeant, il allait prendre ça pour une invitation !

Carine ne serait pas de meilleur conseil, je le savais déjà. Elle me recommanderait un jogging. Elle me proposerait peut-être même le sien.

— Qu'est-ce que je dois faire, Bidule ? gémis-je en direction du carton posé près de mon lit.

Occupé à tourner en rond dans la petite roue que je lui avais achetée, au milieu de ses copeaux de bois, le rongeur ne daigna même pas lever le museau vers moi.

— Tu as raison, approuvai-je. On s'en fout. Je peux porter n'importe quoi.

Mon regard retomba sur les vêtements répandus sur le sol. Mais c'était quoi, n'importe quoi ? Nom d'un chien, pourquoi était-ce aussi compliqué ?

Mon téléphone vibra. J'y jetai un coup d'œil et mon pouls s'accéléra. Il me restait dix minutes pour choisir.

— Nooooon ! Je n'ai rien à me meeeeettre !

Une heure plus tard, je me tenais pourtant devant l'immeuble où vivaient Valérien et Philippa Renoir, ma pochette cartonnée sous le bras, dans une petite rue calme à l'écart des grands boulevards. Comme la météo annonçait une soirée douce et sèche, j'avais fini par choisir un corsaire en jean, un débardeur noir et le fameux cache-cœur en satin dont parlait Anne-Laure, avec une paire de ballerines et des boucles d'oreilles attrapées au hasard sur la tablette de ma salle de bains. Sauf que, tout à ma panique, je n'avais pensé à rien d'autre. Et maintenant que j'étais là, un doute affreux m'envahissait. Aurais-je dû proposer d'apporter quelque chose ? Ou prévoir un bouquet de fleurs ? Bon sang, quel manque d'éducation !

J'attrapai mon tube de « Toujours zen » dans mon sac à main et en gobai trois granules. Du calme, du calme, du calme. Je venais pour être coachée en vue d'un entretien d'embauche. Il s'agissait d'un simple apéro. Tout allait bien.

Je sonnai à l'Interphone portant l'étiquette « Renoir ». Cela ne résonna qu'une fois.

— Oui ? demanda la voix de Philippa déformée par le grésillement.

— Bonsoir, c'est Siloé, répondis-je avec un naturel quasiment parfait.

— OK, je t'ouvre !

« Je t'ouvre » ? On se tutoyait, maintenant ? Bah, elle m'avait fait virer et, moi, j'avais contribué deux fois à ruiner sa vie amoureuse, on pouvait considérer que nous étions intimes...

Un déclic m'indiqua le déblocage de la porte.

— Premier étage, à droite, précisa Philippa.

— Merci.

J'entrai dans le hall et pris l'ascenseur. L'extérieur du bâtiment ne payait pas de mine, mais l'intérieur était bien entretenu, avec ses dalles de marbre recouvertes d'un tapis rouge central. Au premier, une porte ouverte sur le palier m'attendait.

— Entre ! m'invita Philippa. Je suis dans la cuisine, je prépare des tapas !

J'obéis donc et fermai derrière moi. Une bonne odeur de pain grillé et d'oignons frits titilla mes narines. Mon estomac gargouilla. Rouge vif, je serrai mes bras sur mon ventre. Comme si c'était le moment ! Je ne m'étais pas rendu compte que j'avais faim !

La tête brune de Philippa émergea d'une porte sur le côté.

— Salut Siloé ! Ça va ?

Elle souriait d'un air ravi et ses yeux clairs brillaient de joie. Mince. Elle avait déjà oublié qu'on m'avait fichue à la porte à cause d'elle ?

— Siloé !

Valérien venait de sortir d'une autre porte. Les cheveux nettement plus en bataille que d'habitude, il portait une chemise bleue et un jean qui lui donnaient un air « classe-décontracté » tout à fait... craquant. Miséricorde, qu'allait-on faire de moi ?

— Bienvenue, m'accueillit-il. Vous n'avez pas eu trop de mal à trouver ?

— Non, non, bredouillai-je. Je... Je...

Et pourquoi est-ce que je bégayais comme une adolescente ?

— J'ai un très bon GPS.

— Vous vous vouvoyez ! pouffa Philippa depuis sa cuisine, une cuillère en bois à la main. On dirait vraiment deux vieux !

Je la contemplai, désabusée. Avec son tablier de cuisine rose brodé de cupcakes et sa longue tresse noire, elle paraissait encore plus mince et plus jeune que dans mes souvenirs. Valérien fit la moue et me jeta un regard dépité.

— Qu'en pensez-vous ? On se tutoie ?

— Ça serait peut-être bien, approuvai-je timidement.

Un coup d'œil complice passa entre le frère et la sœur. Oh la ! Je venais de manquer un truc, là. Avaient-ils comploté cette histoire de tutoiement ?

— On va s'installer au salon, embraya Valérien sans me laisser le temps d'y réfléchir. J'espère que tu as faim, Philippa a préparé des tapas pour une armée.

J'acquiesçai. Ça, pour avoir faim, j'avais faim.

— Elle essaie de se faire pardonner pour le Louvre, ajouta-t-il tout bas à mon oreille quand je passai devant lui.

— Vous me... Tu me rassures, répondis-je sur le même ton. J'avais l'impression qu'elle avait déjà zappé.

Il sourit et m'invita d'un geste à m'asseoir.

Le salon était décoré avec goût. Deux canapés rouges et trois fauteuils assortis entouraient une table basse en verre déjà couverte de verrines et autres bouchées colorées. Un tapis beige à l'aspect moelleux donnait un côté cosy à la pièce. Contre le mur, une grande télévision noire sommeillait entre une pile de DVD aussi haute que moi et une bibliothèque qui ployait sous le poids des livres.

J'hésitai, les doigts serrés sur ma pochette cartonnée.

— Je dois retirer mes chaussures ? m'enquis-je timidement.

— Tu seras plus à l'aise, oui.

Bon... Je m'exécutai tandis que Valérien jetait un œil en cuisine.

— Dehors ! entendis-je crier Philippa. Tu n'as pas encore le droit de manger !

Il battit en retraite, chassé par un chiffon qui fouettait le vide. Son air penaud me donna envie de rire, mais je me retins. Cela lui allait bien, les cheveux en bataille, comme ça. Je me demandais à quoi il ressemblait au saut du lit, le matin...

Mes joues chauffèrent brusquement. Mais qu'est-ce qui me prenait d'avoir des idées pareilles ?

— J'ai apporté de quoi travailler, bredouillai-je en brandissant ma pochette pour masquer mon trouble.

— Parfait. On va étudier ça tout de suite.

Il jeta un dernier regard déçu vers la cuisine et me suivit au salon. Un peu au hasard, je pris place dans un des deux canapés. Évidemment, Valérien s'assit à côté de moi et l'odeur de son parfum frappa mes narines. Je me crispai. Bon sang, je pourrais réfléchir, de temps en temps ! Bien sûr qu'il allait se mettre là pour voir mes papiers. Et... Et... Mon Dieu, qu'il sentait bon !

Je frottai vigoureusement mon visage pour me ressaisir. Concentration, concentration. J'aurais dû prendre un peu plus d'homéopathie avant d'entrer.

— Ça va ? s'inquiéta Valérien.

— Oui, oui, affirmai-je. Alors voilà, c'est cette entreprise-là...

Je sortis la fiche que j'avais préparée.

— Et voilà l'annonce...

Valérien lut les documents avec soin. J'en profitai pour glisser la main le plus discrètement du monde dans mon sac à main posé près de moi et sortir mes granules. Pourvu qu'il n'entende rien...

Dans le silence entrecoupé par les tintements de casseroles de Philippa à la cuisine, je pressai trois fois sur le capuchon pour faire sortir trois petites billes de sucre.

Parfait. Plus qu'à les mettre dans ma bouche d'un geste naturel...

— Ça colle bien à ton profil, approuva mon voisin. Tu as de l'expérience dans les digues, comme ils demandent ?

— Pas vraiment, avouai-je en posant mon menton dans ma main qui contenait les granules. Mais j'ai déjà bossé sur un chantier de mise aux normes des constructions en zone inondable, chez Loiseau et Compagnie. Donc je connais un peu le domaine...

Il sourit.

— Pas mal, comme réponse. Évite juste de préciser que c'était un seul chantier. Dans la version que tu leur serviras, les exigences en matière de sécurité en zone inondable n'ont aucun secret pour toi, car tu as déjà eu l'occasion de les mettre en application sur des chantiers d'envergure, comme des mises aux normes de constructions, par exemple.

J'acquiesçai en notant mentalement et glissai les billes dans ma bouche. Ça avait l'air tellement mieux quand c'était lui qui le disait !

— Tiens ? Qu'est-ce que tu manges ?

Je manquai de m'étrangler.

— Oh la, oh la, tempéra-t-il en me voyant tousser furieusement. Ne t'étouffe pas ! C'est dangereux, l'homéopathie.

Et en plus, il avait vu ! Je voulais disparaître !

— À table ! À table ! chantonna Philippa en surgissant avec un plateau recouvert de grillades fumantes, me sauvant à son insu. Valérien ! Tu n'as même pas servi à boire à Siloé !

— Ah non, c'est vrai ! Siloé, qu'est-ce que je te sers ? On a... un peu de tout. Tu aimes le rhum arrangé ? On le fabrique nous-mêmes.

— Si c'est maison, je suis obligée de goûter, répondis-je en tentant de retrouver ma respiration.

— Super ! s'écria la jeune fille en posant son plateau sur la table en verre. Je vais le chercher !

Elle repartit en courant vers la cuisine, sa tresse rebondissant sur son dos.

J'inspectai les crevettes sautées, les pruneaux enroulés dans du lard et les petits légumes grillés avec un pincement au cœur. Je culpabilisais, peut-être ?

— Elle est toujours avec son mec de dix-neuf ans ? chuchotai-je à l'adresse de Valérien.

— Non. J'ai appliqué tes conseils. Il est devenu un peu pâle quand j'ai parlé de détournement de mineure. Philippa m'a dit le lendemain que c'était fini entre eux...

Oui, je culpabilisais. Ou j'avais honte. Brillante journée.

— Et... Il y en a déjà un autre à l'horizon ?

— Pas à ma connaissance, non.

Il attrapa une petite pique en bois, empala une crevette et la fourra dans sa bouche, visiblement très content de lui. Hum. Comme quoi, on ne partageait pas le même type de remords.

— Et voilà les verres !

Philippa revenait, toujours vêtue de son tablier rose, les bras chargés. Elle nous servit tous les trois avec enthousiasme. J'ouvris de grands yeux. Si je buvais tout ça, j'allais rouler par terre dans une heure !

— Euh... Tu es en voiture ? s'inquiéta Valérien, les sourcils haussés par l'effarement.

— Non, je suis venue en métro.

— Bon, si tu n'arrives plus à marcher pour repartir, tu pourras dormir dans la chambre de Philippa.

Celle-ci pouffa de rire.

— C'est pour ça que j'ai fait plein de choses à manger, me glissa-t-elle.

Euh... Pour que je puisse dormir dans sa chambre ?

Une sonnerie m'interrompit dans mes réflexions perplexes. Philippa bondit sur ses pieds et fonça décrocher l'Interphone.

— Oui ?

Ses yeux marron s'agrandirent d'effroi et elle regarda la table basse, très inquiète.

— Mais je n'en ai pas fait assez ! gémit-elle. Je... Quoi ?

Un silence. Elle soupira.

— OK, OK, je vous ouvre...

Elle appuya sur le bouton de déverrouillage de la porte. À mes côtés, Valérien s'était à moitié redressé.

— Vous ? répéta-t-il sur un ton inquisiteur.

— Ils sont venus tous les deux, se lamenta sa sœur.

— Tu les avais prévenus qu'on avait de la visite ?

Philippa baissa les yeux, les joues soudain rouges. Ah. En fait, ce n'était pas qu'avec moi. Cette fille possédait réellement un don pour dire ce qu'il ne fallait pas aux mauvaises personnes.

Valérien se tourna vers moi, attrapa mes mains et plongea son regard clair dans le mien. Mon cœur manqua un battement.

— Siloé, dit-il avec la plus grande gravité, dépêche-toi de manger.

— Qu... Quoi ? bredouillai-je.

— Dès la seconde où « ils » seront dans l'appartement, ils vont se mettre à table et ce sera foutu.

Totalement sidérée, je le laissai me coller une pique en bois entre les doigts. Dans l'entrée, la porte s'ouvrit.

— Ohé ! lança une voix masculine. On est là !

Valérien se leva brutalement du canapé, m'abandonnant à la confusion la plus totale.

— Vite ! souffla-t-il. Prends toutes les crevettes que tu peux !

Deux silhouettes s'encadrèrent dans la porte du salon. Deux hommes. Un aux épaules imposantes et aux yeux d'un marron trop clair, doté d'une barbe noire digne d'un pirate de contes pour enfant, le second plus fin, châtain, au visage carré calqué sur celui de Valérien.

— Salut Tibère, dit ce dernier sur un ton presque détendu. Salut Marc-Aurèle.

— Salut les jeunes ! Il paraît que vous recevez la femme la plus intéressante de l'année et tu nous avais caché ça !

Ils donnèrent une bourrade affectueuse à Valérien, qui vacilla un peu, et s'assirent près de moi, l'un à gauche, l'autre à ma droite. Le canapé gémit sous le poids.

— Bonjour mademoiselle, dit le barbu avec cérémonie, totalement collé à moi à cause du manque de place. Je suis Marc-Aurèle, le grand frère des deux zouaves que vous connaissez déjà.

— Tibère, ajouta l'autre tout aussi sérieux et tout aussi serré contre moi, l'aîné de la fratrie. Enchanté de vous connaître, Siloé, nous avons beaucoup, beaucoup, beaucoup entendu parler de vous.

Je déglutis péniblement, ma pique toujours entre les doigts. Ils avaient beaucoup, beaucoup, beaucoup entendu parler de moi. Ils savaient que j'avais crié après Philippa. Et je me souvenais parfaitement que Valérien me les avait présentés comme « encore plus envahissants » que lui.

Cette fois, c'était sûr, j'allais mourir.

18

DÎNER EN FAMILLE

Contre toute attente, le salut vint de Philippa.

— Levez-vous, bande de brutes ! s'exclama-t-elle, les poings sur les hanches. Vous ne voyez pas que vous lui faites peur ?

— Peur ? répéta Tibère, un sourcil haussé. N'importe quoi. On vous fait peur, Siloé ?

— Euh... Non, non, couinai-je d'une toute petite voix.

— Ah ! Vous voyez ! triompha la jeune fille en les menaçant de l'index. Allez, debout !

— Elle vient de dire qu'on ne lui fait *pas* peur, signala Marc-Aurèle.

— Comme si vous ne saviez pas que c'est faux ! Dégagez de là ou je vous interdis de manger !

Les deux frères ronchonnèrent, mais se levèrent pour gagner les fauteuils voisins. Je respirai de nouveau. Mince. Elle avait un pouvoir dingue, cette fille, malgré son aspect fluet dans son tablier rose !

Valérien, que je n'avais pas vu disparaître, revint avec deux verres supplémentaires et vida la moitié du mien dans celui destiné à Tibère.

— Comme ça, tu pourras rentrer chez toi en ligne droite, marmonna-t-il.

J'acquiesçai, un peu soulagée. Il se rassit à mes côtés, ignorant le dernier canapé libre. Hum. Ils aimaient bien le contact, dans cette famille.

— Alors Philippa, entama Marc-Aurèle en rejetant son immense carcasse dans son fauteuil, cette dissert' ?

— J'ai eu 15, se rengorgea l'adolescente, debout près de moi.

— C'est bien. On n'aura pas passé trois heures sur Internet pour rien.

Elle pouffa de rire. Je tentai d'imaginer ce monstre de Marc-Aurèle, avec sa barbe et ses yeux trop clairs, penché sur un ordinateur pour aider sa petite sœur à faire ses devoirs. Le résultat était assez... improbable.

— Et les amours ? s'enquit innocemment Tibère. Comment va... comment s'appelle-t-il, déjà ?

Philippa se redressa soudain, les poings serrés sur le dossier du canapé. Son visage fin se durcit.

— Même pas la peine de dire son nom ! s'exclama-t-elle, la voix pleine de colère. Il m'a larguée comme une vieille chaussette ! Et par texto, en plus !

Les deux frères prirent une mine presque compatissante.

— Franchement, les jeunes, de nos jours...

Je retins une moue sceptique. À mes côtés, Valérien avait kidnappé l'assiette de crevettes grillées et les grignotait comme si de rien n'était. Mouais. Dire qu'il avait prétendu que ses aînés allaient tout dévorer en moins de deux... Le vrai danger, c'était lui !

Il aperçut mon regard et tendit l'assiette vers moi. Ah. S'il partageait, alors... Je piquai une crevette. J'avais presque oublié que je mourais de faim. Croquer dedans me le rappela d'un coup. Revenue dans un mélange d'épices, tiède, légèrement croustillante, cette crevette était la meilleure de toute ma vie ! Finalement, j'étais bien contente que Valérien soit assis à côté de moi. Je me rapprochai de quelques centimètres pour en prendre une deuxième. Et une troisième.

— Tu en trouveras sûrement très vite un autre, continuait Tibère, indifférent à mon changement de focalisation. Tu en as peut-être même déjà un... ?

Le silence qui suivit m'obligea à me reconcentrer sur la conversation. Les trois frères dévisageaient Philippa avec beaucoup d'attention. Celle-ci croisa les bras sur son tablier.

— Ne me prenez pas pour une idiote. J'ai bien compris votre petit jeu.

— Notre petit jeu ? se récria Marc-Aurèle, les yeux ouverts d'un air choqué. Quel petit jeu ?

— Quand je vous en parle, vous essayez de me décourager.

Je haussai un sourcil, sans cesser de mâcher mes crevettes. Ils essayaient de la décourager ? Elle était à mille lieues de la réalité !

— C'est parfois difficile pour nous de nous rendre compte de ce que c'est, la vie d'une jeune fille de seize ans, approuva Valérien avec sa tranquillité habituelle. Alors je suis content que tu aies Siloé, maintenant.

Hein ?

Philippa se tourna vers moi. Ses prunelles claires pétillèrent d'une joie sincère. Eh ! Mais qu'est-ce que c'était que cette embrouille ? J'avais signé pour dégoûter ses prétendants par procuration, moi, pas pour devenir sa confidente !

— Merci, Siloé, souffla-t-elle.

— Pas de quoi, marmonnai-je sous le regard insistant de Valérien, la bouche encore pleine de crevettes.

— À elle, tu pourrais lui dire si tu as trouvé un nouvel amoureux, suggéra Tibère.

Je lui jetai un coup d'œil torve. Puis me rappelai que j'étais en sursis, dans ce salon qui me semblait beaucoup plus petit depuis une poignée de minutes. Du coup, je repris une crevette.

Philippa se tortilla un peu sur elle-même, indécise.

— Justement, murmura-t-elle, les joues roses. J'ai rencontré quelqu'un...

Les trois frères se penchèrent en avant d'un même mouvement. Je fis la moue. Psychopathes, tous les trois.

— Vraiment ? dit innocemment Marc-Aurèle.

La jeune fille les fusilla du regard.

— Je parle à Siloé.

Ils se tournèrent vers moi. Je déglutis péniblement. La lueur dans leurs yeux avait quelque chose de presque maléfique.

— Vraiment ? répétai-je donc, pas très rassurée.

— Il est merveilleux ! s'anima-t-elle. Tu le verrais ! Grand, beau, il fait du skate à la sortie du lycée et il a des dreadlocks. J'aime trop son côté rebelle !

Les trois frères écarquillèrent les paupières avec horreur. Oh lala...

Quelque chose sonna dans la cuisine. Philippa tourna la tête.

— Oh ! Mes minitoasts ! Attendez, je reviens.

— Je vais t'aider, déclara Marc-Aurèle en se levant.

— Non !

L'homme s'immobilisa net. L'adolescente pointait à nouveau sur lui son index menaçant.

— Aujourd'hui, je fais la cuisine pour Siloé ! Ne vous mêlez pas de ça, aucun d'entre vous.

Valérien écarta les bras d'un geste fataliste. Ah. Il avait donc déjà essayé de lui donner un coup de main, lui aussi.

— Je reviens !

Elle partit en courant. Les trois frères se tournèrent vers moi avec un ensemble parfait.

— Alors ? chuchota Tibère. On fait quoi, pour celui-là ?

— De quoi ? bredouillai-je.

— Laisse tomber, Valérien nous a expliqué qu'il avait rencontré un excellent conseiller en relations adolescentes, on a deviné que c'était toi. Alors ? On le dégage comment ?

La mâchoire m'en tomba. Valérien leur avait... quoi ?

— Ben... Euh... Ben...

— Vite, elle va revenir !

Je les dévisageai, incrédule. À l'évidence, ils ne plaisantaient pas le moins du monde.

— Mais... On n'est même pas sûrs qu'ils sortent ensemble, si ? Elle a juste dit qu'elle aimait son côté rebelle. C'est normal, chez une ado, non ?

— Tu ne connais pas Philippa, gémit Valérien à mi-voix. Elle obtient toujours ce qu'elle veut.

Les deux autres acquiescèrent avec la plus grande gravité. Je me renfrognai. La faute à qui ?

— Sauf pour... pour ce qui s'est passé au Louvre, ajouta-t-il prudemment. Ça, ce n'était pas du tout ce qu'elle voulait.

La lumière revint soudain dans mon esprit. J'avais déjà oublié ça ? Bon sang, j'avais la mémoire courte ! Mon vœu de ruiner la vie sentimentale de cette gamine tenait toujours !

— OK, murmurai-je en retrouvant mes moyens. Il faut d'abord analyser la situation. Après, on passe à l'attaque.

Les frères Renoir hochèrent la tête avec un tel sérieux que j'eus l'impression de me trouver au milieu d'un complot ultrasecret, avec détournement d'argent, emplois fictifs et secrets millénaires à la clé.

— Faites comme si ça ne vous intéressait pas, je gère. On va...

— Attention, ils sont tout chauds ! chantonna Philippa en revenant parmi nous, un plat fumant dans les mains.

Je me tus. L'adolescente le posa devant moi avec un sourire désarmant. Je répondis par le même. Elle pouvait sûrement embobiner ses frères, avec un minois aussi mignon, mais moi, certainement pas. J'étais une femme aussi, que diable !

— Et il s'appelle comment, ce beau gosse à dreadlocks ? m'enquis-je en louchant sur les minitoasts grillés recouverts de tartinade aux couleurs appétissantes.

— Je ne sais pas, avoua Philippa en rougissant. Je n'ose pas aller le voir.

Oh... Parfait.

— Le mieux, conseillai-je, c'est que tu ne lui parles pas. Que tu ne lui souries pas. Que tu ne le regardes même pas.

— Hein ? s'exclama l'adolescente. Mais comment il va savoir que j'existe, alors ?

— Facile. J'imagine que c'est le genre de gars sur qui toutes les filles du lycée bavent ?

— Ah ça, oui !

— Alors pour attirer son attention, tu dois faire ce que les autres ne font pas. Donc, ignore-le. Et en plus, les hommes adorent les femmes qui leur résistent. Pas vrai, messieurs ?

Les Renoir mâles acquiescèrent vigoureusement dans leurs fauteuils respectifs.

— Ça, c'est sûr, approuva Tibère.

— Les femmes qui m'ignorent, ça me fait craquer à mort, renchérit Marc-Aurèle, sérieux comme un pape.

— Il n'y a rien de plus sexy, ajouta Valérien. Surtout si je sais qu'elles ne me connaissent pas.

Je gardai mon calme malgré le fou rire qui montait en moi. Sans le contexte, je les aurais classés directement dans les pires psychopathes de la capitale ! Mais pour cette fois, je leur pardonnais.

Philippa nous contemplait en tripotant sa tresse, ses yeux bruns remplis d'espoir.

— Vous croyez ? demanda-t-elle d'une petite voix.

— J'en suis certaine, tranchai-je avec assurance. Et jolie comme tu es, ça ne peut pas rater.

Comme si un homme – ou une femme, d'ailleurs – aimait être ignoré ! Il fallait vraiment être un ado pour croire un truc pareil.

Elle rougit.

— Vous avez raison, murmura-t-elle en s'agenouillant par terre pour être plus proche de la table basse. Merci Siloé. Grâce à toi, je suis sûre que ça va être génial !

— À ton service, répondis-je en levant mon verre. On trinque à tes futures amours ?

Elle attrapa le sien avec un sourire rayonnant et ses frères nous imitèrent.

— Aux amours de Philippa !

Dont j'allais me charger personnellement, foi de Siloé !

De fait, les heures suivantes passèrent à une vitesse improbable. Moi qui n'étais venue que pour un apéro à potasser mon entretien du lendemain, je me retrouvai au beau milieu d'une soirée jeux de société improvisée par Philippa. Je ne connaissais aucun de ceux qu'elle sortit, mais Valérien proposa de jouer en équipe avec moi et le salon aux meubles rouges se transforma vite en tripot. Marc-Aurèle trichait éhontément pour faire gagner sa petite sœur, Tibère mangea la moitié des petits-fours à lui tout seul et, le rhum arrangé aidant, nous nous retrouvâmes à rire comme des fous autour d'un jeu de mafia où Valérien incarnait un parrain parfait, accent et flegme compris.

J'avais perdu le compte des parties quand je levai la tête vers la fenêtre. La nuit était noire.

— Zut, marmonnai-je en revenant à ma triste réalité. J'avais prévu de me coucher tôt, ce soir. À cause de l'entretien de demain.

— C'est à quelle heure ? demanda Tibère.

— 9 heures. À l'autre bout de Paris par rapport à chez moi.

Donc pas très loin d'ici, en fait.

Tibère hocha la tête avec compassion. Visiblement, les joies des transports en commun aux heures de pointe, il connaissait. En fin de compte, j'aurais dû boire le grand verre de rhum et dormir ici. J'aurais gagné du temps.

Je leur donnai un coup de main pour ranger et les remerciai pour l'excellente soirée. Une fois qu'on les connaissait, les frères Renoir n'étaient plus si effrayants.

Valérien me raccompagna jusqu'à la porte de l'immeuble.

— Bon, dit-il, l'air un poil moins à l'aise que d'habitude. Rentre bien et bonne chance pour demain.

— Ce serait donc une question de chance ? plaisantai-je. Vous m'aviez dit que c'était une question de compétences, monsieur le recruteur !

Il esquissa un sourire espiègle. Sous l'éclairage orangé de la rue, ses yeux clairs paraissaient plus doux dans son visage carré atténué par les ombres. Les mains dans les poches, il semblait sur le point de dire quelque chose. Mon cœur battit soudain un peu plus vite. Peut-être que je devais l'embrasser ? Juste une bise, bien sûr, pas... Je sentis la chaleur s'emparer de mes joues. Et aussi du reste de mon corps. Oh mon Dieu ! Mais qu'est-ce que j'allais encore imaginer ? Et pourquoi fallait-il qu'il soit si craquant ?

– Eh bien, bonne nuit, alors...

– Oui, coassai-je. Bonne nuit.

Aucun de nous deux ne bougea. Oh misère. Je devais avoir l'air tellement cloche !

Il avança d'un pas vers moi. Mon sang cogna à mes tempes. Il se rapprochait !

Un bruit de course dans l'escalier retentit.

– Siloé ! Siloé !

Le charme se brisa. Je levai les yeux. Marc-Aurèle arrivait en courant.

– On a oublié de te dire, avec Tibère ! s'écria-t-il, essoufflé. Si jamais tu as besoin d'un truc, il n'y a pas que Valérien pour te dépanner, hein ? On est là aussi !

Décontenancée, je plissai le front.

– Euh... OK...

– Tiens, voilà nos cartes de visite. Juste au cas où, Tibère est avocat et moi, je gère une société de livraison rapide. Si on peut t'aider, n'hésite pas !

– D'accord. Merci beaucoup.

Il m'adressa un large sourire tandis que je lisais les cartes, un peu perplexe. Celle de Tibère, sobre, indiquait ses coordonnées dans un cabinet pas loin d'ici, et celle de Marc-Aurèle, beaucoup plus colorée, promettait « Enlèvement n'importe où dans Paris en moins de 5 minutes, et livraison dans l'heure ! ».

– C'est normal ! s'écria ce dernier. Pour une fois qu'une fille accepte de nous aider avec Philippa !

... Oui, absolument. Ils avaient une conception de l'aide très personnelle, dans cette famille, mais je validais.

Marc-Aurèle remarqua soudain le regard de Valérien posé sur lui. Plutôt froid, le regard.

— Quoi ? s'inquiéta-t-il.

— Rien, marmonna son cadet. Allez, on remonte. À bientôt, Siloé.

— À bientôt, Siloé !

— À bientôt, répétai-je.

Ils disparurent dans l'escalier. Je restai seule, mes cartes de visite à la main. Un sourire fendit lentement mon visage et je me détournai pour me rendre à la station de métro la plus proche. Mon cœur palpitait encore comme un fou quand je me mis en route. J'avais l'impression que mes pieds touchaient à peine le trottoir tellement je me sentais légère. Je ne marchais plus, je dansais. Quelle merveilleuse soirée ! Quelles merveilleuses personnes ! Définitivement, j'adorais ma vie !

19

SURPRISE !

J'en souriais encore le lendemain, dans la salle d'attente de l'entreprise Ponts d'Avenir. Un nom pareil, ça aurait sûrement plu à Mireille, ma nouvelle amie de Pôle Emploi. Car oui, j'avais décidé qu'elle était mon amie. Le monde entier était devenu mon ami. En sortant de l'entretien, j'appellerais Valérien. Avec un peu de chance, je lui annoncerais que tout s'était merveilleusement bien passé et qu'ils me proposaient un contrat. Les astres semblaient s'aligner en ma faveur, tout allait s'arranger d'un coup, je le sentais !

— Siloé Gautier ?

J'oubliai instantanément Valérien, Mireille et considérations planétaires. Un homme d'une trentaine d'années se tenait dans l'encadrement de la porte, très élégant avec son costume gris et ses lunettes à monture noire.

Il me dévisageait avec une curiosité non dissimulée. Je me levai d'un bond et lui tendis la main avec tout le professionnalisme requis.

— Siloé Gautier, enchantée de vous rencontrer.

— Siloé ! Tu ne me reconnais pas ?

Je me figeai. Catastrophe ! Encore quelqu'un sur qui j'avais hurlé en voiture ?

– Nicolas, insista-t-il. Nicolas Chemin. Au lycée des Pierres Vives ! Première 4 !

Mes yeux s'arrondirent.

– Nicolas ? répétai-je d'une voix mal assurée.

– Oui !

Une image refit surface dans ma mémoire. Un jeune homme blond, trop maigre et timide, les mains toujours fourrés dans les poches comme s'il ne savait pas quoi en faire, le visage couvert d'acné.

– Eh bé... Ça alors, balbutiai-je en dévisageant l'homme séduisant. Tu... Tu as un peu changé, hein ?

Il rit, ravi. Je tentai désespérément de me rappeler comment je me comportais avec lui à cette époque-là. Ça ne me revenait pas. S'était-on parlé plus de trois fois pendant toute l'année ?

– Viens, on va s'installer dans mon bureau.

Encore sous le choc, je le suivis le long de jolis couloirs gris et bordeaux, agrémentés de plantes vertes resplendissantes. Un ancien camarade. Mon Dieu. Quel souvenir lui avais-je laissé ? Avais-je fait quoi que ce soit qui aurait pu le contrarier, à l'époque ? Pourvu que non !

Il entra dans une pièce lumineuse et ferma la porte derrière moi.

– Je t'en prie, dit-il en désignant les deux chaises qui entouraient son bureau.

J'obéis comme un automate, toujours en pleine fouille de ma mémoire. Nicolas Chemin, Nicolas Chemin... Zut alors... Peut-être qu'Anne-Laure se souviendrait ? Difficile de le lui demander maintenant !

— Qu'est-ce que tu es devenue, après tout ce temps ? s'enquit joyeusement l'homme en s'asseyant en face de moi.

— Ben...

Était-ce une invitation à commencer ma présentation ?

— Ah ! Suis-je bête, s'exclama-t-il en se frappant le front. Tu cherches du boulot.

— Voilà, bredouillai-je.

— Tu es encore en poste ?

— Euh... Non, j'ai quitté mon travail la semaine dernière...

— Pourquoi ?

Il me parlait avec tant de naturel que je me sentis idiote à l'idée de lui raconter le joli bobard mis au point avec Valérien.

— Ben... Je m'enquiquinais...

Un sourire rusé apparut sur ses lèvres. Horreur ! Qu'est-ce qui m'avait pris de dire ça ?

— Comme tous ceux qui démissionnent, quoi, nota-t-il pourtant tranquillement. Mais d'habitude, les gens ne le présentent pas comme ça. Merci de ta franchise.

Ah ?

— Je peux t'offrir à boire avant qu'on commence ? Café ? Thé ? Verre d'eau ?

D'habitude, je déclinais ce genre de proposition, mais là, j'avais besoin de retrouver mes esprits. Il n'avait pas du whisky ?

— Je veux bien un verre d'eau, murmurai-je.

— OK. Je reviens.

Il sortit de la pièce. Je me jetai sur mon sac et saisis mes tubes d'homéopathie. « Surmonter les chocs »... « Surmonter les chocs »... « Surmonter les chocs » ! Je savais bien que c'était une bonne idée de l'embarquer, celui-là. Je commençais à avoir un peu d'expérience en matière de recrutement ! Je soufflai à fond, mis cinq granules dans ma bouche, rangeai le tube, lissai mon chemisier et croisai les jambes avec élégance. Tout était dans l'apparence.

Nicolas revint avec deux verres d'eau et m'en tendit un. Je le vidai d'un trait tandis qu'il se réinstallait face à moi.

— Eh bien..., s'amusa-t-il en me voyant le reposer. Je dois aller en rechercher ?

— Non, ça ira, merci, répondis-je avec un sourire probablement encore un peu tendu.

— OK. Je t'explique le plan. Je te présente l'entreprise, tu me racontes ton parcours et pourquoi tu voudrais la place chez nous, et ensuite, on se remémore les bons souvenirs. Ça te va ?

— Parfaitement.

— Alors c'est parti.

Je passai un entretien extrêmement étrange, à ne pas trop savoir si je parlais à un ami ou à un recruteur. Nicolas ne m'aidait pas, en m'interrompant toutes les cinq minutes pour me rappeler nos anciens professeurs. Cela semblait pourtant ne pas trop mal se dérouler, l'homme avait l'air heureux. C'était incroyable comme des lunettes pouvaient changer un visage...

Après avoir fait des photocopies de mes dessins techniques et de mes diplômes, il me bombarda de questions sur Anne-Laure dont il se souvenait aussi, me raconta sa propre vie en me montrant des photos de sa fille de six mois et parvint même à me faire rire - nerveusement, certes - en me confiant le destin de certains autres de nos camarades malchanceux avec qui il avait gardé contact.

Je ne parvenais pourtant pas à me détendre. Comment cela allait-il finir, cette fois ? Percevait-il mon malaise ? J'aurais tellement préféré qu'on se comporte comme deux professionnels... C'était peut-être la situation la plus embarrassante de toute ma vie ! Après celle du Louvre la semaine d'avant, évidemment. Et celle au cabinet de recrutement, quand j'avais revu Valérien pour la première fois. Et celle de... Mais... Mais nom d'un chien, qu'est-ce qui se passait avec ma vie, depuis un mois ?

— Donc en gros, il t'a draguée ? s'étouffa Valérien dans le téléphone.

Je ne pus m'empêcher de rire. En sortant de l'entretien, je lui avais envoyé un SMS pour le tenir au courant et mon téléphone avait sonné trois minutes plus tard, alors que je traversais un square en direction du métro. J'avais choisi le premier banc au soleil pour répondre tranquillement et lui raconter ces deux heures très étranges dans le détail. Je ne pensais pas qu'il réagirait aussi vivement !

— Non, le détrompai-je. Je ne crois pas. Il m'a montré les photos de sa fille et tout, donc ça n'était pas de la drague. Ou alors c'était super mauvais, comme technique.

Je l'entendis grommeler à l'autre bout, sans réussir à distinguer les paroles.

– Mais encore ? m'amusai-je.

– Rien, soupira-t-il. Bon, c'est plutôt une bonne nouvelle. Le réseau représente une énorme proportion des opportunités d'embauche, donc pourquoi pas ?

– J'ai vraiment eu une impression super bizarre, quand même...

– Je veux bien te croire. Je n'ai jamais reçu quelqu'un que je connaissais déjà en entretien. Je me demande à quel point ça nous déstabiliserait mutuellement...

– Rends-lui service, marmonnai-je, si ça arrive, délègue à un collègue...

Il éclata de rire. Je souris malgré moi et fermai les yeux, le visage tourné vers le soleil. Je n'avais pas du tout envie de raccrocher.

– Un conseil pour la suite, chef ? m'enquis-je sereinement.

– Oui. S'il t'invite à boire un verre, refuse.

– Ah bon ?

– Avec un recruteur, ça ferait vraiment mauvais genre.

Je ne pus empêcher mon sourire de s'élargir.

– Par contre, aller prendre l'apéro chez lui, ça va ? m'enquis-je innocemment.

– Ah... Bon, alors disons que si sa sœur te considère comme sa nouvelle meilleure amie et que ses deux frères te voient comme la providence tombée du ciel, tu peux faire une exception.

Je pouffai, mais mes joues s'étaient empourprées.

– La providence, c'est bien noté.

— Parfait. Tiens-moi au courant, d'accord ?

— S'il m'invite à boire un verre ?

— Entre autres, oui. Mais surtout si tu as besoin qu'on se voie pour préparer d'autres entretiens.

La chaleur de mes joues se propagea à mon front.

— D'accord, murmurai-je, en cherchant déjà dans ma tête quand avait lieu le prochain.

— Oh ! Et, Siloé ?

— Oui ?

— Si jamais il t'invite, je suis à ta disposition pour aller lui casser la figure. J'ai de l'entraînement, avec les soupirants de Philippa.

J'éclatai de rire.

— Entendu !

— Super. À bientôt !

Je retins le « bisou ! » qui me brûlait les lèvres et il raccrocha. Je me sentis bête. Pouvais-je dire « bisou » à Valérien ? Était-on devenus assez proches pour cela ? Il fallait que je réfléchisse à cette question extrêmement importante.

Mon téléphone vibra dans ma main, me coupant net dans mes interrogations existentielles. Je lui jetai un œil. Un SMS d'Anne-Laure.

Siloé ! Viens vite à la maison ! DÉPÊCHE-TOI !

Mon sang ne fit qu'un tour. Mon Dieu, que se passait-il ? Je bondis sur mes pieds et fonçai vers la station de métro. Il n'y avait pas une seconde à perdre !

La porte de la maison d'Anne-Laure était grande ouverte et le jardinet devant l'entrée, désert. Je déglutis péniblement. Mon amie n'avait répondu à aucun SMS et j'étais tombée systématiquement sur son répondeur en essayant de l'appeler. Mon cœur cognait à coups sourds. Un cambriolage ? Une agression ? Pire ?

Je repris pour la quatrième fois mes granules « Rester zen ». L'ex-copain crétin de Philippa avait raison finalement, ça fonctionnait que dalle, ce truc. Devais-je appeler la police ? Les pompiers ? Mais pour leur dire quoi ?

J'approchai à pas prudents.

— Anne-Laure ? appelai-je d'une voix peu rassurée. Tu es là ?

— Entre, Siloé !

Un poids disparut de ma poitrine. Elle allait bien. Je me précipitai à l'intérieur. Les volets avaient été tirés, on n'y voyait rien du tout. Je cherchai l'interrupteur à tâtons et appuyai dessus. La lumière jaillit.

— SURPRISE !

Des confettis me tombèrent dessus et des sifflements de langues de belle-mère emplirent l'air. Sidérée, je vis Anne-Laure, Sébastien et Carine, des chapeaux pointus argentés sur la tête, des cotillons plein les bras, devant une immense banderole colorée « Bravo Siloé ». Ma mâchoire manqua de se décrocher.

— Mais..., balbutiai-je. Mais... Mais...

Anne-Laure s'avança vers moi, une coupe pleine de bulles à la main.

— Attention, lança-t-elle en me la donnant, c'est parti !

Sébastien pressa sur un bouton de la télécommande et la musique démarra. J'écarquillai les yeux. C'était la musique de la chorégraphie que j'avais inventée pour

Carine, Anne-Laure et moi, à l'occasion de l'enterrement de vie de jeune fille d'Anne-Laure !

Cela ne rata pas, mes amis se mirent à danser, avec des poses improbables tout droit sorties de mon imagination. Malgré mon ahurissement, je pouffai. Mais franchement, qu'avaient-ils inventé ? Bravo Siloé ? On fêtait mon licenciement ? Mon changement de vie ?

La musique s'arrêta sur une image finale à base de cambrure outrageuse et de simulation de grand écart façon danseuse de cabaret. Je posai ma coupe de mousseux sur le guéridon près de moi pour applaudir à tout rompre.

— Génial ! criai-je. Encore ! Une autre !

Ils éclatèrent de rire et vinrent se grouper autour de moi. Je les serrai dans mes bras, le ventre noué par l'émotion. J'avais vraiment les meilleurs amis du monde.

— Mais qu'est-ce que vous m'avez fichu, bande d'idiots ? m'exclamai-je, la voix un peu rauque. J'ai eu peur, avec votre SMS !

— On voulait être sûrs que tu rappliquerais en dix minutes, répondit Sébastien, très content de lui. Ça a marché, d'ailleurs...

— On a quand même attendu que tu sois sortie de ton entretien, fit remarquer Carine en récupérant ses lunettes qu'elle avait posées pour danser.

— Et comment vous avez su ?

— Facebook. Quand tu as rallumé ton portable, tu es apparue en mode disponible dans la discussion instantanée.

Je grimaçai un sourire. On était vraiment fliqués par la technologie !

— Et toi, Carine, bredouillai-je. Qu'est-ce que tu fais là ? Tu ne travailles pas ?

— Non. Quand Anne-Laure a parlé de cette petite fête, j'ai posé ma journée direct ! Depuis le temps que mon patron me harcèle pour que je prenne des congés, il a accepté sans hésiter...

— On trinque ! s'exclama Anne-Laure en prenant d'autres coupes de champagne sur la table.

Je récupérai la mienne.

— On trinque à quoi ? demandai-je tout de même.

— Ton bonheur, ma belle ! Ton départ négocié avec brio, ton futur boulot de rêve et, surtout, ton nouveau petit ami ! Tu es vraiment incroyable !

Les autres approuvèrent bruyamment. Je plissai les paupières, soudain inquiète.

— Mon nouveau... petit ami ?

Anne-Laure gloussa, une main parfaitement manucurée devant la bouche.

— Désolée, Siloé, j'ai fait ma curieuse. Tu me connais. Mais rassure-toi, je ne le prends pas mal, et je l'ai invité. Il nous a raconté la soirée que vous avez passée ensemble hier soir. Je suis tellement heureuse pour vous !

La sidération m'empêcha à nouveau de répondre. Elle avait invité Valérien ? Il lui avait tout raconté ? Et, plus ahurissant encore, elle le prenait bien, alors que je le lui avais caché ? Qui était cette personne et qu'avait-elle fait d'Anne-Laure ?

— C'est bon ! s'exclama celle-ci. Tu peux venir !

Une silhouette masculine sortit de la cuisine. Mais pas la silhouette carrée, presque trapue de Valérien. Une silhouette longue et élancée.

Brian.

– Salut, Siloé, dit-il avec un sourire irrésistible.

Mon estomac descendit au fond de mes ballerines. Oh non. Au secours !

20

PROPOSITION CONJUGALE À ÉTUDIER

Brian traversa le salon à grands pas pour nous rejoindre. Il avait troqué la veste à larges épaules de notre première rencontre pour un jean et un polo noir qui moulait ses muscles à merveille. Sous le choc, j'interrogeai Carine du regard. Celle-ci écarta les bras en signe d'impuissance, l'air désespéré. Anne-Laure semblait aux anges.

– Vous allez tellement bien ensemble, tous les deux, roucoula-t-elle. Je suis ravie que votre soirée d'hier soir se soit si bien terminée !

Ma gorge se serra. Notre soirée... ? Catastrophe ! Brian allait demander de quoi il s'agissait et j'allais passer un sale quart d'heure !

– Moi aussi, dit pourtant l'homme en inclinant la tête avec un sourire coquin. Merci de m'avoir permis de participer au bonheur de Siloé.

Hein ?

– Mais c'est normal, voyons !

Carine clignait des yeux derrière ses lunettes, visiblement aussi perplexe que moi. Pourtant, elle se reprit à la vitesse de l'éclair.

— Allez, décida-t-elle en attrapant Anne-Laure par les épaules pour la pousser vers la cuisine. On va voir si le déjeuner est prêt.

— Oh oui, très bonne idée, gloussa Anne-Laure avec un clin d'œil complice qui lui mangea la moitié du visage. À tout à l'heure, les tourtereaux !

— Sébastien, ramène-toi aussi.

— Pourquoi moi ? râla celui-ci.

Le regard que lui lancèrent mes deux amies manqua de le faire s'étouffer dans son verre.

— OK, OK...

Trois secondes plus tard, j'étais seule face à Brian au milieu du salon.

— Sympa, la chorégraphie, dit-il sur un ton tout à fait détendu.

— Ah... Merci..., coassai-je.

Il me dévisagea, les mains dans les poches de son jean, parfaitement serein.

— Euh..., bredouillai-je à mi-voix. Tu sais... Je... Euh... On n'a pas vraiment passé la soirée ensemble, hier...

Il esquissa un sourire en coin plutôt sexy.

— Bien sûr que je le sais.

— Ah... Mais... Euh... Pourquoi, alors ?

— Tu semblais avoir besoin d'une couverture.

— Ah ?

— On s'assoit ?

Joignant le geste à la parole, il prit place dans le canapé de velours noir d'Anne-Laure. Je l'imitai sans y penser vraiment. Brian jeta un coup d'œil vers la cuisine. Les trois têtes qui dépassaient par la porte disparurent précipitamment.

— Je te résume la situation telle que je l'ai comprise, murmura-t-il, soudain très sérieux. Hier soir, tu es sortie avec un type qui déplairait beaucoup à tes amis.

— Hein ? balbutiai-je.

— C'est facile à deviner. S'ils approuvaient ton choix, tu n'aurais pas eu besoin de leur dire que tu sortais avec moi.

Le rouge de la confusion monta à mes joues.

— Je suis vraiment désolée, je...

— Ne t'excuse pas, m'interrompit-il, ça ne me dérange pas. Ça m'arrange, même.

— Ah bon ?

— Oui. Épouse-moi.

Mes yeux s'écarquillèrent. Heureusement que j'étais assise, car je serais tombée par terre.

— Pardon ? couinai-je d'une toute petite voix.

— Toi et moi. Il faut qu'on se marie.

— Je... Hein ? Mais... Quoi ?

Les pensées se bousculaient sans la moindre cohérence dans ma tête. Face à moi, Brian vérifia de nouveau que personne ne nous épiait depuis la cuisine.

— Tu... Tu n'es pas amoureux de moi ? bégayai-je.

— Bien sûr que non, on ne se connaît pas.

— Mais... Mais pourquoi ?

— Parce que je suis gay.

Mon cerveau décrocha pour de bon. Alors là, ça n'avait plus aucun sens.

— Je... Tu... Comment ?

Brian poussa un soupir à fendre l'âme, comme affligé par tant de bêtise. Cela eut le bon goût de me faire retrouver mon aplomb.

— Mais qu'est-ce que c'est que ces conneries ? m'écriai-je.

— Chut ! s'exclama-t-il, soudain paniqué. Ils vont nous entendre.

— Et alors ? C'est quoi ton...

— Chut !

Il avait l'air tellement anxieux que je me tus et croisai les bras.

— Tu as besoin d'une couverture pour ton mec, reprit-il un peu plus gentiment. Et moi, j'ai besoin d'une couverture pour le mien.

— L'homosexualité, c'est légal, en France, grommelai-je.

— Tu dis ça parce que tu ne connais pas ma mère. Si elle savait, elle en mourrait.

Je fis la moue. Admettons.

Brian sembla se détendre un peu et réajusta le col de son polo. Ses genoux frôlèrent les miens comme si nous étions intimes. En tout cas, nettement plus intimes que ça l'aurait dû pour une deuxième rencontre.

— Voilà ce que je te propose, ajouta-t-il en se penchant vers moi, ce qui m'offrit une vue imprenable sur ses épaules musclées. On se marie, je te mets définitivement à l'abri du besoin, tu n'as même pas besoin de reprendre un boulot, je gère tout. En échange, tu joues la comédie à mes côtés, mais tu vis ta vie comme tu l'entends et tu peux avoir autant d'amants que tu veux.

Je le contemplais, les lèvres de plus en plus pincées. Comment Anne-Laure le prendrait-elle, si j'attrapais le coussin dans mon dos pour frapper cet homme et ses beaux muscles qui saillaient sous ses vêtements moulants ? Non, pas une bonne idée. Il était plus fort que moi. Brian, pas le coussin.

— Si tu pouvais tomber enceinte, ça serait même plutôt pas mal. Si tu savais le foin que me fait ma mère pour avoir des petits-enfants...

— Wow, grognai-je. Tu le vends tellement bien...

Brian haussa les épaules.

— Avoue que c'est plutôt une bonne proposition. Tu n'as pas réellement envie de retrouver ton job de secrétaire, pas vrai ?

Ma grimace dut l'alerter car il m'arrêta d'un geste de la main.

— Je ne te demande pas de réponse maintenant, Siloé. Prends le temps d'y réfléchir. Je peux attendre six mois s'il le faut, je ne suis pas pressé. Dès que tu n'auras plus envie de chercher du boulot, fais-moi signe. J'achèterai la bague et tout et tout.

— Ça ne te dérangerait pas que les mômes qui grandiraient sous ton toit ne soient pas les tiens ? marmonnai-je.

— De quoi tu parles ? Bien sûr que ce serait les miens ! C'est moi qui les reconnaîtrais, pas leur père biologique !

Évidemment...

— Je ne serai pas jaloux, promit-il.

Je repensai à Valérien et à la façon dont il s'était littéralement étouffé quand il avait cru que mon recruteur du matin m'avait draguée en entretien. Mouais... C'était bien beau que mon mari ne soit pas jaloux. Si mon amant l'était...

Mes joues chauffèrent brutalement. Mon amant ? Mais à quoi est-ce que je pensais, encore ?

— En gage de bonne volonté, ajouta Brian en se levant du canapé, je ne reste pas. Je ne veux pas gâcher la fête que tes amis ont organisée pour toi. Je me disais juste que c'était une bonne occasion pour te revoir.

— Euh... OK, balbutiai-je.

— À bientôt, Siloé.

Il attrapa ma main et y déposa un baiser. Je rougis encore plus. Mince. Plus aucun homme n'avait assez de classe pour faire ça, de nos jours ! Ah oui, bien sûr, il était homo...

Brian adressa un salut en direction de la cuisine et partit à grands pas.

— Mais... Où il va ? s'écria la voix paniquée d'Anne-Laure.

— Il a un rendez-vous, brodai-je tandis que la porte d'entrée claquait. Il... Il est juste passé pour me faire plaisir.

— Oh ! Il est vraiment trop adorable, ce type... Tu as décroché le gros lot, Siloé !

Hum. J'avais intérêt à rétablir la vérité très vite, sans quoi la réalité serait douloureuse, quand elle me rattraperait.

— Pour fêter ça, j'ai préparé de quoi composer des rouleaux de printemps nous-mêmes !

Des rouleaux de printemps maison ? Avec des petites crevettes, des dés de porc au citron, des légumes râpés, des cacahuètes, de la menthe fraîche et de la coriandre ? Bah... La mauvaise nouvelle pouvait bien attendre un peu...

Une sonnerie retentit. Je ne bougeai pas. J'étais loin, loin, loin... J'avais bien chaud, enveloppée dans un cocon de douceur. La sonnerie insista. Je soulevai une paupière. Encore la sonnerie. Je voulais continuer à dormir. Sonnerie ?

Je bondis d'un coup, projetant couette et oreillers hors de mon lit. Mon portable ! Je me levai en courant, trébuchai sur mon sac à main abandonné au milieu du chemin la veille, me rattrapai de justesse, mis la main sur le téléphone qui vibrait de toute son âme sur le plan de travail qui séparait le salon de ma cuisine, et décrochai.

– Allô ?

– Bonjour, je souhaite parler à madame Gautier, je vous prie.

Malgré mon esprit encore embrumé, je savais désormais reconnaître un recruteur à ses premiers mots.

– C'est moi !

– Ah, très bien. Bonjour madame. Louis Bertier, du cabinet de recrutement Bertier. Avez-vous quelques minutes à me consacrer ?

Je jetai un coup d'œil aux chiffres lumineux sur mon four. 11 heures et demie. Eh bé... La « petite fête » avec mes amis s'était prolongée tout l'après-midi, puis toute la soirée, pour finir fort tard – ou fort tôt selon le point de vue.

– Oui, bien sûr.

– Vous avez répondu à une annonce pour un poste d'assistante technico-administrative dans l'une de nos entreprises partenaires. Comme votre profil correspond parfaitement, je vous appelle pour faire le point sur votre candidature.

Faire le point sur... ? Déjà ? Alors que j'avais juste envoyé un CV et une lettre de motivation ?

— Oui ?

— Je vais aller droit au but, madame. Mon client souhaite des candidats avec des prétentions salariales bien précises. Quelles sont les vôtres ?

Je m'appuyai contre le plan de travail, un peu étonnée. En général, ce genre de sujet arrivait plutôt en fin de conversation.

— Eh bien... Dans mon travail précédent, je touchais quinze pour cent de plus que le SMIC, récitai-je selon les consignes de Valérien, et comme un changement de poste est en général accompagné d'une hausse de salaire de dix pour cent, je pense que...

— Si je vous propose le SMIC, m'interrompit-il, vous acceptez le poste ?

— Pardon ?

— Si je vous propose le SMIC, vous acceptez le poste ?

— Mais... Euh... Je...

Je fouillai ma mémoire. Qu'est-ce qu'on avait dit au sujet du salaire, déjà ? Ah oui, qu'il n'y avait pas que le brut...

— Y a-t-il d'autres avantages ? Des primes, peut-être ?

— Non, non, rien.

— Alors... Eh bien... Des conditions de travail particulières ?

— Non plus.

— Une réévaluation du salaire au bout d'un an ?

— Ah ça, je n'en sais rien, mais je ne crois pas que ce soit au programme.

À court d'idées, je passai la langue sur mes lèvres sèches, toujours cramponnée à la table. C'était quoi, ce plan, encore ?

— Alors ? demanda l'homme.

— Euh... C'est... C'est sûr ?

— Oui. Je sais que c'est un peu moins que ce que vous espérez, j'en suis désolé, mais je me permets de vous signaler que votre profil correspond au mot près à ce que cherche mon client.

— Je... J'ai besoin de réfléchir.

— Très bien, je comprends. Je vous rappelle demain ?

— Oui, d'accord.

— C'est bien noté. Bonne journée, madame.

— Bonne journée.

Le déclic de fin de conversation résonna. Eh ben mince alors ! Qu'est-ce que c'était que ça ? Une nouvelle technique de négociation ? Un sursaut de fierté me revint. Accepter un poste moins payé qu'avant ? Alors que j'étais au chômage depuis à peine une semaine ? Jamais de la vie ! Plutôt épouser un banquier !

21
GARDE À VUE

Les jours s'écoulèrent tranquillement, rythmés par mes candidatures, quelques entretiens téléphoniques et les sorties pour aller boire un verre avec mes camarades. Le mois de mai arriva, avec le retour des fleurs dans les parcs et aux balcons. La cadence risquait de ralentir un peu en termes de réponses de recruteurs, entre les jours fériés et les ponts, mais je restais confiante. J'avais deux entretiens physiques deux semaines plus tard – les recruteurs étaient des gens aux agendas très pleins, en cette période de l'année – et donc un nouveau rendez-vous à fixer avec Valérien pour les préparer.

Sur mon frigo, j'avais affiché un grand tableau avec deux colonnes : une « Pourquoi je devrais épouser Brian » et une « Pourquoi je devrais tuer Brian ». La première contenait deux lignes (« pour arrêter de travailler » et « pour éviter la crise de nerfs d'Anne-Laure »), la seconde en avait plus de trente (du « parce qu'il ne m'aime pas » très sérieux au « parce qu'un homosexuel risque de se fringuer mieux que moi » un peu plus fantaisiste). Autant dire que mon choix était fait, mais comme j'avais promis d'y réfléchir...

Ce vendredi soir-là, je bouquinais tranquillement dans mon lit. Il y avait longtemps que je n'avais plus ouvert un livre. Auparavant, ne rien faire chez Loiseau et Compagnie boulottait toute mon énergie et je rentrais chez moi aussi démotivée que déprimée, juste bonne à me coller devant la télé. Désormais, j'avais retrouvé assez de moral pour attaquer la montagne de romans que j'avais accumulés ces trois dernières années, et je m'y employais avec énergie. En l'occurrence, j'étais tombée sur l'histoire d'une jeune femme qui se retrouvait à épouser un tueur à gages à moitié par hasard, à moitié par erreur, et je pouffais de rire toutes les trois pages. Comme quoi, mon cas avec Brian n'était pas désespéré, j'aurais pu tomber sur bien pire !

Mon téléphone sonna sur la table de chevet. Un peu contrariée de devoir sortir de ma lecture, je regardai l'écran. Numéro inconnu, mais parisien. Un recruteur ? À cette heure-ci un vendredi soir ? Décidément, pas étonnant qu'ils soient bizarres, après...

— Allô ?

— Allô ? Siloé ?

Cette petite voix pleine de sanglots m'alerta. Je me redressai dans mon lit, inquiète.

— Oui ?

— C'est... C'est Philippa...

— Philippa ?

— Je... Je...

Elle étouffa un sanglot et renifla. Abasourdie, je collai le téléphone sur mon oreille.

— Je suis au commissariat de police...

— Tu as un problème ? m'écriai-je. Tu as besoin d'aide ?

— Oui... Je... Je... Tu sais, le garçon dont je t'avais parlé... Eh ben... Eh ben... Je... Je n'ai pas fait comme tu as dit... J'ai été le voir et... et...

Mon cœur battit plus fort. Oh non. Que lui était-il arrivé ? L'avait-il agressée ? Violée ?

— Il était gentil avec moi... Il m'a demandé de donner un... un truc à ses amis... Je ne pouvais pas savoir, moi, que c'était de la drogue !

La pression dans ma poitrine se dégonfla brutalement. Aussitôt remplacée par de l'incrédulité.

— Il t'a fait jouer les mules ? traduisis-je en articulant chaque mot avec soin.

— Euh... Oui... Je... C'est comme ça que les policiers l'ont dit aussi...

Je levai les yeux vers le plafond de ma chambre. Cette gamine était une calamité ambulante. Trois frères comme Valérien, Marc-Aurèle et Tibère ne suffiraient jamais à la protéger.

— Et donc ? m'enquis-je en me rallongeant tranquillement contre mes oreillers.

— Euh... Tu veux bien venir me chercher ?

— Moi ?

— S'il te plaît ?

Mes yeux s'étaient arrondis de stupéfaction.

— Philippa, tu as trois frères qui te feraient évader en creusant un tunnel, s'il le fallait. Pourquoi tu m'appelles, moi, s'il faut juste venir te chercher ?

— Ben... Valérien va me tuer s'il l'apprend...

Je hochai la tête. Enfin un peu de sagesse.

Un plan diabolique germa dans mon cerveau. Et si j'en profitais pour ancrer cette sagesse toute nouvelle une bonne fois pour toutes ?

— Tu as des policiers à côté de toi ?

— Oui. Il y a le gentil commissaire qui a bien voulu que je te téléphone.

— Passe-le-moi.

— D'accord.

L'appareil changea de main.

— Commissaire Lecomte, se présenta une voix masculine.

— Bonsoir monsieur, dis-je de mon ton le plus poli. Dans quel commissariat êtes-vous, s'il vous plaît ?

— Celui du XVe arrondissement, mademoiselle Gautier.

Ah. Il savait exactement qui j'étais. Génial...

— Pardon si je me trompe, monsieur le commissaire, repris-je prudemment, mais est-ce que vous n'êtes pas censé prévenir le tuteur légal d'un mineur ?

— Pas si nous estimons que le tuteur risque de faire disparaître les preuves pour protéger ledit mineur, répondit-il d'un ton tranquille. Et comme vous venez de confirmer que ses trois frères n'hésiteraient pas à bafouer la loi pour elle...

Ah. Boulette. Mais bon, ils s'en doutaient. Et puis ça m'arrangeait pour mon plan machiavélique.

— Vous êtes sur haut-parleur ?

— Oui.

— Pourriez-vous le couper, s'il vous plaît ?

Un silence, probablement surpris. Puis :

— Voilà, c'est fait.

— Merci. Je suis désolée pour cette demande bizarre, mais... Il y a des gens dangereux, en ce moment, dans vos cellules de garde à vue ?

— Dangereux ?

— Des drogués, des ivrognes, des fous furieux... Des gens qui pourraient sauter sur Philippa pendant que les surveillants ont le dos tourné, quoi.

— Rien de tout cela, mademoiselle Gautier. Nous avons ce genre d'énergumènes, mais certainement pas dans la cellule réservée aux mineurs.

Je jouai avec les pages de mon livre. Parfait. J'aurais la conscience tranquille.

— Euh... Je ne voudrais surtout pas que vous me preniez pour un monstre, mais ça vous embête si je ne passe la chercher que demain matin ?

Nouveau silence. Stupéfait, celui-là.

— Juste histoire qu'elle réfléchisse un peu cette nuit, me hâtai-je de préciser. Qu'elle ne recommence pas tout de suite.

Un éclat de rire tonitruant me répondit.

— Veuillez attendre un instant.

J'entendis un bruit de chaise repoussée, puis des pas et une porte claquée. Il s'éloignait de Philippa ?

— Mademoiselle Gautier, reprit la voix grave avec un peu plus d'écho, comme si l'homme parlait dans un couloir, vous me plaisez, alors je vais jouer franc-jeu avec vous. Les séries américaines ne vous permettent pas d'appréhender la situation correctement, la petite Philippa Renoir n'est pas réellement en garde à vue. Si elle l'était, elle n'aurait pas droit à ce fameux appel qui est autorisé aux États-Unis, mais juste à un avocat. Elle n'aurait pas eu le droit de prévenir ses proches, ni ses frères, ni vous, ni personne. Seul son avocat l'aurait pu. Et j'ajoute que seul son référent majeur l'aurait eu le droit de venir la récupérer ici. Vous, non.

– Ah..., marmonnai-je en me ratatinant dans mes oreillers. Je ne comprends pas tout, alors...

– Mes collègues et moi avons cuisiné la petite Renoir. Au bout de dix minutes, on s'est rendu compte que c'était juste une jeune fille un peu... crédule...

– Un peu gourde, vous voulez dire, grommelai-je.

– Voilà. Une jeune fille, donc, qui s'est fait manipuler par un dealer. La retenir en garde à vue ne sert absolument à rien. Mais comme vous l'avez souligné, il nous paraissait nécessaire de la faire réfléchir à son comportement, d'où cette mise en scène à l'américaine en l'autorisant à appeler quelqu'un pour venir la chercher, et l'obliger à reconnaître sa bêtise du jour.

– Ah...

– Aucun problème pour la garder jusqu'à demain matin. Elle pleurera sûrement encore quelques minutes, mais cela devrait la vacciner contre ce genre de gaillards, pour la prochaine fois.

Il fallait l'espérer !

— Juste par curiosité, mademoiselle Gautier, qui êtes-vous, exactement, pour elle ? Elle nous a dit que vous étiez l'amie qu'elle voulait contacter, mais...

Je terminai la phrase à sa place dans ma tête. Mais il ne comprenait pas pourquoi une amie la laisserait croupir toute la nuit dans une cellule, hein ?

— Je suis la femme qu'elle a fait virer de son boulot en racontant à n'importe qui des choses qu'elle n'aurait pas dû savoir, lui résumai-je.

— Oh...

— Et son frère Valérien est mon conseiller Pôle Emploi.

Il me sembla entendre un rire léger.

— Vos histoires ont l'air compliquées.

S'il savait...

— Quoi qu'il en soit, vous allez devoir trouver une bonne excuse pour son frère, parce qu'elle m'a dit qu'elle devait rentrer avant 22 heures et elle espérait que vous viendriez la récupérer d'ici là.

— Comptez sur moi, affirmai-je.

Il rit de nouveau.

— Enchanté d'avoir fait votre connaissance, mademoiselle Gautier. Je vous souhaite une bonne nuit.

— Merci monsieur le commissaire. Bonne nuit à vous aussi.

Je raccrochai, changeai de position pour mieux voir à la lumière de ma lampe de chevet et appuyai sur l'icône des SMS.

Je suis tombée sur Philippa avec des amis dans un bar, on a plein de trucs de filles à se raconter donc on va passer la nuit chez moi ! Je la raccompagne demain matin. Bonne soirée, Siloé

J'envoyai à Valérien. Voilà. Un truc crédible, pas trop de détails, impeccable. Et je n'avais même pas honte, en plus !

La réponse arriva quelques secondes plus tard.

Super ! Je suis content que vous vous entendiez bien ! À demain. Valérien.

Je fronçai le nez. Bon, OK, si, j'avais un peu honte quand même. Mais cela n'allait pas m'empêcher de dormir !

Bien entendu, j'eus beau me tourner et me retourner entre mes draps, je ne fermai pas l'œil de la nuit. À chaque fois que j'essayais de compter les moutons, le visage plein de larmes de Philippa apparaissait au beau milieu de mon champ de vision. Cette fille aurait ma peau. Il était à quelle heure, déjà, le premier métro ? 5 heures et demie, non ?

À 5 h 10, résignée, je me levai et m'habillai. Un café, un coup d'œil sur Internet pour localiser le commissariat du XVe arrondissement, et je me mis en route. Je poireautai longuement sur le quai pratiquement désert, en ruminant contre ces fichus ados qui, non contents d'avoir ruiné ma carrière, ruinaient aussi mon sommeil, contre les trains en retard, contre le soleil qui pourrait se donner la peine de se lever plus vite, contre les demandes en mariage débiles et contre moi-même pour avoir oublié mon livre sur ma table de chevet, puis le métro arriva.

Il n'y avait vraiment pas grand monde, à cette heure-là. Les rares autres passagers étaient absorbés par leur téléphone portable ou appuyés contre les vitres, les yeux clos. Le silence me surprit. Je ne prenais jamais le métro aussi tôt. J'avais l'habitude d'un épais brouhaha de conversations, de vêtements qui se frottent, de mouvements permanents et de musique en sourdine. Là, rien. Les portes s'ouvraient et se fermaient sans que personne ne monte ni ne descende sur plusieurs stations d'affilée. Le bruit des roues sur les rails, des freins et du vent dans les tunnels emplissait tout l'espace. Je ne savais pas trop si je trouvais cela reposant ou lugubre. Un peu des deux, sûrement.

Mon arrêt arriva enfin. Il n'y avait plus qu'à marcher. D'après mon GPS, j'en avais pour dix petites minutes.

Un bon quart d'heure plus tard, je sonnai à l'accueil du commissariat. Une jeune femme avec une queue-de-cheval blonde et un joli sourire vint m'ouvrir.

— Bonjour, je suis Siloé Gautier, me présentai-je. Je viens chercher Philippa Renoir qui est en...

— Ah ! C'est vous ! s'écria la jeune femme. Entrez, entrez. Le commissaire avait prévenu que vous passeriez. On ne vous attendait pas si tôt.

Je la suivis, un peu surprise et, à la réflexion, très inquiète. Le commissaire les avait prévenus ? Notre histoire avait fait le tour du bâtiment ?

— Je vous préviens, dit la jeune policière avec un petit rire, on a expliqué à Philippa qu'on vous obligeait à remplir une tonne de papiers administratifs, et aussi qu'on vous retenait dans un bureau pour faire une enquête de mœurs à votre sujet avant de vous donner le droit de la sortir de garde à vue. Ça vous va ?

— Euh... Oui, bredouillai-je.

Mince, elle devait culpabiliser à mort !

— Elle n'est pas près de recommencer, ajouta ma guide improvisée avec une satisfaction certaine.

Ça, je l'espérais ! Malheureusement, je n'en étais pas aussi sûre qu'elle. On parlait de Philippa, là...

La jeune femme me pria de patienter quelques instants dans une salle d'attente dotée de sièges en fer-blanc fixés au sol par d'énormes vis. Ça ne rigolait pas avec la sécurité, ici. Je fouillai dans les magazines posés sur la table basse, elle aussi accrochée au carrelage. Foot, people, revues pour enfants... Ils n'avaient pas quelque chose sur les régimes détox de printemps ?

— Siloéééééééé !

Un missile humain traversa la salle d'attente et fondit dans mes bras. Je titubai sous l'impact.

— Siloé ! gémit Philippa, cramponnée à moi, le visage enfoui dans mon gilet. Je suis tellement, tellement, tellement désolée ! Je ne voulais pas qu'ils te fassent tout ça ! Si j'avais su... Je... Je... Pardon !

Le souffle encore coupé, je relevai la tête vers les trois hommes qui accompagnaient la jeune policière, près de la porte. Ils m'adressèrent un sourire complice et le plus grand leva son pouce vers le ciel en signe d'approbation. Bon. Je m'étais fait des amis dans la police. Tant mieux. Cela servirait, le jour où je tuerais Brian. Et Philippa.

— Ça va aller, ça va aller, marmonnai-je en essayant de la redresser un peu.

Philippa s'accrocha encore plus. Comment une fille aussi frêle pouvait-elle posséder une telle force ?

— Je suis tellement désolée, Siloé !

Je soupirai. Les policiers nous contemplaient toujours, visiblement au spectacle. Hum. Ils avaient raison, en fait. C'était le moment d'en profiter.

— La prochaine fois, dis-je avec une grosse voix, tu feras attention à ce que je te conseille.

— Oui ! Promis !

— Tu n'aborderas plus tous les garçons que tu croises.

— Oui !

— Tu ne penseras plus qu'un type qui te fait un sourire une fois est l'amour de ta vie.

— Oui !

— Tu ne parleras plus jamais des dossiers de Valérien aux mecs avec qui tu sors depuis deux jours.

— Oui !

— Et tu me donneras la recette de tes crevettes sautées aux épices.

— Hein ?

Les policiers approuvèrent gravement. Philippa me lâcha enfin et leva son visage fin vers moi. Le mascara avait coulé sur ses joues et ses yeux avaient gonflé de façon fort peu artistique. D'une certaine façon, cela me réconforta. En fait, aucune femme n'était jolie, quand elle pleurait. Ça n'existait que dans les films. Par contre, mon gilet était trempé sur le devant. Zut.

— On va aller se prendre un café, faire un brin de toilette et ensuite, je te raccompagnerai chez toi, OK ?

Elle renifla d'un air décidé.

— OK, approuva-t-elle bravement.

— Y a-t-il des... d'autres choses à signer ? demandai-je aux policiers qui patientaient, les bras croisés, sérieux comme des papes depuis la seconde où Philippa avait cessé de se moucher dans mes vêtements.

— Non, mademoiselle Gautier, répondit le plus grand avec une gravité à toute épreuve. Pour vous, plus rien. Il faut juste que Mlle Renoir récupère ses affaires et vous pourrez y aller.

— Ses affaires ?

— Ils m'ont pris mon sac à main, ma veste, ma ceinture, mes bijoux et mes lacets, souffla la jeune fille encore humide de larmes.

Mince. La vraie garde à vue façon série américaine, quoi.

— Venez, je vous emmène, proposa le flic le plus jeune de la bande sans réussir à retenir un sourire. Suivez-moi.

Nous lui emboîtâmes le pas dans un long couloir. La démarche martiale, il paraissait comme investi d'une mission de la plus haute importance. Même s'il me dépassait d'une bonne demi-tête, il paraissait avoir à peine plus de dix-huit ans. Un cadet de la République, peut-être ? Ou un stagiaire ? En tout cas, avec ses cheveux noirs coupés court sous sa casquette de la police et ses épaules saillant sous sa chemise à manches courtes, il avait de l'allure !

Il s'arrêta devant une porte blindée et composa un code. Le battant s'ouvrit et nous entrâmes dans une petite pièce remplie d'étagères croulant sous des boîtes.

— Voilà pour Philippa, annonça le jeune flic en prenant une boîte et en soulevant le couvercle. Vérifiez qu'il y a tout, s'il vous plaît.

Il l'appelait Philippa ? Ils étaient drôlement familiers, dans la police.

— Merci Guillaume, répondit la jeune fille en essuyant ses yeux rouges une dernière fois.

Hein ? Mais... Mais...

Elle s'assit par terre pour remettre ses lacets dans ses petites baskets blanc et rose ultraféminines. Guillaume me glissa un sourire complice. Son regard vif et son visage franc m'indiquèrent qu'il avait bien du mal à ne pas rire. Hum...

Philippa finit par se redresser et le jeune policier redevenu sérieux comme par magie nous raccompagna à l'accueil, où les autres attendaient toujours. Je les remerciai une dernière fois et nous nous éloignâmes toutes les deux. Je leur jetai un coup d'œil au moment de passer la porte. Guillaume avait rejoint ses collègues et ils se tapaient dans les mains en s'esclaffant comme s'ils venaient de gagner un tournoi sportif. Eh bé... Ils ne devaient pas avoir l'occasion de rigoler très souvent, s'ils fêtaient une si petite chose avec autant d'enthousiasme !

— Ils étaient plutôt gentils, me confia Philippa une fois dehors, ses bracelets tintant à nouveau à ses poignets. Surtout Guillaume. Il m'a apporté une couverture, des mouchoirs à l'eucalyptus et des petits gâteaux. Et il m'a tenu compagnie presque toute la nuit.

— Pourquoi tu pleurais, alors ? marmonnai-je.

— Je pensais à ce qu'ils t'obligeaient à faire. Ça me rendait tellement triste !

Je me renfrognai encore un peu plus. Cette fille me ferait mourir de culpabilité.

Un éclair de lucidité traversa soudain mon esprit. Où allions-nous trouver un café ouvert à 6 heures et demie, un samedi matin ? Il allait falloir... que je la ramène chez moi ? Cette catastrophe ambulante ? Non ! Je devais d'urgence abandonner l'homéopathie et me mettre à collectionner les porte-bonheur !

22

PAS DE RÉPIT POUR LES BRAVES

Inutile de dire que je la surveillais comme le lait sur le feu tout le temps qu'elle passa chez moi. Un coup de gant de toilette sur la frimousse, un peu de maquillage pour effacer une nuit de veille, deux bols de café avec des tartines, un accord formel sur le nom du bar où nous nous étions retrouvées ainsi que sur les discussions que nous avions eues, et nous fûmes sur la route pour rentrer chez elle.

— Je peux me débrouiller, tu sais, dit-elle timidement alors que nous arrivions à la station de métro.

Hors de question. Je voulais m'assurer personnellement qu'elle arriverait chez elle en un seul morceau.

— Ça ne me dérange pas, déclarai-je. Et puis ça fait du bien de sortir un peu après une nuit pareille.

Elle acquiesça maladroitement.

— Tu sais... Siloé... Je voulais te dire que... Que je t'aime beaucoup...

J'enfonçai les mains dans les poches de ma veste en jean. Elle avait intérêt, avec ce que j'endurais pour elle !

— Et... Et Valérien aussi, je crois, ajouta-t-elle, les joues rouges.

Oh la ! Qu'est-ce qu'elle me faisait, là ?

— Ça fait longtemps qu'il est tout seul, enchaîna-t-elle précipitamment, comme si les mots voulaient sortir d'un coup. Et c'est de ma faute, je le sais bien. Il s'occupe de moi depuis mes six ans, alors il ne prend pas de temps pour lui, ses ex sont toutes parties à cause de moi...

Pourquoi ça ne m'étonnait pas ?

— Les filles qu'il rencontre grâce aux sites Internet se barrent dès qu'elles entendent parler de moi et même ses coups d'un soir, elles sont mal à l'aise quand elles me...

Eh ! Je ne voulais pas le savoir, ça !

— ... et d'ailleurs, Tibère dit que...

— Philippa, l'arrêtai-je d'un geste, horriblement gênée.

— Oui ?

— Tu crois que Valérien aurait envie que tu me racontes ça ?

— Euh...

— Bon, réfléchis-y, et on en reparle après.

La jeune fille piqua un fard et baissa le nez vers ses baskets blanc et rose.

— Pardon, murmura-t-elle. C'est juste que... Il prend toujours tellement soin de moi et... Et moi, je ne peux jamais l'aider. Je suis juste un poids, pour lui.

La tristesse dans sa voix me traversa de part en part. Mon cœur se comprima douloureusement. Je n'avais pas pris la mesure de ce qu'ils vivaient, dans cette famille atypique. Valérien se donnait corps et âme pour sa petite sœur et celle-ci souffrait de le voir sacrifier sa vie pour elle ?

– C'est peut-être avec lui qu'il faut en discuter, suggérai-je plus doucement.

– J'ai essayé. Mais tu le connais. Quand il ne veut rien entendre...

Eh bien, je ne le connaissais pas à ce point-là, mais j'avais le vague souvenir d'un psychopathe penché sur ma voiture...

J'entourai ses épaules fines de mon bras.

– Ne t'inquiète pas, déclarai-je, un peu surprise de ma propre familiarité. Les ennuis, c'est comme tout le reste dans ce monde, ça finit par passer.

Philippa acquiesça, ses yeux clairs dans le vague. Flûte. Il allait me falloir le week-end entier pour me remettre de ça... Mais pourquoi m'avait-elle parlé des coups d'un soir de Valérien ? J'avais plein d'images en tête, maintenant !

J'avais abandonné Philippa en bas de son immeuble pour rentrer chez moi comme une voleuse et ne pas croiser Valérien. J'étais trop mal à l'aise. Lui mentir froidement après ce que j'avais entendu, c'était trop dur pour moi. Allongée sur mon lit, le regard fixé sur le plafond, j'essayais de faire le tri dans mes émotions. Drôle de famille, quand on y pensait. Chacun des membres de la fratrie faisait de son mieux, à sa façon, pour protéger les autres. Même Philippa. Après tout, si elle enchaînait les « grands amours », n'était-ce pas pour soulager Valérien de sa responsabilité de veiller sur elle ?

Je soupirai. Ça faisait longtemps que je n'avais pas appelé mes parents. Les Renoir n'avaient plus ce luxe. Mon père et ma mère passaient leurs congés à voyager aux quatre coins de la planète, et le reste du temps à planifier les voyages en question. J'avais visité un grand nombre de pays quand j'étais petite, mais je voyais beaucoup moins mes parents depuis que je travaillais moi-même et que mes vacances avaient fondu comme neige au soleil. Il faudrait peut-être que je les tienne au courant, pour mon boulot. Enfin, pour la perte de mon boulot, plus exactement. Ils allaient être catastrophés, bien sûr, mais ils m'en voudraient peut-être encore plus si je le leur cachais.

Bon, allez, mon téléphone...

Je roulai sur le côté pour l'attraper, sur ma table de nuit, et composai le numéro. La sonnerie résonna trois fois.

— Allô ?

— Maman ? C'est Siloé.

Une sonnerie type corne de brume rugit dans mon oreille.

— Euh... Tu es où ? demandai-je, un peu abasourdie.

— On embarque avec ton père pour une grande croisière autour de la Norvège ! répondit-elle d'une voix chantante. C'est la meilleure saison pour visiter les fjords. Avec la fonte des neiges, les falaises vont être recouvertes de cascades !

— Ah...

— Et toi ? Où es-tu ?

— Euh... Sur mon lit...

— Formidable !

Mouais. Elle ne devait pas me parler, là.

— Quoi de neuf, mon petit ange ?

J'hésitai en contemplant le plafond. Devais-je gâcher sa joie et tout son voyage en l'inquiétant avec mes mauvaises nouvelles ? Sachant que j'aurais peut-être retrouvé quelque chose à son retour ?

— Figure-toi qu'un gars m'a demandée en mariage ! lançai-je donc.

— Ce n'est pas vrai ? s'écria-t-elle. Qui ? Je le connais ?

— Non, non. Mais rassure-toi, moi non plus je ne le connais pas.

— Oh... Raconte-moi ça... Attends ! Je mets le haut-parleur pour Louis.

— Salut trésor ! lança la voix de mon père.

— Salut papa.

— Alors ? Je dois préparer ta dot ?

Je pouffai de rire et leur narrai par le menu les manigances d'Anne-Laure pour me trouver un mari, ainsi que la proposition de Brian – enfants illégitimes compris. Cela les amusa énormément. C'était fou comme raconter les choses les mettait en perspective. Ils me décrivirent ensuite le voyage qu'ils s'apprêtaient à faire, me promirent plein de photos et une carte postale, puis partirent explorer le bateau de croisière. Je raccrochai, le cœur plus léger. J'avais beau ne pas leur parler très souvent, des parents, c'était vraiment précieux.

Le week-end se termina et la semaine démarra paisiblement, même si la pluie gâcha un peu les deux premiers jours. Ce mercredi matin-là, je prenais mon petit déjeuner sur mon bureau devant l'ordinateur, tout en complétant un formulaire de candidature en ligne directement sur le site d'un potentiel employeur. J'y avais mis le temps, mais case par case, j'avais consciencieusement rempli mon état civil, mes diplômes et mes expériences professionnelles, puis joint mon CV et une belle lettre de motivation en français, puis en anglais, au cas où, puis relu huit fois chaque item pour être sûre de ne pas avoir laissé une coquille, et enfin accepté les conditions d'utilisation du site. Cette fois, c'était la bonne.

Je restai une seconde le doigt en l'air, au-dessus du bouton de validation, et vérifiai une ultime fois mes coordonnées. Non, tout était juste. Je n'avais plus qu'à appuyer. La nervosité m'envahit. Il y avait longtemps que je n'avais pas pris d'homéopathie, moi.

– Allez, murmurai-je. À trois. Un... Deux... Trois !

Je cliquai. Un message apparut aussitôt.

> Suite à l'ouverture trop longue de cette page, le délai est expiré. Veuillez recharger la page ou contacter votre administrateur.

Je restai devant mon écran, dépitée. Définitivement, je détestais l'informatique.

Il me fallut donc recommencer du début. Cette fois, je ne relus mes coordonnées que trois fois et n'hésitai pas en joignant mes documents. Ça allait fonctionner, oui ?

Un nouveau message surgit.

> Votre candidature a bien été enregistrée ! Merci de votre intérêt pour notre société. Nous vous contacterons dès que notre équipe des ressources humaines aura pris connaissance de votre dossier.
> À bientôt !

Ouf ! Je n'avais plus qu'à finir mon café. Je portai la tasse à mes lèvres et mon téléphone se mit à vibrer. J'écarquillai les yeux. Déjà ? Je venais à peine d'envoyer le formulaire ! Je reposai la tasse et décrochai.

— Siloé Gautier ? annonçai-je de ma voix la plus professionnelle.

— Siloé ? C'est Nicolas Chemin.

Ah, oui. Ça m'aurait étonnée, quand même.

— Je ne te réveille pas ? s'enquit-il.

— Non, non, pas du tout. Je garde mes bonnes habitudes et je me lève tôt le matin.

— Tant mieux, tu vas peut-être en avoir besoin ! J'ai débriefé avec l'équipe technique dans laquelle sera intégré notre prochain assistant technico-administratif, et tu fais partie de la *short list* de trois personnes. Tes dessins les ont impressionnés. Le poste t'intéresse toujours ?

— Bien sûr ! m'écriai-je, le cœur battant.

— Tant mieux. On va fixer un nouvel entretien pour que tu les rencontres. Tu es dispo, lundi prochain ? En tout début d'après-midi, 13 heures ?

— Oui, c'est parfait !

— OK, je note et je t'envoie un e-mail pour confirmer. À lundi, dans ce cas.

— Oui, à lundi, approuvai-je, pleine de reconnaissance.

— Bonne journée, Siloé.

— Merci !

Je raccrochai et m'offris un tour sur moi-même, sur mon fauteuil à roulettes, légère comme une plume. Cette fois, j'en avais la certitude, les dieux étaient avec moi ! Ils m'avaient même pardonné d'avoir laissé une gamine toute la nuit dans une cellule de commissariat le week-end dernier. Si cela se trouvait, j'avais même rempli le formulaire du petit déjeuner pour rien ! Et si je jouais au loto, pour voir ? Quoi qu'il en soit, il fallait que je prévienne Valérien pour mon coaching personnel !

Je me redressai, ma tasse de café désormais froide à la main. *Go !* Mon téléphone vibra de nouveau. Déjà ? Nicolas avait oublié quelque chose ? Un coup d'œil à l'écran m'informa qu'il ne s'agissait pas de lui. Les gens de la candidature en ligne, alors ?

— Siloé Gautier ?

— Siloé ? Salut, c'est Philippa.

Je manquai de m'étouffer. Non ! Le karma m'avait rattrapée ! Les catastrophes arrivaient !

— Philippa ! Qu'est-ce qui se passe ? Tu es où ? Chez les flics ? Il y a un problème ?

— Hein ? Mais non ! Pas du tout !

Ah. Je me calmai et me rassis dans mon fauteuil.

— Oui ? m'enquis-je plus simplement.

— Je... Je voulais te demander un truc..., dit-elle avec timidité.

— Oui ?

— Eh bien... Tu sais... Comme je n'ai pas de grande sœur, je... je... Je me suis dit que toi, je pouvais t'en parler...

Je fronçai le nez sur ma tasse froide. Ça commençait mal, ça. Dans quoi essayait-elle de m'embarquer, cette fois ?

— Je ne sais pas comment te... te... t'expliquer...

Oh la... Cette fois, c'était sûr, c'était un piège. Il fallait que je me sorte de là avant que ça me retombe encore dessus.

— Peut-être parce que je ne suis pas la bonne personne ? suggérai-je. Tu as l'habitude de tes grands frères hyperprésents, mais tu sais, je n'ai ni grand frère ni grande sœur et, pourtant, je suis une jeune femme merveilleusement développée et sans la moindre névrose.

Enfin presque. L'homéopathie ne comptait pas comme une névrose.

— Oui, mais... Oui, mais...

— Tu as sûrement plein d'amis, ajoutai-je avec espoir. Ils pourront te comprendre et t'aider mieux que moi.

— Non, il n'y a que toi.

Je me renfrognai. Raté. Et si je prétendais passer sous un tunnel et que je raccrochais ? Non, je la connaissais, maintenant. Elle me rappellerait jusqu'à ce que mort s'ensuive.

— Alors je t'écoute.

— OK... Tu... Tu te souviens de Guillaume ?

— Le jeune policier de la garde à vue, me rappelai-je sans souci.

— Oui. Euh... Il est cadet de la République, en fait. Eh bien... Eh bien... Je... Je le trouve vraiment très gentil...

Mes paupières s'écarquillèrent. Non. Elle n'allait quand même pas m'annoncer que...

— On s'est revus, l'autre jour...

Je fermai les yeux et m'effondrai intérieurement sur mon fauteuil de bureau. Et si. Elle l'avait fait. J'allais tuer cette gamine. Et le flic, aussi.

— Oui ? me forçai-je à reprendre.

— Et... Euh... On... On...

— Philippa, vous ne sortez pas ensemble, pas vrai ?

— Ben...

— Tu sais que tu es mineure, lui majeur, et qu'il représente les forces de l'ordre ? Tu sais ce qu'il risque si quelqu'un porte plainte ?

— Mais qui pourrait bien porter plainte ? s'épouvanta-t-elle.

— Je ne sais pas, m'exaspérai-je. Un grand frère avocat, par exemple ?

Seul le silence me répondit.

Je pris le temps d'inspirer lentement et de desserrer les doigts un par un de ma tasse de café.

— Écoute, Philippa, si tu tiens vraiment à Guillaume, tu ne dois plus le voir, tu comprends ?

Un sanglot me répondit et une vague de culpabilité m'envahit. Bon sang, combien de fois avais-je pensé que cette fille me tuerait, en une semaine ? Très bien...

— Bon, voilà comment on va procéder. Tu vas venir chez moi, ce soir, après tes cours. On fera un tableau.

— Un tableau ?

— Oui, je t'expliquerai.

Un beau tableau, sur le modèle « pourquoi je devrais épouser/tuer Brian ». Si avec ça, elle ne comprenait pas pourquoi elle devait laisser tomber ce nouvel amour de sa vie, je ne savais plus quoi faire !

23

POURQUOI PHILIPPA DEVRAIT OU PAS QUITTER GUILLAUME

J'avais tout préparé avec soin : mon tableau blanc Velléda, qui me servait à faire mes ébauches de croquis quand j'étais étudiante, récupéré à la cave, soigneusement déballé et dépoussiéré, des stylos effaçables, un litre et demi de thé glacé aux agrumes et des chouquettes accompagnées d'un gros pot de Nutella, pour la crise de larmes qui surviendrait inévitablement. Dans ma tête, les arguments se bousculaient déjà pour la colonne « Pourquoi Philippa devrait quitter Guillaume », mais je les gardais pour moi en attendant le bon moment.

La jeune fille sonna sur le coup de 17 heures. Je vérifiai d'un dernier coup d'œil que tout était en ordre dans mon petit appartement et allai lui ouvrir.

Elle me sauta littéralement au cou.

— Siloé !

— Euh... Salut.

Philippa m'embrassa sur les deux joues comme si on ne s'était pas vues depuis un an, rayonnante. Mon cœur fondit malgré moi. Comment cette fille arrivait-elle à être aussi attachante, avec un karma aussi flippant ?

Peut-être à cause de son apparence fragile. Son tee-shirt large accentuait la finesse de son corps, le collant opaque sous son minishort en jean soulignait la longueur de ses jambes et un collier tribal rebondissait sur sa poitrine. Ou peut-être juste parce qu'elle dégageait l'amour et la bonne humeur par tous les pores de sa peau. Ou alors peut-être que je voyais Valérien en elle et que je... Bon, bref.

— J'enlève mes chaussures ?

Sans attendre de réponse, elle retira ses baskets pour se retrouver en collants sur mon carrelage et passa au salon. Je la suivis en soupirant, les yeux rivés sur son chignon lâche qui ne retenait pas grand-chose. Pourquoi n'arrivais-je pas à un résultat aussi « coiffé avec négligence », moi ? Quand je tentais un chignon, je ressemblais soit à une maîtresse d'école des années soixante, soit à un chiot qui aurait mis une patte dans une prise électrique.

— Tu as préparé tout ça pour moi ? s'exclama-t-elle, ravie, en découvrant le thé et les chouquettes.

— Pour le réconfort après l'effort, tempérai-je en cessant de penser à mes essais de coiffure. D'abord, on s'occupe de ce qui est derrière toi.

Elle se retourna et aperçut le tableau blanc posé à la verticale contre le mur, déjà séparé en deux colonnes. Celle de droite indiquait « Pourquoi Philippa devrait rester avec Guillaume » et celle de gauche « Pourquoi Philippa devrait quitter Guillaume ». Son sourire devint un peu grimaçant.

— Ah. C'était ça, le tableau.

— Tu imaginais quoi ? m'amusai-je.

— Ben... Je me suis dit que tu faisais peut-être de la peinture...

J'éclatai de rire et lui lançai un stylo effaçable noir. Elle le rattrapa dans un concert de cliquetis de bracelets.

— À toi l'honneur, déclarai-je. Tu commences. Choisis une colonne et écris ce que tu veux dedans.

— Et chaque fois qu'on note un truc, on a le droit à une chouquette ?

Tiens ? Bonne idée !

Je croisai les bras.

— À chaque fois qu'on note un truc, on a le droit à une chouquette, et si on est d'accord toutes les deux sur l'argument, on a le droit de la garnir de Nutella.

— Oh cool !

Elle s'agenouilla devant le tableau et inscrivit en pattes de mouche noires, dans la colonne de droite : *Parce que je l'aime.*

Eh bien. On attaquait directement les choses sérieuses.

— Qu'est-ce que tu appelles « aimer » ? demandai-je ingénument.

— Facile ! s'écria-t-elle en levant le stylo avec enthousiasme. Je pense à lui en permanence, j'ai le cœur qui palpite quand il est là, et mon QI baisse de 90 points dès qu'il me parle au téléphone.

J'acquiesçai. Tant de lucidité, ça forçait le respect.

— Tu ressentais la même chose, pour le garçon que j'ai rencontré au Louvre ?

Le sourire de Philippa s'évanouit brusquement.

— Euh... Non, pas du tout.

Je haussai un sourcil et elle rentra la tête dans ses épaules fines.

— Peut-être un peu, marmonna-t-elle.

— Et pourtant, le soir même, tu l'as plaqué, rappelai-je.

— C'était un abruti !

— Ça, je ne vais pas prétendre le contraire. Mais tu vois que ce que tu décris, ce n'est pas de l'amour. C'est de l'attirance.

Philippa me contempla de ses yeux clairs écarquillés.

— Mais alors c'est quoi, l'amour ?

— L'amour, répondis-je avec le plus grand sérieux, le vrai amour, c'est se sentir vraiment et profondément bien avec quelqu'un. Savoir qu'on peut compter sur lui en toutes circonstances, même s'il est loin. Qu'il arrivera en courant si on a besoin de lui. Qu'il ne nous jugera pas. Qu'il nous protégera même si on a tort. Et bien sûr, faire n'importe quoi pour qu'il soit fier de nous.

La jeune fille se gratta la tête.

— Mouais. Ça, ça ressemble plutôt à ce que j'éprouve pour Valérien...

Je sentis le rouge me monter aux joues. Moi aussi, ça ressemblait un peu à ce que j'éprouvais pour Valérien...

— Évidemment ! m'exclamai-je avec un grand geste pour cacher mon trouble. Si entre un frère et une sœur, il n'y a pas d'amour, qu'est-ce qu'il y a ?

Elle grimaça.

— La seule différence, ajoutai-je en regardant la carafe de thé comme si je ne me sentais pas concernée, c'est que pour un frère, il n'y a pas de désir charnel. Tu n'as pas envie de coucher avec lui, quoi.

Oh lala ! Il fallait absolument que je stoppe ce genre de pensées ! On était là pour parler d'elle, pas de moi, et surtout pas de Valérien ! Où était mon homéopathie ?

— C'est vrai, approuva Philippa en retrouvant sa sérénité. Donc le grand amour, c'est comme aimer Valérien, mais avec du désir charnel en plus.

— Voilà, soufflai-je, épouvantablement gênée. En gros. Euh... Et donc ? C'est de l'amour, ce que tu éprouves pour Guillaume ?

Philippa inclina la tête sur le côté et fronça les sourcils, en signe de réflexion. Puis se redressa et me regarda bien en face.

— Oui.

Et merde.

Bon, deuxième argument.

Une demi-heure plus tard, la colonne de droite contenait une bonne douzaine d'arguments écrits avec les pattes de mouche noires de Philippa, tandis que celle de gauche comportait mes jolies lettres calligraphiées en bleu. Nous n'étions pas d'accord sur grand-chose, mais je lui avais accordé que Guillaume était « beau » et « en mesure de la protéger », et elle m'avait concédé que « une rencontre au cours d'une garde à vue » n'avait pas donné au jeune homme une image très juste d'elle.

— C'est complètement idiot, cette loi sur les relations mineurs-majeurs, gronda Philippa en sirotant son thé glacé, le nez à dix centimètres de ma dernière ligne.

— Ça protège les mineurs, répondis-je gentiment.

— Mais il n'a que deux ans de plus !

— À seize ans, ça fait une énorme différence.

Elle haussa les épaules et se redressa pour garnir une chouquette de Nutella.

— Tiens, dit-elle en me la tendant.

— Tu es d'accord ? m'exclamai-je.

— Oui. S'il y a bien une chose que j'ai retenue de Tibère, c'est que la loi est la loi, et nul n'est censé l'ignorer. Je trouve cet argument minable, mais il est valide.

Impressionnée, je la regardai s'asseoir sur le tabouret à côté de moi. Malgré sa jeunesse et sa mine renfrognée, il y avait en elle une gravité et une maturité que je ne lui connaissais pas encore.

— On n'avance pas, hein ? grommela-t-elle en regardant le tableau. Je sens bien que je ne te convaincs pas, et tu ne me convaincs pas non plus.

— Tu espérais me convaincre ? m'étonnai-je.

— Si j'y arrive, tu me défendras auprès de mes frères, pas vrai ?

Jamais de la vie.

— Je ne sais pas, répondis-je prudemment.

Elle retrouva son sourire et prit une chouquette, alors qu'elle n'avait rien écrit.

— Je vais mettre deux choses qu'on n'a pas encore dites, déclara-t-elle.

Elle reprit son stylo et alla s'agenouiller devant le tableau, côté « Pourquoi Philippa devrait quitter Guillaume ». J'ouvris de grands yeux. Elle se donnait des arguments contre elle-même ?

Mes paupières s'écarquillèrent un peu plus en découvrant ses mots.

Parce que Valérien, Marc-Aurèle et Tibère ont peur de me perdre si je suis avec un homme, et que je les aime trop pour les laisser avoir peur.

Je déglutis péniblement ma chouquette au chocolat. Un éclair de lucidité venait de traverser mon cerveau. Elle avait donc conscience de ça. Elle savait très bien que ses frères sabotaient ses histoires d'amour. Elle savait pourquoi. Et elle l'acceptait.

– Et maintenant...

Elle bougea un peu pour se placer devant la colonne « Pourquoi Philippa devrait rester avec Guillaume ».

Je suivis les mouvements du stylo et mon estomac se serra brutalement.

Parce que je voudrais que Valérien soit libre, qu'il vive enfin sa vie et qu'il sorte avec une femme qu'il aime. Et que cette femme soit Siloé. Parce qu'il l'aime avec la vraie définition de l'amour.

Un long silence tomba sur mon salon. Philippa gardait obstinément la tête tournée vers le tableau. Abasourdie, je lisais et relisais les phrases sans pouvoir m'arrêter. Parce que Valérien m'aimait. Pour qu'il soit libre.

Au bout d'un moment, la jeune fille finit par lever ses yeux clairs sur moi.

– Euh... Tu veux ton homéopathie ?

Cela me fit l'effet d'un électrochoc. Quelle tête pouvais-je bien avoir pour qu'elle propose un truc pareil ? Je refermai la bouche, que j'avais grande ouverte, et soupirai profondément.

— Ça va ? demanda encore Philippa en se redressant pour me rejoindre.

Je poussai vers elle les chouquettes et le pot de Nutella. Son visage fin s'éclaira d'un coup.

— Pour de vrai ? Oh, Siloé, je...

— Je ne mentirai pas à tes frères, la coupai-je.

— Ah... Ah bon ?

— Par contre, je ne suis pas obligée de tout leur dire. Et toi, si tu veux vraiment rester avec Guillaume, il va falloir mettre en place des astuces pour t'apprendre à tenir ta langue, tu es une usine à gaffes.

— Je... Une usine à gaffes ?

J'acquiesçai gravement. Une usine à gaffes. Et le terme était faible.

J'avais fini par reprendre mes esprits, en même temps qu'une bonne dose d'homéopathie, « Aider les autres à gérer leurs problèmes ». Je pariais sur le fait que Guillaume n'était qu'un grand amour comme les autres chez Philippa, et que leur histoire ne passerait pas la semaine. Mais je voulais lui donner une chance. Pour une fois, elle s'en rendrait compte par elle-même, et non parce que ses frères l'avaient « aidée ». D'ici là, il suffisait de faire le nécessaire pour qu'elle ne se grille pas, et mon mensonge par omission ne durerait pas longtemps.

— Ne pas parler de lui ? s'effara-t-elle.

— Jamais, répondis-je d'un ton péremptoire.

— Mais je pense à lui tout le temps ! Comment je vais faire pour ne pas laisser échapper quelque chose ?

— Tu trouves un objet transitionnel.

— Un quoi ?

— Un objet transitionnel. C'est une astuce d'une copine qui a fait psycho, à la fac. Crois-moi, ça fonctionne. À chaque fois que tu sens que tu veux parler de lui, tu parles d'une autre chose. Toujours la même. Tes frères croiront peut-être que tu as une nouvelle passion bizarre, mais ils ne porteront pas plainte pour ça.

Philippa se tartina une nouvelle chouquette, visiblement perdue.

— Mais quoi, par exemple ? murmura-t-elle.

— N'importe quoi. L'astronomie, les énergies renouvelables, une émission de téléréalité... Un sujet que tu aimes bien et qui te fait te sentir à l'aise.

Pour marquer le coup, je frappai la table avec mon tube d'homéopathie. Philippa parut impressionnée.

— OK.

— Bon, et dernière consigne. Dimanche soir, je viens à nouveau chez vous prendre l'apéro, pour une préparation de mes prochains entretiens.

— Génial ! m'interrompit-elle en se redressant, ravie. Je te referai des crevettes grillées !

— Euh... Oui, merci. Mais surtout, rappelle-toi que nous n'avons jamais eu cette conversation, toi et moi.

— Non, bien sûr que non ! J'utiliserai mon objet transitionnel !

Eh bien au moins, elle s'adaptait vite !

— Il n'empêche, Philippa... Un jour, il faudra que tu aies une vraie conversation avec Valérien, pour lui dire...

Je désignai le tableau abandonné dans son coin.

— ... ça. Enfin, la première partie, en tout cas.

L'adolescente redevint sérieuse.

– Si tu savais combien de fois j'ai essayé...

Mouais.

Et c'était sûrement vrai, en plus.

24

UN COACHING VRAIMENT TRÈS PERSONNEL

Durant les jours qui suivirent, mon estomac se roula en boule à chaque fois que mon téléphone vibra, mais mes craintes se révélèrent injustifiées. Valérien ne savait rien. Ou s'il savait, il ne savait pas que, moi, je savais. Ce qui me suffisait amplement.

La semaine se termina, amenant avec elle ma nouvelle session de préparation du dimanche soir chez les Renoir. Philippa avait encore préparé un « apéritif » gargantuesque, mais elle expliqua qu'elle devait rendre une étude de textes en fin de semaine et disparut dans sa chambre très vite. Peut-être qu'elle avait décidé de m'éviter pour ne pas gaffer. Ou peut-être qu'elle avait déjà rompu avec Guillaume et qu'elle n'osait pas m'en parler. Ou peut-être même qu'elle avait réellement un devoir, je n'en savais rien. Je me souvenais de mes années de lycée et je ne regrettais pas une seconde les cours à travailler à la maison après une journée déjà bien remplie !

Installée sur le canapé rouge, je relisais mon CV sur lequel Valérien avait surligné les parties à mettre en valeur lors d'un entretien avec une équipe technique. À vrai dire, je ne pensais pas apprendre grand-chose au cours de cette séance de coaching, mais Valérien avait réussi à me piéger sur des tournures pointues. Il m'avait également donné des conseils pour adapter mon discours en fonction des mimiques de mes interlocuteurs. Nous avions même fait un exercice où il jouait le recruteur et ses grimaces m'avaient fait mourir de rire.

Valérien débarrassa les assiettes qui avaient contenu des petits roulés à la crème fraîche et nos verres de jus de litchi vides. La soirée avait été bien plus paisible que la précédente. Plus intime, aussi. Il n'y avait rien à faire, j'adorais quand Valérien se penchait sur mon épaule pour lire ce que j'avais dans les mains.

Je rangeai mes affaires, pas plus pressée que ça de partir. J'aimais bien l'ambiance de la pièce. Tout était tranquille. Tout respirait la bonne humeur. Trop tétanisée la dernière fois en arrivant, je n'avais pas remarqué les photos accrochées au mur. Elles représentaient d'abord trois garçons entre un homme et une femme souriants, puis trois jeunes hommes entourant le même couple penché sur un bébé, puis trois hommes avec une petite fille qui grandissait d'image en image. Le plus incroyable, c'était la métamorphose des trois frères. Entre la dernière photo avec leurs parents et la première sans eux, la silhouette un peu ronde du jeune Marc-Aurèle s'était raffermie et renforcée pour le transformer en armoire à glace, les cheveux longs et hirsutes de Tibère s'étaient retrouvés courts, et la barbe de

Valérien avait disparu, laissant place à ses traits carrés un peu durs.

— J'aurais bien aimé te voir avec une barbe..., notai-je distraitement.

Valérien suivit mon regard jusqu'à la photo que je contemplais et hocha la tête.

— J'avais pensé la garder, mais avec une gamine insupportable qui adorait tirer sur tout ce qui passait à sa portée, j'ai vite renoncé.

J'éclatai de rire en visualisant la scène.

— J'ai aussi arrêté de porter ma chaîne autour du cou, énuméra-t-il en comptant sur ses doigts, mes chemises élégantes, mes pulls à fermeture Éclair, mes sweats à capuche avec des cordons, ma montre...

— Comme quoi, tous les hommes changent pour plaire aux femmes, dis-je ingénument.

— Voilà. Surtout à celles qui vous mâchonnent la barbe.

Je pouffai de nouveau.

Nous bavardâmes encore un moment, comme si nous nous connaissions depuis toujours. Puis il fallut me lever pour rentrer. Comme la dernière fois, Valérien me raccompagna en bas. La fraîcheur nous saisit quand nous sortîmes sur le trottoir, dans la nuit.

— Siloé, dit Valérien d'une voix très sérieuse.

Son visage carré était devenu grave. Mon cœur battit un peu plus vite et je me tassai timidement sur moi-même.

— Oui ?

— Je suis au courant, pour la garde à vue.

Mes épaules s'affaissèrent. Hein ? Ce n'était pas du tout ce à quoi je m'attendais ! Mon ventre se contracta. Oh mon Dieu ! S'il savait ça, il savait aussi...

– Ah bon ? articulai-je avec peine.

– Oui.

– Mais... Mais... Comment... Comment tu l'as appris ?

Il esquissa un sourire mi-figue mi-raisin dans la lumière du lampadaire.

– Philippa ne sait pas garder un secret.

Je m'insurgeai de l'intérieur. Avec le mal que je m'étais donné pour l'aider ! Sale gosse !

– Merci.

– De... De quoi ?

– Merci d'avoir été la chercher.

Pendant une seconde, je restai sans réaction. Merci ? Mais alors... Il ne savait pas pour Guillaume ? Elle n'avait craché le morceau que pour la garde à vue ? J'étais sauvée ?

– J'ai une dette envers toi, ajouta-t-il avec le plus grand sérieux.

– Mais non, marmonnai-je, encore un peu inquiète. Si elle n'est pas fichue de tenir sa langue, la prochaine fois, je t'appellerai pour que tu ailles la chercher toi-même.

Il partit d'un rire monumental.

– Oui ! Je préférerais ! reconnut-il en essuyant le bord de ses yeux.

– Elle a dit que tu allais la tuer.

– Ah... Ça, je lui ai passé un sacré savon, c'est vrai. Et je recommencerai si besoin.

Je n'osai pas répondre. J'avais bien trop peur de commettre l'irréparable.

— Il y a autre chose que je voulais te dire, ajouta-t-il en passant la main dans ses mèches brunes avec plus de légèreté. Tu l'influences beaucoup, tu sais ?

— Moi ?

— Oui. Depuis quelques jours, elle ne parle plus que d'homéopathie.

Mes yeux s'arrondirent. D'homéopathie ? Philippa ?

— Même si on est en train de discuter d'autre chose, d'un coup, elle enchaîne sur l'homéopathie. Ou quand on regarde un film. Ou quand elle fait ses devoirs au salon.

Bon sang ! L'objet transitionnel ! Mais pourquoi avait-elle choisi ça ?

— Ah... Cool..., bredouillai-je. Si ça lui fait du bien aussi, c'est génial.

— Je suis d'accord. Tu as vraiment une grande importance dans nos vies. Tu es une personne merveilleuse, Siloé.

Mon cœur se mit à cogner comme un fou. Valérien me regardait avec insistance. L'air me manqua. Je ne savais pas quoi dire d'intelligent.

Il bougea. Je me tétanisai. Oh mon Dieu ! Il approchait !

Ses mains vinrent se poser sur ma nuque. Mes jambes se mirent à trembler et les papillons s'envolèrent dans mon ventre. Je fermai les yeux, frissonnante. Ses lèvres effleurèrent mon front.

— Bonne chance pour demain, murmura-t-il.

Il recula. La peau de mon cou me sembla glacée quand il retira ses mains. Il me sourit, fit demi-tour et rentra dans l'immeuble. Je restai toute flageolante sur le trottoir. Mes pensées ne s'alignaient plus correctement. Oh lala !

Il me faisait vraiment de l'effet, ce garçon ! Je battis des paupières pour essayer de retrouver mes esprits. Est-ce que j'avais réagi correctement ? Qu'avais-je dit, déjà ? Oh misère ! Rien du tout ! Avais-je eu l'air d'une idiote ? Je ne voulais même pas essayer de répondre à cette question !

Je fixai l'endroit où il avait disparu, comme s'il allait ressortir d'un coup. Le hall de l'immeuble était désert. Évidemment. Je soufflai profondément.

— Allons, Siloé, déclarai-je. Reprends-toi. Tu as presque trente ans.

Un rire résonna dans la rue. Je tournai la tête. Deux adolescents me fixaient en ricanant. Je rougis. Oui, presque trente ans, et je parlais déjà toute seule dans la rue. Le reste de ma vie risquait d'être long. Et si je rentrais chez moi ? Très vite ?

Le lendemain, à l'heure prévue, j'arrivai chez Ponts d'Avenir plus galvanisée que jamais. Le soleil brillait comme au beau milieu d'un mois de juin – donc avec un mois d'avance – et j'avais l'impression de marcher sur des nuages tellement j'étais de bonne humeur. Avec mon chemisier impeccable, mon pantalon de tailleur, de jolies barrettes noires dans mes cheveux châtains et un soupçon de maquillage pour mettre en valeur mon sourire joyeux, j'avais l'impression que rien ne pouvait me résister. J'allais décrocher ce job. Impressionner mes futurs patrons. Négocier un super salaire. Casser la baraque, quoi.

Je me présentai à l'accueil.

— Bonjour, Siloé Gautier. J'ai rendez-vous avec Édouard Dupin.

— Oui, un instant, je vous prie...

Confiante, je hochai la tête et me rendis compte que je n'avais même pas pris mes granules d'homéopathie, aujourd'hui. Je ne savais toujours pas si la « mémoire de l'eau » fonctionnait pour renforcer l'assurance, mais les baisers sur le front, je certifiais que oui !

— Patientez un instant, M. Dupin vient vous chercher.

— Merci.

Je me décalai de quelques pas et vérifiai le contenu de ma sacoche. CV, lettre de motivation, dessins techniques, annonce pour le poste, liste de questions recommandées par Valérien... Rien ne manquait.

— Madame Gautier ?

Je relevai la tête. Un homme d'une quarantaine d'années aux yeux d'un bleu éclatant et aux cheveux poivre et sel jusqu'aux épaules s'avança vers moi, main tendue, visage souriant.

— Édouard Dupin. Enchanté de vous rencontrer.

— Enchantée de même, monsieur, dis-je en serrant sa main. Merci de me recevoir.

— Si vous voulez bien me suivre...

Il se détourna et je lui emboîtai le pas. Il semblait sympathique. Quelles surprises me réservait-il, lui ? Questions bizarres ? Comportement étrange ? Souhaits un peu particuliers ? Complications psychologiques ? Un entretien sans au moins une de ces composantes, j'avais bien compris que cela n'existait pas. Mais je me redressai. J'étais prête de chez prête !

— Rien ? s'exclama la voix stupéfaite de Carine dans mon téléphone.

— Rien de rien, confirmai-je, assise au soleil dans un parc avec un sandwich thon-crudités. Le gars, qui sera mon futur patron si j'ai le poste, a été correct d'un bout à l'autre, il n'a posé que des questions en rapport avec le poste, et deux ou trois sur moi en plus, évidemment. Il m'a écoutée sans m'interrompre, il m'a tout bien expliqué, il n'a rien exigé de particulier et je suis même partie sans courir comme si j'avais peur que le plafond me tombe dessus... C'est l'entretien le plus normal que j'ai jamais eu.

— Mince... À mon avis, c'est suspect.

— Grave.

Nous pouffâmes de rire toutes les deux et j'en profitai pour reprendre une bouchée de sandwich.

— Je suis heureuse pour toi ! Le poste te plaît ?

— Oui, approuvai-je, la bouche pleine. J'aurais nettement plus de responsabilités que chez Loiseau et Compagnie et en plus, M. Dupin a précisé qu'il cherchait quelqu'un à faire monter en compétence pour devenir chef d'équipe sous cinq ans.

— Génial ! Et le salaire ?

— S'ils me rappellent, ça sera à discuter avec le DRH, pendant le troisième et ultime entretien.

— Tu veux que je croise les doigts ?

— Les doigts et les orteils, s'il te plaît.

— Pas de problème ! Et en plan B, tu as d'autres pistes ?

— Oui, j'ai encore deux entretiens dans des boîtes différentes cette semaine.

— La vache, Siloé, tu as tellement bien fait de quitter ton job !

Je souris, heureuse. Je le savais, bien sûr, mais l'entendre de quelqu'un d'autre me réchauffait le cœur.

— Et... Euh... Et pour Brian ? demanda-t-elle avec un peu plus d'hésitation.

Ma joie retomba.

— Cet imbécile m'a demandée en mariage, grognai-je.

— En mariage ?

— Et tu ne devineras jamais pourquoi.

— Bien sûr que si ! Parce qu'il a compris que tu es la fille la plus extraordinaire de la terre et qu'il est fou amoureux de tes taches de rousseur. J'ai bon ?

J'éclatai de rire et rattrapai un morceau de tomate qui essayait de se sauver du sandwich.

— Je ne vois pas ce que ça pourrait être d'autre, ajouta-t-elle d'un ton docte.

— Eh bien, tu ne vas pas être déçue ! Figure-toi que...

L'explication lui coupa le souffle.

— Siloé.

— Oui ?

— Si tu veux un coup de main pour lui casser la figure, je suis là.

J'acquiesçai gravement et repensai à la carrure de Marc-Aurèle.

— Ne t'inquiète pas. En cas de besoin, j'ai ce qu'il faut aussi.

— OK. Appelle-moi pour enterrer le cadavre, alors. Il y a une pelle, chez Seb. Il sera sûrement d'accord pour nous la prêter.

Je ris de nouveau et me calai mieux sur mon banc pour offrir mon visage au soleil. Il faisait un temps merveilleux, la vie était belle et j'avais vraiment les meilleurs amis du monde ! Et d'ailleurs, il fallait que j'envoie un petit SMS à Valérien...

25
BOURDE DE COMPÉTITION

Je passai l'après-midi à trier mes vêtements dans mon armoire. Si le soleil s'installait pour de bon, il convenait de ranger les vêtements d'hiver, sortir ceux d'été et remplir des sacs avec ce qui ne m'allait ou ne me plaisait plus. Comme à chaque fois, je redécouvris des vêtements oubliés au fond des tiroirs, que je me jurai de porter davantage. Et que je rangeai aussi vite au même endroit.

Répondre aux conversations en ligne avec mes amis m'occupa également un bon moment. Mon enthousiasme déteignait sur eux et ils ne me considéraient déjà plus au chômage.

La sonnette résonna en fin d'après-midi. Occupée à nouer mon quatrième sac de vêtements à donner, en plein milieu du couloir, je relevai la tête. Anne-Laure, sans aucun doute. Elle semblait tellement excitée, par SMS, une heure plus tôt ! On aurait dit que le bon déroulement de mon entretien la comblait encore plus que moi !

Je me levai d'un pas alerte et enjambai les sacs pour décrocher l'Interphone.

— Oui, Anne-Laure ? demandai-je joyeusement.

— Ah ? répondit une voix masculine. Tu attendais quelqu'un ?

Je sursautai. Valérien !

— Euh... Non, non, pas du tout, bredouillai-je en jetant un coup d'œil affolé au bazar du salon, encombré de vêtements d'hiver à descendre à la cave. Euh... Salut ?

— Salut. Je me suis dit que je pouvais passer arroser ton succès, ce soir !

Ce soir ? Je jetai un coup d'œil à l'horloge lumineuse du lecteur DVD. Un peu plus de 18 heures. Bon sang ! J'avais vraiment mis du temps à trier mes fringues !

— Mais... Euh... Je ne suis pas encore embauchée, tu sais ? avouai-je timidement.

— Aucune importance. Tu as passé un entretien sans question bizarre, sans incident et sans psychopathe. Ça se fête, ça !

— Ah ?

— Je peux entrer ou je reste en bas ?

Paniquée, je poussai du bout du pied un sac pour le cacher sous le canapé.

— Je t'ouvre ! Mais... Euh... Enfin, prends ton temps pour monter, OK ?

J'appuyai sur l'interrupteur et le déclic familier retentit.

— Entendu, répondit-il, amusé. Quel étage ?

— Ah, oui, au deuxième.

— Très bien. Je prends l'escalier et je fais une pause à chaque marche.

Il me sembla bien que j'aurais dû me sentir gênée, mais je n'avais pas une seconde pour m'en préoccuper.

— OK !

Je raccrochai et fonçai dans le salon. Il me restait moins d'une minute pour tout ranger !

Une minute et vingt-sept secondes plus tard selon les chiffres du lecteur DVD, j'ouvrais à Valérien. Même s'il tenait son blazer sur une de ses larges épaules, il portait encore une chemise grise élégante, un pantalon noir, une jolie cravate à rayures et des chaussures parfaitement cirées. Il arrivait du boulot.

— Surprise ! dit-il en me tendant une bouteille de vin. J'ai mis assez de temps ?

— Oui, oui, bafouillai-je. Euh... Par contre... Ne regarde pas sous le canapé et ne va pas dans ma chambre.

Il éclata de rire.

— Promis !

J'examinai la bouteille. Elle portait une belle étiquette de vin rouge, frappée d'un cachet de cire. Je n'étais pas experte, mais cela semblait alléchant !

— Installe-toi, déclarai-je, je vais chercher des verres.

Il me suivit du regard tout le temps où j'ouvris l'armoire à vaisselle pour en sortir deux jolies flûtes. J'avais le choix entre ça et des verres de table un peu trop classiques pour un bon vin, alors je décidai que cela ferait l'affaire.

— Tu portais cette robe-là, à l'entretien ? demanda-t-il ingénument tandis que je le rejoignais.

— Euh... Non, bredouillai-je, un peu déconcertée, en constatant que j'avais gardé la dernière robe que j'avais essayée pour voir si elle m'allait toujours. Je me suis changée en rentrant, j'avais trop chaud.

Et maintenant qu'on en parlait, elle était vraiment décolletée en haut, et vraiment courte en bas. Oups...

— Elle te va très bien, dit-il simplement.

Je sentis mes oreilles chauffer et posai les flûtes sur la table basse devant nous. Il ouvrit la bouteille.

— C'est très gentil d'être venu, murmurai-je en repoussant une mèche qui me tombait devant le nez.

— Non, c'est normal. Tu risques de ne plus avoir besoin de moi dans très peu de temps, donc il faut que j'en profite. On trinque ?

Je ne pus m'empêcher de sourire et fis tinter ma flûte contre la sienne.

— Même si je n'ai plus besoin de toi pour trouver un job, dis-je ingénument, tu as sûrement d'autres talents cachés, non ?

— Absolument, répondit-il avec le plus grand sérieux. Je peux éloigner à peu près n'importe quel imbécile qui essaierait de te créer des problèmes. Ou de te draguer, en fonction des besoins.

L'image de Valérien – version psychopathe – en train de jouer les gros bras pour moi me dérida définitivement. Je repliai une jambe sous moi pour me tourner vers lui.

— Même ceux qui essaieraient de me draguer ? répétai-je avec toute l'innocence du monde.

— Seize ans d'entraînement. Je suis le meilleur.

J'éclatai de rire et profitai du mouvement pour me rapprocher de lui. Il sourit et posa sa main sur la mienne. Les papillons s'envolèrent dans mon ventre.

— Et sinon, bredouillai-je, Philippa, ça va ?

Valérien plissa le front, posa son verre sur la table basse et se rapprocha de moi jusqu'à me toucher. Mon cœur cessa de battre.

— Je n'ai pas du tout envie de parler de Philippa, murmura-t-il. Je suis venu parler de toi.

Incapable de répondre, je posai ma main sur sa chemise, contre sa poitrine, et remontai le long de son cou. Son souffle sur mon visage me donnait des palpitations. Son bras glissa autour de ma taille et m'attira encore plus près. Ses lèvres effleurèrent les miennes. Oh mon Dieu. C'était tellement agréable. Tellement doux...

La porte d'entrée s'ouvrit d'un coup.

— Siloé ! Je suis là !

Je rouvris les yeux. Quoi ?

Valérien releva la tête, aussi surpris que moi. Anne-Laure débarqua dans le salon comme une furie, collier de perles rebondissant sur son chemisier crème, chignon brun de travers à force d'avoir couru.

— Siloéééééé ! s'écria-t-elle en fondant sur moi, les yeux débordants de joie. Je suis tellement, tellement, tellement heureuse pour toi !

— Euh... Ah bon ?

Elle me serra dans ses bras. Valérien s'écarta prudemment. Il avait raison. Quand mon amie était dans cet état, mieux valait ne pas rester sur son chemin...

— Tu m'étouffes un peu, lui signalai-je, le souffle court.

— Oh ! Pardon ! Pardon ! Désolée, ma Siloé, mais je suis tellement excitée !

Je haussai un sourcil. Excitée par quoi ? Mon entretien réussi ? À ce point ? Bizarre. Ou peut-être... Je regardai

Valérien, qui avait repris son verre pour siroter tranquillement son vin. Peut-être qu'elle avait compris pour lui et moi ?

— C'est gentil, dis-je avec un sourire timide.

— Gentil ? Mais c'est toi qui es extraordinaire ! Et dire que tu m'avais caché ça ! Comment as-tu pu ? Heureusement que Carine est gaffeuse !

Hein ?

— Comment tu voyais ça ? gloussa-t-elle. Tu comptais m'inviter, quand même !

— T'inviter ?

— Ne joue pas les innocentes, je sais tout ! Pour ton mariage ! Avec Brian !

Je me figeai. Valérien aussi.

— Je sais qu'il t'a fait sa demande, ajouta Anne-Laure en posant son sac à main chic sur la table basse, trop survoltée pour s'apercevoir de ma réaction. Et je sais que tu as accepté ! Petite cachottière !

Mes yeux s'écarquillèrent d'eux-mêmes. Et elle choisissait de me balancer ça, là, maintenant ? Alors que... Alors que...

— Écoute, Anne-Laure, dis-je, très ennuyée, je...

— Ne te défends pas, je comprends ! Tu voulais me faire la surprise et, maintenant, tu ne sais plus comment me le dire, pas vrai ? Mais ne t'inquiète pas ! Je suis tellement heureuse que je te pardonne tout !

— Mais je...

— On ira ensemble voir pour ta robe ! Carine posera bien une journée ou deux pour nous accompagner, ça sera génial !

— Anne-Laure, c'est...

— Et tu as intérêt à me choisir pour être la marraine de ton premier enfant ! Oh lala ! Avec des parents aussi beaux, il sera magnifique ! Je me demande à qui il ressemblera le plus, toi ou Brian ?

Derrière elle, Valérien s'était redressé dans le canapé, le visage soudain dur.

— Qui est Brian ? s'enquit-il d'une voix un peu guindée.

Je soupirai.

— Ta proposition d'écarter les enquiquineurs et les dragueurs tient toujours ? Parce que là, j'ai un cas d'école. Tu risques d'avoir besoin de toute la force de tes seize ans d'expérience.

Les épaules carrées de Valérien ne se détendirent pas complètement, mais un sourire de psychopathe releva le coin de ses lèvres.

— Je suis à ton service, tu le sais.

— Quoi ? s'écria Anne-Laure. Mais de quoi tu parles, Siloé ? Et c'est qui, ce type ?

— Anne-Laure, Valérien, dis-je avec un naturel parfait. Valérien, Anne-Laure, ma meilleure amie.

— Enchanté, répondit poliment Valérien.

— Mais... Mais...

Je fis la moue. Je regrettais le concours de circonstances, mais tant pis. Anne-Laure l'apprendrait de façon beaucoup plus rude que prévu. Elle n'avait qu'à mieux choisir ses moments !

Je me levai d'un bond.

— Attendez-moi une seconde, dis-je en me dirigeant vers la cuisine. Anne-Laure, tu ferais mieux de t'asseoir, je crois.

— Mais pourquoi ?

— Je vais te chercher un peu d'eau pour te remettre de tes émotions.

— Quelles émotions ?

— Celles que je vais te donner.

— Hein ?

Je m'empressai d'aller remplir un verre, décrochai les fiches de « pourquoi je devrais épouser/tuer Brian » du frigo et revins au salon. Anne-Laure ne s'était pas assise. Debout près du canapé, elle renouait correctement son chignon en dévisageant Valérien avec méfiance. Celui-ci sirotait sa flûte de vin comme si de rien n'était. Pourquoi ça ne m'étonnait pas ?

— Tenez.

Anne-Laure prit le verre et les fiches. Valérien la rejoignit pour lire par-dessus son épaule. Je grimaçai en sentant une vague de jalousie poindre dans mon ventre. J'aurais dû me placer entre eux et garder les fiches, pour que Valérien lise par-dessus mon épaule à moi !

Un silence plana une seconde.

— Qu'est-ce que c'est que ça ? finit par demander mon amie d'une voix blanche.

— Une liste comparative pour aide à la prise de décision, répondis-je d'un ton docte en m'appuyant contre le dossier du canapé.

— Mais... Mais pourquoi as-tu écrit qu'un homosexuel pourrait s'habiller mieux que toi ? Qui est homosexuel ?

— Tu as été demandée en mariage par un homosexuel ? ajouta Valérien, incrédule.

— Oui, mais rassurez-vous, il m'autorise autant de relations adultères que je souhaite, parce qu'il n'est pas jaloux. Il veut même reconnaître tous les enfants que j'aurai de mes milliers d'amants, pour assurer la postérité de sa lignée.

Valérien termina son verre d'un trait et le posa sur la table basse.

— Et on peut le trouver où, ce Brian ?

— Pour toute demande de prêt ou d'ouverture de compte, tu le trouveras à la banque de l'avenue Foch.

— Parce que, en plus, il est banquier ?

Je lui fis les gros yeux. Quand on était conseiller Pôle Emploi, on ne critiquait pas !

Il dut comprendre, car un sourire malicieux adoucit ses traits.

— Eh bien, si tu veux que j'aille lui casser la gueule, je suis à ta disposition quand tu le désires.

— Merci, appréciai-je. Tu prendras un ticket, parce que mon amie Carine a déjà proposé la même chose.

— Carine le savait ? s'écria Anne-Laure, défaite.

— Oui. Et on pensait louer la pelle de Seb pour enterrer le cadavre.

— Oh..., se tranquillisa définitivement Valérien. Vous aviez déjà tout prévu.

— Bien sûr. On cherchait juste un moyen de le dire à Anne-Laure de façon... un peu moins violente que ce que je viens de faire.

Anne-Laure était devenue livide, ce qui jurait terriblement avec son joli chemisier crème.

— Mais... tu ne vas pas te marier, alors, souffla-t-elle en se laissant tomber sur le canapé.

— Pas avec Brian, non.

— Mais... Mon Dieu, Siloé, qu'est-ce que tu vas devenir ?

Une moue désabusée naquit sur mes lèvres. Valérien laissa échapper un rire.

— Je crois que je devrais y aller, déclara-t-il.

— D'accord. Je te raccompagne.

Il récupéra son blazer et je le suivis jusque sur le palier, abandonnant une Anne-Laure effondrée au milieu de mon salon. Je repoussai la porte derrière nous pour avoir un peu d'intimité et la lumière du couloir s'alluma automatiquement.

— Désolée, murmurai-je avec un sourire contrit.

— Pas de problème, assura-t-il, l'air amusé. Je pensais abriter la plus grande gaffeuse de l'univers sous mon toit, mais je constate que la concurrence fait rage.

— Tu ne m'en veux pas ?

— De quoi ? D'être tellement jolie que même les homosexuels veulent t'épouser ?

Je ris, un peu gênée malgré tout.

— Non, de ne t'avoir rien dit.

Valérien haussa ses larges épaules.

— Tu avais l'intention de faire assassiner ce mec par une copine et de dissimuler son corps, ce n'est pas comme si tu avais voulu me cacher quelque chose d'important.

— Un meurtre, ce n'est pas quelque chose d'important ? me récriai-je, faussement épouvantée.

— Beaucoup moins que si tu avais vraiment envisagé de l'épouser.

Je ne pus m'empêcher de sourire.

— Bien, j'y vais, déclara-t-il, les yeux encore pétillants de malice. Merci pour cette soirée très... divertissante.

Il se détourna. Un pincement me serra le cœur.

— Valérien ! le rappelai-je.

— Oui ?

Je le rattrapai en deux enjambées, passai mes bras autour de son cou et posai furtivement mes lèvres sur les siennes. La surprise dans son regard clair se mua en bonheur.

— Appelle-moi, d'accord ? soufflai-je.

— Promis.

Je le lâchai. Il prit ma main et embrassa mes doigts, puis tourna les talons pour disparaître dans l'escalier. Un frisson délicieux courut le long de mon dos. C'était vraiment génial d'être amoureuse de son conseiller Pôle Emploi !

J'inspirai profondément et reportai ma concentration sur la porte entrouverte de mon appartement. J'avais une crise de nerfs à affronter.

26

ENTREPRISE FAMILIALE

Au bout de la septième explication, Anne-Laure avait fini par comprendre la vraie nature de la proposition de Brian. Bien entendu, j'avais eu droit à une violente colère au sujet de la confiance que j'étais censée lui accorder, à laquelle j'avais répliqué avec la confiance qu'elle était censée m'accorder aussi pour choisir un homme par moi-même, surtout quand elle trouvait un mec sur mon canapé alors que je portais une robe trop courte. La base, quoi. À vrai dire, je m'en moquais, j'étais sur mon petit nuage.

Et d'ailleurs, à propos de petit nuage, je me demandais où Philippa en était avec son Guillaume. Il s'écoula bien deux jours sans que je me décide à lui poser la question, mais cela me taraudait de plus en plus. À l'aube du jeudi matin, je n'y tins plus. Je préparai un SMS dès le saut du lit, encore en pyjama.

Salut ma belle, comment ça va ?

Je n'osai pas être plus explicite, au cas où elle aurait déjà rompu et que son cœur soit brisé en petits morceaux.

Et aussi à cause du risque que Valérien tombe sur le message. Pourvu qu'elle comprenne...

La réponse arriva moins de trois minutes plus tard, alors que je préparais mon café dans la cuisine.

Je suis tellement heureuse ! Il est merveilleux ! Tu avais raison, je ferais vraiment n'importe quoi pour lui ! Je l'aime tellement ! Merci de tes conseils. Je t'adore, gros bisous !

Je haussai un sourcil, perplexe. Elle, au moins, elle ne craignait pas que son frère lise ses messages. Et elle n'avait toujours pas rompu. Bon, ça ne faisait que dix jours, patience. Pourtant, je ressentis une pointe de malaise. Valérien et moi parlions au téléphone tous les jours, et nous devions nous voir le lendemain. Pourvu qu'elle ne gaffe pas avant la fin de leur relation. En espérant que cela se termine rapidement. Allez, café. J'avais un entretien dans une nouvelle entreprise en début d'après-midi, il me fallait encore potasser deux ou trois petites choses.

— Eh bien, c'est parfait, conclut le recruteur. Je vous remercie, madame Gautier.

— Merci à vous de m'avoir reçue, répondis-je poliment en me levant.

— Je vous raccompagne...

Je suivis le petit homme rondouillard qui me reconduisit à l'accueil de la société B. et Fils sans rien montrer d'autre que de la sérénité, en équilibre parfait sur mes talons hauts, plus à l'aise que jamais dans mon tailleur chocolat, mes cheveux joliment arrangés en brushing impeccable. En un mot, la candidate idéale. Bon, je ne comprenais pas pourquoi savoir en quelle marque de céréales je voudrais être transformée m'aiderait à mieux concevoir les barrières de parking, mais je me sentais bien tout de même. Il faudrait que je demande à Valérien pour les céréales.

Je serrai la main tendue de l'homme, signai le registre des visites à l'accueil pour confirmer mon départ et me retrouvai dehors. La fraîcheur me saisit. Le semblant d'été dont nous avions profité était terminé. Des nuages noirs voilaient le ciel et un vent froid soufflait. J'avais intérêt à me dépêcher de regagner la station de métro, la météo avait annoncé de la pluie pour la fin d'après-midi.

Je partis d'un pas aussi vif que possible en talons vers la station de métro. Mon téléphone vibra dans ma poche. Je pris à peine le temps de regarder l'écran avant de décrocher.

— Salut Philippa, dis-je gaiement. Tes cours sont déjà finis ?

— Siloé ?

— Oui ?

— Je... J'ai un problème...

Mes jambes ralentirent d'elles-mêmes tandis que je collais mieux mon téléphone à l'oreille. J'avais bien compris « un problème » ? Elle avait enfin rompu ?

— Je t'entends très mal. Tu peux parler plus fort ?

— Non..., répondit-elle dans un murmure. Si je parle trop fort, ils vont me trouver.

— Hein ? m'effarai-je. Qui ?

— Les vendeurs de drogue...

Je me figeai au milieu du trottoir, indifférente aux exclamations indignées des passants pressés. Non. Pas possible. J'avais mal saisi ses paroles. Elle n'avait pas dit ça.

— Je... Je voulais tellement l'aider, souffla-t-elle, des sanglots dans la voix. Le rendre fier...

— Qui ? demandai-je, horrifiée.

— Guillaume... Tu sais, ses collègues bossent sur le démantèlement de la cellule des dealers qui m'avait... Euh... Pour qui j'avais travaillé sans faire exprès et... Je voulais l'aider... Alors... Je suis allée là où je savais qu'ils étaient et je les ai suivis... Et... Ils m'ont repérée... Et... Ils m'ont couru après...

Mon cœur manqua un battement.

— Où es-tu ? m'écriai-je.

— Je me suis cachée derrière des poubelles, dans une cour, répondit-elle avec des efforts audibles pour ne pas pleurer. Mais je suis coincée... Ils montent la garde partout pour me trouver... Je les entends se crier des trucs, pas loin. Je ne peux pas sortir...

— Dans quel arrondissement ? Quelle rue ?

— Dans le XVIIe. Rue Barye.

Je me raidis d'effroi sur le trottoir. Mille fois trop loin pour que je la rejoigne. Mille fois trop loin pour que Valérien puisse lui porter secours depuis son lieu de travail. Mille fois trop loin de toutes les personnes que je connaissais à Paris.

— Et Guillaume ? demandai-je d'une voix blanche.

— Je n'arrive pas à le joindre. Il coupe son portable perso quand il est en service.

— Alors il faut appeler la police !

— J'ai essayé...

— Quoi ? Et ils ne vont pas t'aider ?

— Je suis tombée sur un disque « Ne quittez pas, un correspondant va prendre votre appel ».

Mes mâchoires se crispèrent. Et merde.

— Je... J'ai peur, Siloé...

Mes neurones tournaient à toute allure. Que faire ? Que faire ? Que faire ?

— Siloé ? gémit-elle.

— Je réfléchis, grognai-je.

Comment arriver jusqu'à elle en quelques minutes ? Un slogan me revint en mémoire.

— Philippa, je dois raccrocher, mais tu ne bouges surtout pas. Tu restes bien cachée. Normalement, quelqu'un vient à ton secours dans moins de cinq minutes.

— Promis ?

— Promis. Courage.

Je raccrochai et fouillai mon sac à main. J'en sortis la carte de visite colorée de Marc-Aurèle. Mes souvenirs ne me trahissaient pas. « Enlèvement n'importe où dans Paris en moins de 5 minutes, et livraison dans l'heure ! »

Je composai le numéro, les mains un peu tremblantes.

— Renoir Transport, à votre service, lança une voix familière.

— Marc-Aurèle ? m'exclamai-je.

— Oui ?

Wow ! C'était le patron en personne qui décrochait ? Ça devait être une toute petite entreprise. Tant mieux !

— C'est Siloé.

— Siloé ! Salut ! Comment ça v...

– Marc-Aurèle, l'interrompis-je, tu peux vraiment être n'importe où dans Paris en moins de cinq minutes ?

– Évidemment, se rengorgea-t-il. Une urgence ?

– Une grosse, d'un mètre soixante-dix pour cinquante kilos. Tu as des gars costauds dans ton équipe ?

Un silence. Autour de moi, le flot des piétons s'était habitué à l'obstacle que je représentais et me contournait sans me voir.

– Tu as un problème ? comprit-il. Je dois venir te chercher quelque part ?

– Pas moi. Philippa. Elle est dans la rue Barye, cachée derrière des poubelles, et des dealers attendent qu'elle sorte pour la choper.

– Quoi ? s'étrangla-t-il.

– Je suis trop loin, mais toi, tu as des gars à proximité ?

Un véritable rugissement me répondit.

– Antoine ! Karim ! Laissez tomber vos livraisons et préparez vos mobs !

Je clignai des yeux, abasourdie par un tel volume.

– Quelle rue, t'as dit ? grogna la voix de Marc-Aurèle à nouveau normale.

– Rue Barye, dans le XVIIe.

– Putain ! Qu'est-ce qu'elle fout là-bas ?

Je m'abstins de tout commentaire. On verrait le moment venu.

– Je te rappelle, ajouta-t-il.

La communication coupa. Un calme surnaturel sembla régner autour de moi, malgré les passants pressés qui me dépassaient, la circulation bruyante et le vent froid. Il me fallut quelques secondes pour rassembler mes esprits. La suite ne dépendait plus de moi. J'espérais que la carrure impressionnante de Marc-Aurèle et la présence de ses collègues dissuaderaient les dealers de tenter quoi que ce soit.

Et maintenant, que faire ? Devais-je rentrer chez moi ?

Je me remis en route à pas chancelants malgré mon habitude des talons hauts et me mordillai les lèvres. Il y avait encore une chose à ma portée. Parce que moi, j'avais le temps.

Tout en vérifiant où je mettais les pieds, je composai un nouveau numéro, que j'avais gardé dans la mémoire de mon téléphone, au cas où.

— Vous avez demandé la police. Ne quittez pas, un correspondant va prendre votre appel. Vous avez demandé la police. Ne quittez pas...

Je redressai la tête pour regarder où je marchais, le portable vissé à l'oreille. Je ne connaissais pas le nom de famille de Guillaume, mais des jeunes hommes de dix-huit ans portant ce prénom dans ce commissariat précis, il ne devait pas y en avoir trente !

27

LE PIRE ENDROIT SUR TERRE

On est au commissariat du XVe, si tu veux nous rejoindre. Philippa n'arrête pas de pleurer, on ne sait plus quoi faire.

Le SMS plein de détresse de Valérien m'avait obligée à ressortir de chez moi, direction le commissariat que j'allais finir par bien connaître. Mais sans talons, cette fois. Les ballerines faisaient aussi bien l'affaire avec un tailleur.

Je mis moins de temps à m'y rendre que la fois précédente – il y avait nettement plus de métros en journée – et, à cette heure-ci, la porte principale était ouverte. Une pluie fine commençait à tomber quand je la franchis. Je reconnus la jeune policière à la queue-de-cheval blonde, qui parut soulagée en m'apercevant.

— Ah ! Vous voilà ! Venez, ils vous attendent.

— Euh... OK, bredouillai-je. Il y a qui, en fait ?

— Les trois frères ultraflippants et deux malabars qui sont venus sur des mobylettes. Tout le monde parle en même temps, sauf Philippa qui pleure depuis qu'elle est arrivée. On n'arrive pas à savoir ce qui s'est passé.

Génial...

La jeune femme s'arrêta devant une salle fermée.

— Bonne chance, souffla-t-elle.

Elle ouvrit la porte. Une véritable cacophonie parvint à mes oreilles. Oui, j'allais avoir besoin de chance !

J'avançai de quelques pas. Effectivement, Philippa pleurait dans les bras de Marc-Aurèle qui essayait de la réconforter, la barbe dans ses cheveux en bataille. Autour d'eux, les deux « malabars » qui devaient travailler pour Renoir Transport semblaient tout aussi gauches avec une adolescente en larmes. Tibère parlait en faisant de grands moulinets avec les mains devant deux flics manifestement dépassés. Seul Valérien, appuyé contre la fenêtre dans un costume gris foncé – preuve qu'il arrivait droit de son travail –, les bras croisés, ne disait rien. Ce qui n'empêchait pas ses yeux clairs de lancer des éclairs terrifiants.

En refermant derrière moi, je remarquai Guillaume près d'une armoire en fer-blanc, raide comme un piquet dans son uniforme de police, casquette sur la tête. Je lui avais recommandé la plus grande discrétion sur sa relation avec Philippa au téléphone. Visiblement, il appliquait ce conseil à la lettre. Enfin quelqu'un qui m'écoutait !

— Siloé ! s'écria Philippa.

Elle lâcha son frère pour venir se jeter dans mes bras, bracelets cliquetants aux poignets, nez rouge et trempé en avant. Je manquai de tomber à la renverse.

— Je suis désolée ! sanglota-t-elle en se cramponnant à moi. Merci ! Merci ! Merci !

Elle m'étouffait tellement qu'il me fallut une bonne seconde pour me rendre compte que tout le monde s'était tu pour nous regarder.

— Eh bien, dis-je d'une voix mal assurée. On dirait que Marc-Aurèle et ses amis sont arrivés à temps...

Marc-Aurèle se redressa et hocha la tête.

— Grâce à toi, répondit-il simplement. Même si j'aurais préféré qu'elle pense à m'appeler en premier.

Tiens ? C'était vrai, ça ! Pourquoi m'avoir appelée, moi ?

— Je ne voulais pas qu'il sache, pour Guillaume, souffla l'adolescente toute humide à mon oreille. Je pensais que si j'appelais un de mes frères, je serais obligée de tout leur raconter.

Je retins une grimace de justesse. Zut. Moi, je n'avais absolument pas réfléchi à ce détail. Je n'avais songé qu'à sa sécurité.

— J'ai pleuré jusqu'à ce que tu arrives, ajouta-t-elle toujours dans un murmure mouillé. C'était plus prudent.

Super. Comme ça, ses frères étaient au summum de la panique et, moi, je devais trouver une explication plausible en moins de trois secondes dans un bureau minuscule et surpeuplé.

— Mademoiselle Gautier, m'interpella un des deux agents qui parlaient à Tibère. Si vous voulez bien nous aider à comprendre cette histoire...

Eh bien... Je n'avais plus qu'à surveiller chacun de mes mots.

— Je crois qu'il s'agit d'une bonne intention qui a mal tourné, dis-je prudemment. Philippa voulait vous rendre service en suivant les dealers qui l'ont manipulée il y a quelques jours, mais elle n'a pas pris assez de précautions et ils l'ont vue. C'est bien ça, Philippa ?

La jeune fille acquiesça, le nez blotti dans mon cou. Les policiers se détendirent.

— C'était donc aussi simple, soupira le premier avec soulagement.

Près de son armoire en fer, Guillaume ne bougea pas d'un cil. Malheureusement, l'explication ne passait pas aussi facilement auprès des frères Renoir...

— Rendre service aux flics ? s'exclama Marc-Aurèle. Mais pourquoi ?

— Quels dealers l'ont manipulée ? demanda Tibère en même temps. Qu'est-ce que ça veut dire ?

Valérien se décolla de son appui de fenêtre et fit face à ses frères.

— Je comptais vous en parler, marmonna-t-il. Philippa a passé la nuit en garde à vue il y a une semaine et demie.

Tibère devint si rouge que je crus qu'il s'était étouffé et Marc-Aurèle ouvrit la bouche comme si sa barbe pesait une tonne. Il ne le leur avait pas dit ? Je n'étais pas la seule à essayer d'éviter les ennuis à Philippa ! Malheureusement, ça ne fonctionnait pas très bien.

— Son dernier petit ami en date était un dealer, qui lui a fait jouer les mules, résuma Valérien avec un bref geste de la main. Inutile de préciser qu'elle ne le voit plus.

— Tu as été la chercher en garde à vue et tu ne nous as pas prévenus ? s'étrangla Tibère.

— En fait, c'est Siloé qui a été la chercher. Moi, je ne l'ai appris que deux jours plus tard.

— Siloé ?

L'aîné des trois frères se tourna vers moi, un air suspicieux sur son visage carré si semblable à celui de Valérien. Mon estomac se contracta. Oh non. Tibère était avocat. Il savait parfaitement que je n'aurais pas eu le droit de récupérer Philippa si elle avait réellement été en garde à vue. Et il avait beau être le seul de la famille à posséder des prunelles foncées, celles-ci n'en brillaient pas moins d'une façon inquiétante.

— À quel titre ? demanda-t-il d'un ton sec.

— C'est une longue histoire, dis-je en essayant de paraître calme. Je vous raconterai ça.

— À quel titre as-tu eu le droit de sortir notre sœur de garde à vue, sachant que tu n'es pas son tuteur légal ?

— Écoute, je...

— La vérité, s'il te plaît.

Mes jambes se mirent à flageoler. Philippa leva ses yeux clairs vers moi, surprise, et Valérien lui-même me dévisagea en fronçant les sourcils.

L'un des deux flics s'avança. Je le reconnus soudain, avec sa grande taille et son visage franc. Il faisait partie des trois qui m'attendaient, le matin où j'avais débarqué pour « libérer » Philippa.

— Il s'agissait d'un arrangement entre le commissaire et Mlle Gautier, déclara-t-il. Pour certaines raisons que vous vous expliquerez entre vous, votre sœur a préféré appeler une personne étrangère à votre famille plutôt que ses frères, quand nous le lui avons proposé. Par conséquent, le commissaire a accepté que ce soit Mlle Gautier, et non un tuteur légal, qui raccompagne Mlle Renoir.

– Vous avez délibérément soustrait notre sœur à notre autorité ! s'exclama Tibère. C'est de la complicité de détournement de mineur !

– En aucun cas, maître, car Mlle Renoir n'était pas en garde à vue. Nous l'avons simplement convoquée au commissariat pour quelques questions et elle en est repartie, accompagnée de qui elle le souhaitait.

Maître ? Tibère avait dû leur en faire baver avant mon arrivée, dans cette petite salle, pour qu'ils l'appellent par son titre dans des circonstances pareilles...

Valérien me jeta un regard contrarié.

– Tu le savais ? demanda-t-il d'une voix sourde.

Mon cœur battit un peu plus vite.

– Oui, avouai-je. Le commissaire m'a expliqué. Il voulait marquer le coup avec Philippa, mais pas la condamner pour de vrai. J'ai joué le jeu.

– Mais tu ne m'as rien dit !

Ma bouche s'asséchа devant son irritation mal dissimulée.

– Je..., balbutiai-je. J'ai fait un pacte avec Philippa. Elle m'a promis de ne plus sortir avec le premier venu et, moi, je ne te racontais rien.

Un éclat de colère passa dans ses yeux clairs. Je vis presque ses neurones tourner à deux cents à l'heure dans sa tête. Ses traits finirent par se détendre légèrement.

– Je vois, articula-t-il d'une voix acide. En effet, ce n'est pas un si mauvais arrangement. Mais j'aurais voulu que tu me le dises.

Je rentrai un peu la tête dans les épaules, où Philippa était toujours accrochée. D'ailleurs, celle-ci me dévisageait de ses grands yeux encore humides.

— Et moi ? réclama-t-elle. Pourquoi tu m'as laissée croire que c'était une vraie garde à vue ?

— Parce que tu avais besoin d'une vraie punition pour la stupidité que tu avais commise, grommelai-je.

Elle laissa échapper un hoquet de stupeur et fondit à nouveau en larmes. Quelle horrible journée ! En plus, vu la moue désapprobatrice des frères Renoir, ils estimaient de toute évidence que j'avais outrepassé mon rôle. Moi qui voulais juste rendre service !

Valérien poussa un soupir et s'approcha de nous. Philippa se ratatina dans mes bras. Je resserrai inconsciemment mon étreinte autour d'elle, les muscles tendus à l'extrême. Elle s'inquiétait ? Il n'avait pas sa tête de psychopathe, pourtant ! Valérien posa une main apaisante dans le cou de sa sœur et caressa sa joue couverte du mascara qui avait coulé.

— Je comprends, dit-il sur un ton calme malgré ses yeux qui étincelaient encore. Mais bon sang, Philippa, qu'est-ce qui t'a pris de vouloir suivre des dealers ?

— Je voulais aider ! gémit celle-ci.

— La police ?

— Oui !

— Mais pourquoi ? Ils sont tout à fait capables de se débrouiller sans toi ! Tu crois vraiment qu'ils ont besoin de l'aide des civils ?

Philippa renifla.

— C'est... C'est à cause d'un truc qu'a dit Siloé...

— Hein ? paniquai-je tandis que les regards furibonds des trois frères se braquaient à nouveau sur moi. Je ne t'ai jamais dit de courir après les dealers !

— Non... Non, bien sûr... Mais tu as dit que... La vraie définition de l'amour, c'est quand on est prêt à faire n'importe quoi pour l'autre...

Je sentis mes jambes se transformer en coton. Oh non. J'allais vraiment la tuer.

Le silence plana pendant une seconde dans le bureau. Le visage carré de Valérien s'était durci comme la pierre. Tétanisée, je n'osai regarder ni les deux autres ni les flics, et encore moins Guillaume près de son armoire.

— L'amour pour qui, Philippa ? s'enquit Valérien d'une voix beaucoup trop douce pour être honnête.

— Pour l'homme de ma vie, gémit l'adolescente, les poings crispés sur mon gilet. Je te jure que c'est le bon, cette fois. Demande à Siloé !

Le choc marqua une seconde les traits de Valérien, puis il leva ses yeux clairs vers moi. J'eus l'impression que mon cerveau se vidait. Il me foudroyait tellement du regard que mon cœur cessa de battre un instant.

— Siloé ?

— Je... Je..., bredouillai-je.

— Encore quelque chose dont tu as oublié de me parler ?

— Ce... Ce n'est pas ce que tu crois...

— Et qu'est-ce que je crois ?

Je déglutis péniblement.

— Je... Eh bien... C'est...

— Je crois que tu as une très mauvaise influence sur ma sœur. Je crois... Non, je ne crois pas, je découvre. Je découvre que tu lui donnes des conseils qui la mettent en danger, que tu me caches des choses essentielles et, pire que tout, que tu l'encourages à s'éloigner de moi.

— Mais...

— Tu n'es pas quelqu'un de bien, Siloé.

L'air me manqua. Il utilisait mes propres mots. La rigidité de son être tout entier me donnait l'impression de rétrécir sur place. Je me sentais nulle. Minable. En dessous de tout.

— Philippa, lâche-la, ordonna-t-il sévèrement.

— Non ! s'écria l'adolescente. C'est mon amie !

— Philippa !

Il avait littéralement aboyé. La jeune fille ravala ses protestations et quitta mes bras, les joues ruisselantes de larmes.

Valérien me regarda de nouveau froidement. Les mèches sombres autour de son visage lui donnaient un air plus dur que jamais.

— Tu peux partir, cracha-t-il. Et je ne te dis pas au revoir, je pense que... nous ne nous reverrons plus.

Sa voix s'était brisée sur la fin de sa phrase. Mais pas autant que mon cœur.

— Valérien..., murmurai-je, défaite.

— Va-t'en.

— Mais...

— Va-t'en !

Tibère et Marc-Aurèle se rapprochèrent de lui et l'encadrèrent comme deux gardes du corps.

— Vous n'avez plus rien à faire ici, mademoiselle Gautier, déclara le premier. Vous ne faites pas partie de la famille.

— Dégage, ajouta le deuxième.

Valérien détourna les yeux. Mon monde s'effondra.

Sans vraiment m'en rendre compte, je tournai les talons et partis presque en courant. J'aperçus Guillaume qui se tenait toujours dans son coin, pâle et immobile. J'entendis les sanglots de Philippa dans mon dos. Mais tout cela n'avait plus aucune importance. Ils n'avaient qu'à se débrouiller. Moi, j'avais fait bien plus que ma part. Et je le payais très cher.

28

SOIRÉE PÉNICHE ET MISE AU POINT

Je passai les deux jours suivants à nager dans un brouillard de dépression, entre mon lit et mon canapé, à m'abrutir de séries dont je n'avais jamais entendu parler.

Le dernier regard que Valérien m'avait lancé au commissariat me hantait. Je n'arrivais pas à savoir ce qui dominait entre la déception, la colère et la tristesse. Je me détestais moi-même. J'avais essayé de l'appeler au téléphone, bien entendu, mais il n'avait pas décroché, et je n'avais pas osé laisser de messages. Comment exprimer tout ce que je ressentais via une boîte vocale ?

Ma conscience me travaillait douloureusement. J'avais fait toute une succession de mauvais choix, pour aboutir à ce résultat. J'aurais dû parler à Valérien de la garde à vue, à la seconde où j'avais raccroché avec le commissaire. J'aurais dû résister aux yeux de chat de Philippa. J'aurais dû insister pour qu'elle parle avec ses frères, et pas avec moi. J'aurais dû les prévenir de l'arrivée d'un nouveau garçon dans sa vie amoureuse, sans me laisser influencer. Car maintenant, c'était trop tard. J'avais beau tourner et retourner la situation dans ma tête, comment rattraper… ça ?

Le coup de grâce arriva le samedi soir, sous la forme d'un MMS de Philippa. Avachie sur mon canapé, en pyjama car je n'avais pas pris la peine de m'habiller de la journée, j'ouvris, le cœur battant. Je reconnus le tableau que nous avions rempli ensemble sur la photo.

Je ne sais pas si ça peut t'aider, mais je t'envoie ça. Bisous. Philippa

Mon ventre se serra d'angoisse. Pourquoi me rappelait-elle un truc pareil ? Pourquoi tenait-elle tant à me ramener à mes erreurs ? Je devais être un peu masochiste, car je relus les critères un par un. Le sang quitta mon visage quand j'arrivai au dernier. Celui qui m'avait fait changer d'avis sur Philippa.

> Parce que je voudrais que Valérien soit libre, qu'il vive enfin sa vie et qu'il sorte avec une femme qu'il aime. Et que cette femme soit Siloé. Parce qu'il l'aime avec la vraie définition de l'amour.

Les larmes me montèrent aux yeux. Je fermai ma messagerie et appelai le premier numéro de ma liste de favoris.

— Bonjour ! Vous êtes bien sur le répondeur d'Anne-Laure, je ne suis pas disponible pour le…

Je raccrochai en inspirant à fond. Évidemment. On était samedi soir, le rituel exigeait qu'elle regarde un dessin animé avec ses enfants. J'appelai le deuxième numéro.

— Allô ?

— Carine ? C'est Siloé. Tu... Tu as un peu de temps ?

— Bien sûr ! Pourquoi ?

— J'ai... J'ai besoin de discuter.

— Ah. À cause du sale coup qu'Anne-Laure t'a fait en parlant de Brian devant ton nouveau copain ? Il ne l'a pas digéré ?

Je souris malgré mon chagrin et serrai un coussin contre ma poitrine. Si seulement...

— C'est... plus compliqué.

— Raconte.

Deux heures plus tard, j'avais beaucoup parlé, beaucoup pleuré, et Carine s'était insurgée un nombre incalculable de fois. Je raccrochai sans trop savoir si je devais continuer à me flageller pour mon manque de discernement ou si je devais voir rouge contre cette fratrie totalement excessive. Depuis le début, j'essayais de faire de mon mieux pour ménager tout le monde et... Mais pourquoi avais-je si mal au cœur ?

J'ouvris un nouveau paquet de mouchoirs pour essuyer mon nez et mes joues trempées. La nuit allait être pénible...

Carine, Sébastien et Anne-Laure débarquèrent à 11 heures et demie le lendemain. Beaucoup trop tôt pour un dimanche matin.

— Debout, ordonna Carine en me retirant ma couette. Tu as assez dormi pour les trois prochains mois.

Je grognai, cramponnée à mon oreiller. Il fallait vraiment que je récupère mes doubles de clés.

— On a prévu un planning d'enfer pour aujourd'hui, ajouta Sébastien en ouvrant grand ma fenêtre, laissant entrer un flot de soleil. Mégaresto à midi, balade et bronzette à Montmartre, et soirée péniche.

Les derniers mots m'interpellèrent. J'émergeai un peu.

— Soirée péniche ? répétai-je, les paupières plissées à cause de la lumière.

— Oui. Et tu as une tête qui fait peur, alors dépêche-toi d'aller te faire belle.

Je replongeai sous mon oreiller. Je n'avais pas envie d'être belle. Pour qui, d'abord ?

— On a une réservation à midi trente, insista-t-il en se laissant tomber sur le bord de mon lit. J'ai pu obtenir une table dans un des meilleurs restaurants de Paris grâce à mes relations. Avec dégustation de plusieurs types de cidre et tout et tout.

Du coup, je ressortis la tête pour contempler sa masse de cheveux hirsutes à contre-jour.

— Tu as des relations qui font ça ? m'ébahis-je.

— La copine d'un collègue d'un pote travaille là-bas, oui.

Ah. Pour ce genre de choses, Sébastien m'étonnerait toujours.

Je me levai donc en traînant les pieds, fis un brin de toilette et enfilai un débardeur et une jupe au hasard, puis rejoignis mes amis.

— Et le maquillage ? demanda Anne-Laure sur un ton critique en tripotant son joli pendentif en argent.

Je haussai les épaules.

— Pas envie...

— Elle est très bien comme ça, approuva Carine.

— Et comment va-t-elle trouver un copain ? On n'attrape pas les mouches avec du vinaigre !

Carine se redressa et releva ses lunettes pour foudroyer Anne-Laure du regard.

— On va peut-être attendre un peu plus que trois jours après sa rupture pour lui parler de ça, non ?

Anne-Laure rougit et baissa les yeux sous ses longs cils noirs. Oh. Ça avait dû discuter sec, pendant la nuit.

— Ce n'était pas vraiment une rupture, ils n'étaient pas vraiment ensemble, marmonna-t-elle dans sa barbe.

— On n'avait pas dit qu'on n'abordait pas le sujet ? hasarda Sébastien.

— Si. Alors on n'en parle plus. Désolée, Siloé.

Je ne réagis pas. Je ne devais surtout pas penser à Valérien si je ne voulais pas m'effondrer de nouveau. J'attrapai mon sac à main.

— Je suis prête.

Sébastien n'avait pas menti, le restaurant était superbe et les plats qui accompagnaient les différents types de cidre, délicieux. Le soleil de l'après-midi nous réchauffa lorsque nous lézardâmes sur les pelouses de la butte Montmartre, au pied de la basilique du Sacré-Cœur prise d'assaut par les touristes, dans le brouhaha de la vie parisienne. Mais je ne profitai pas de tout cela. Je n'arrivais pas à m'empêcher de penser à Valérien. À ce que j'avais fait. Ou plutôt à ce que je n'avais pas fait.

— Siloé, dis au moins quelque chose, finit par me supplier Carine alors que nous attendions l'apéritif, installés dans une péniche-restaurant.

— Merci pour cette bonne journée, répondis-je par réflexe, l'esprit ailleurs.

— Tu ne me regardes même pas ! Siloé !

Je me forçai à me concentrer. Un vent frais bienfaisant soufflait sur la Seine, soulevant cheveux, pans de gilets légers et manches un peu trop amples. Autour de la table couverte d'une nappe blanche brodée de poissons d'argent, mes trois amis m'observaient avec inquiétude.

— Tu ne vas pas me dire que c'était l'homme de ta vie ! s'exclama Anne-Laure, le visage défait au-dessus de son foulard en soie.

Une boule se forma dans ma gorge. Je haussai les épaules pour ne pas avoir besoin de répondre. « L'homme de ma vie », je ne savais pas, mais l'homme dans les bras de qui j'aurais bien passé quelques mois, ou même plus, sans problème.

— Bon, eh bien, on n'a pas le choix, soupira Sébastien en croisant les bras sur son tee-shirt *Star Wars*.

— Le choix de quoi ?

— Il faut trouver un plan pour aider Siloé à reconquérir ce mec.

Je me réveillai d'un coup.

— Quoi ? paniquai-je. Ah non, hein ! Je vous interdis de faire des trucs à la con !

— T'inquiète, je ne parlais pas d'aller le voir moi-même, mais on peut t'aider à trouver des idées pour le recontacter sans avoir l'air d'une souris mouillée.

— Une... souris mouillée ?

— Une fille désespérée prête à tout, quoi.

Je clignai des paupières. Une souris mouillée. Bien. C'était noté.

— Bonne idée, renchérit Carine en renouant sa queue-de-cheval d'un air décidé. Au boulot.

— Minute ! s'exclama Anne-Laure. C'est qui, d'abord, ce type ? La seule chose qu'on sait de lui, c'est son nom ! Il est assez bien pour Siloé ?

Les deux autres lui jetèrent un tel regard qu'elle rentra un peu la tête dans les épaules.

— Oui, bon, marmonna-t-elle. Je m'inquiète, quoi...

— L'avantage de ce gars-là, nota Sébastien avec beaucoup de classe, c'est que lui, contrairement à Brian, on est à peu près sûrs qu'il couchera avec Siloé.

Mes joues s'enflammèrent brusquement.

— On pourrait ne pas parler de ça ? marmonnai-je en tripotant la serviette en papier posée devant moi.

— Bien entendu, enchaîna Carine. Tu as essayé de lui envoyer un SMS ?

— Non. J'ai essayé d'appeler mais il ne répond pas, et je ne pense pas qu'il me croirait si je lui expliquais par SMS.

— Bien vu. Il a une petite sœur, non ? Tu peux passer par elle ?

Je me redressai, à nouveau paniquée.

— Surtout pas ! Si on veut éviter les catastrophes, surtout, on ne la met pas dans le coup ! Cette fille fait foirer tout ce qu'elle approche ! Je suis sûre qu'elle peut plonger un pays dans le chaos à elle toute seule !

— Tu exagères sûrement, tempéra Anne-Laure. Et arrête de déchiqueter cette serviette.

— Elle m'a fait virer de mon boulot !

— Hein ? C'était elle ?

— Et ce n'est pas qu'avec moi ! Elle ignorait que son dernier petit ami était un dealer, elle s'est fait piquer pendant qu'elle transportait de la drogue pour lui sans le savoir, et il a pris cinq ans fermes avec son témoignage. Alors qu'à ce moment-là, elle essayait encore de le défendre.

Info confiée par Guillaume, quand je l'avais eu au téléphone. Et il trouvait ça « adorable ».

Un silence salua mes paroles.

— Ah oui, quand même, finit par murmurer Sébastien en caressant sa barbe naissante, pensif.

— On oublie la petite sœur, trancha Carine. Qu'est-ce qu'on a d'autre ? Ses amis ?

— Je ne les connais pas, avouai-je.

— Son boulot, alors. Tu peux essayer de tomber sur lui « comme par hasard » ? Il travaille où ?

— Ben... À son vrai boulot, ça risque d'être dur, mais peut-être pendant ses vacations Pôle Emploi...

La bouche d'Anne-Laure s'arrondit, mi-horrifiée mi-scandalisée.

— Ton mec, c'est un conseiller Pôle Emploi ?

Je me renfrognai et recommençai à transformer ma serviette en confettis.

— Anne-Laure, dit Carine en la regardant par-dessus ses lunettes, blasée.

— Quoi ?

— Ferme-la.

Cette journée eut au moins le mérite de me remettre d'aplomb. Je passai toute la fin de la soirée à chercher un moyen de tomber sur Valérien et de l'obliger à m'écouter. Je ne voyais absolument pas comment faire, mais il fallait que je trouve. Debout devant mon réfrigérateur, stylo à la main, je fixais désespérément la feuille de brouillon que j'y avais affiché, relisant encore et encore la liste de mes possibilités. La chance, je ne devais pas compter dessus. La probabilité de tomber sur une tête connue dans une ville comme Paris frôlait le zéro. Et le « comme par hasard », personne n'y croirait jamais.

J'excluais aussi Philippa de mes hypothèses. Outre l'opinion qu'elle devait avoir de moi si Valérien lui avait raconté ce qu'il avait compris, le karma catastrophique de cette fille risquait de me propulser au beau milieu d'une situation pire encore. En garde à vue, par exemple. Ou au beau milieu d'un trafic d'organes. Ou prisonnière d'un groupe extrémiste tchétchène. Surtout si elle prenait mon parti. Donc Philippa, *niet*.

Que me restait-il ? Sur la feuille, les lignes rayées s'accumulaient. À vrai dire, il n'en restait plus qu'une non éliminée. J'avais encore le numéro de son cabinet de recrutement. Prendre un rendez-vous sous un faux nom ? Cela me semblait pitoyable. Et il m'enverrait promener à la seconde où il me reconnaîtrait. Je tirai un trait sur la dernière ligne. J'avais besoin de quelque chose de plus subtil.

Je me couchai sans avoir résolu cette épineuse question. Avec un peu de chance, la nuit me porterait conseil...

Bien évidemment, au matin, je n'avais pas plus d'idées que la veille. J'avais pris mon homéopathie « Créativité », pourtant. Je tournais en rond dans ma cuisine – devant la liste entièrement rayée, donc – depuis presque une heure quand mon téléphone sonna près de la cafetière. Je me jetai dessus, emplie d'un espoir fou. Valérien ?

Non, c'était Nicolas Chemin. Je tentai de masquer ma déception en décrochant.

— Allô ?

— Siloé ? C'est Nicolas.

— Bonjour Nicolas.

— Je ne te dérange pas ?

— Non, bien sûr que non.

Hélas...

— Tant mieux, dit-il, de la jubilation plein la voix. J'ai une grande nouvelle à t'annoncer. Tu es assise ?

— Euh... non.

— Assieds-toi.

J'obtempérai, quittai la cuisine et allai prendre place sur mon canapé.

— Voilà.

— Bon. Tu es prête ? Je me lance. L'équipe technique est convaincue par ta personnalité, tes expériences et tes dessins. Prochaine étape, le directeur des ressources humaines ! Je ne suis pas censé te le dire, mais il n'y a plus que toi en lice.

Par réflexe, mon cœur battit un peu plus vite. Je repoussai mes cheveux emmêlés de devant mes yeux.

— Vraiment ?

— Oui ! Tu es disponible comment, cette semaine ?

J'attrapai mon agenda qui n'avait pas bougé de la table basse de tout le week-end. J'avais déjà deux entretiens prévus sur des postes qui, certes, correspondaient à mon profil, mais n'étaient pas très excitants.

— Tous les jours, sauf mercredi matin et jeudi matin, répondis-je.

— Tu as d'autres entretiens ?

Je grimaçai.

— J'imagine que je ne suis pas censée le dire, ça ?

Il rit.

— Ne t'inquiète pas, on n'est pas complètement idiots. On sait bien que tu as besoin de travailler et que tu ne peux pas mettre tous tes œufs dans le même panier. Dis-moi juste très honnêtement, si on te fait une proposition, tu viens chez nous ou tu as d'autres choses plus attirantes sur le feu ?

— Tu rigoles ! me récriai-je avec un grand signe de stylo dans le vide. Avec ce que m'a présenté M. Dupin ? Bien sûr que je viens chez vous !

Nicolas s'esclaffa derechef.

— Ça me fait bien plaisir d'entendre ça. Notre DRH est un homme très occupé, je ne peux te proposer que vendredi matin, à 10 heures. Est-ce que ça te va ?

— C'est parfait. Je note.

— Impeccable. Je t'envoie un e-mail pour confirmer, comme d'habitude. Siloé ?

— Oui ?

— Sois au taquet, d'accord ? Fais-nous le plus bel entretien de ta vie !

Mon cerveau faillit faire un tour complet sur lui-même. Mais oui, évidemment ! C'était ça, la bonne idée !

— Compte sur moi !

Valérien s'était engagé à me préparer avant chacun de mes entretiens. Je n'avais plus qu'à lui rappeler notre pacte et il serait obligé de me revoir en face-à-face. En tout cas, je l'espérais. Il était du genre à tenir ses promesses, non ?

Si.

C'était sûr.

29

L'ENTRETIEN ULTIME

Salut Valérien, J'ai été retenue pour un troisième et dernier entretien chez Ponts d'Avenir. C'est un entretien RH. Aurais-tu un peu de temps pour m'aider à me préparer, comme on avait dit ? Merci !

Assise en tailleur sur le canapé, le front plissé par la concentration, je relus mon SMS pour la deux cent soixante-troisième fois. N'était-ce pas trop court ? Trop sec ? Le point d'exclamation ne donnait-il pas une impression de trop d'enthousiasme, au regard de ce qui s'était passé ? Lui rappeler qu'il s'était engagé n'était-il pas un peu brutal ? Je grimaçai. Moi et mes questions existentielles... S'en poserait-il autant ?

Je changeai « Merci ! » en « Merci de tout cœur ! ». Hum. Non, ça n'allait pas. Je ne pouvais pas parler de mon cœur, il allait trouver que j'abusais... « Merci beaucoup ! » Voilà. Ça me semblait mieux. J'inspirai profondément par le nez et appuyai sur Envoyer.

Le message partit. Et zut. Je ne lui avais pas donné la date de l'entretien. Bon. Tant pis...

Il fallait que je me trouve quelque chose à faire en attendant sa réponse, je ne devais pas rester à monter la garde devant mon téléphone. C'était mauvais pour ma santé mentale. Je n'avais pas vraiment la tête à chercher de nouvelles offres d'emploi, surtout avec la tournure que cela prenait chez Ponts d'Avenir. Je jetai un coup d'œil autour de moi. Hum. Trois jours de déprime avaient laissé des traces dans mon petit appartement. Un peu de ménage s'imposait.

Je me levai et remontai mes manches. Au boulot !

À midi, carrelages et armoires brillaient de mille feux et les draps de mon lit séchaient sur mon balcon, mais pas de réponse.

À 14 heures, la vaisselle du déjeuner était faite et rangée avec soin, l'évier récuré et les poubelles sorties.

À 15 heures, la totalité de mes vitres étincelaient. Je ne m'étais pas rendu compte qu'elles étaient sales à ce point !

À 17 heures, j'avais trié tous les papiers administratifs dans mes classeurs, jeté ceux qui dataient de plus de deux ou cinq ans en fonction de leur date d'expiration, refait de belles étiquettes avec des stylos de couleur et descendu deux fois la poubelle remplie de papiers au container de tri sélectif. Et toujours rien. Bon sang, que fabriquait-il ? Peut-être que j'aurais dû lui rappeler sa promesse en termes plus explicites ? Je plissai le nez avec désapprobation devant ma propre idée. Dans cette histoire, le tact s'imposait...

Mon téléphone vibra à 17 h 12. Je me jetai dessus, le cœur battant. C'était Valérien ! Un message lapidaire s'afficha sur l'écran.

Tu as encore besoin de moi pour ça ?

Je passai la langue sur mes lèvres sèches. J'avais eu toute la journée pour me préparer à différentes tentatives d'échappatoire, et celle-ci faisait partie du lot.

Oui, je n'ai encore jamais eu un entretien purement RH. Merci beaucoup, tu me rends un grand service !

J'envoyai. Cette fois, la réponse arriva immédiatement.

Quel jour, l'entretien ?

Ah oui, j'avais encore oublié de le lui dire.

Vendredi matin !

Quelques minutes s'écoulèrent. Appuyée contre le dossier du canapé où j'avais aussi posé mon téléphone en équilibre précaire, j'attendais en jouant nerveusement avec le bout de mes manches. Il finit par vibrer.

Rdv jeudi à 15 heures chez Pôle Emploi.

Un poids immense tomba de mes épaules. On allait se revoir ! Bon, chez Pôle Emploi, pendant ses vacations du jeudi, certes, mais on allait se revoir !

Je me redressai, décidée. Maintenant, je devais préparer très minutieusement ce que j'allais lui dire, car je n'aurais pas de seconde chance.

Je craignais de compter chaque minute qui me séparait du rendez-vous, mais en fait, les trois jours passèrent assez vite. Aller aux deux entretiens qui ne m'inspiraient pas plus que cela m'aida à me changer les idées et m'obligea à prendre soin de moi. De retour de mon entretien du matin, jeudi midi, je passai une bonne demi-heure plantée devant ma penderie à examiner mes tenues.

Pour un rendez-vous chez Pôle Emploi, il fallait s'habiller décontracté, je l'avais bien compris. Mais pour ma dernière chance avec Valérien ? Pouvais-je être sexy chez Pôle Emploi ? Cela dit, si je portais quelque chose de moche, au moins, il saurait que je n'essayais pas de le corrompre avec mon physique... Cruel dilemme. Que choisir ?

Un reflet satiné attira mon œil derrière un gilet. Je me mordillai les lèvres. Oui, j'allais faire ça. J'allais m'habiller exactement de la même façon que le jour où j'étais allée dîner chez eux la première fois. Corsaire en jean, débardeur noir et cache-cœur en satin. Quelques bijoux et une tresse piquetée de perles colorées. Ça en valait la peine. Valérien en valait la peine.

Forte de ma première expérience, je me présentai chez Pôle Emploi avec vingt bonnes minutes d'avance. Le hall d'accueil était aussi plein que la dernière fois et la queue devant le bureau, toujours aussi longue. Je me plaçai à la fin et attendis, l'estomac noué, ma pochette cartonnée serrée contre la poitrine. Il fallait que ça marche.

Malheureusement, regarder ma montre toutes les trente secondes ne fit pas avancer le temps plus vite. Chaque personne devant moi me parut prendre une heure au bureau. Je me crispais un peu plus à chaque fois que j'avançais d'un pas. Mon tour finit par arriver.

– Bonjour, dis-je d'une voix un peu plus faible que prévu. J'ai rendez-vous avec Valérien Renoir.

– Votre nom ? demanda mécaniquement la jeune femme.

– Gautier. Siloé Gautier.

Elle pianota sur son clavier d'ordinateur.

— Votre carte d'identité, s'il vous plaît.

Je la lui tendis par-dessus le bureau.

— Avez-vous les documents de la liste qui vous a été transmise par Internet ? s'enquit-elle d'une voix fatiguée.

— Euh... Je...

— Nous allons vérifier ensemble et pointer. Votre CV ?

Ah. Je comprenais mieux pourquoi elle m'avait regardée si bizarrement, la première fois, quand je lui avais tout mis sous le nez sans qu'elle demande rien.

— M. Renoir me connaît, lui expliquai-je, ce n'est pas la première fois que je viens. Il me coache pour des entretiens.

— Ce n'est pas la première fois que vous venez ? répéta-t-elle sans lever le nez de son écran.

— Non.

— Vous avez votre attestation d'inscription ?

— Mon attestation de... Pour quoi faire ?

— C'est la procédure.

Hum. C'était donc pour ça que chaque personne passait autant de temps avec elle...

Quelques minutes plus tard, j'étais installée sur une chaise de la salle d'attente, sans accorder la moindre attention aux autres demandeurs d'emploi, à respirer profondément pour calmer l'agitation qui me gagnait. Si Valérien agissait comme je le pensais, j'allais poireauter ici un bon quart d'heure. Je l'imaginais mal me recevoir à l'heure prévue. Pourtant, à 15 heures tapantes, il passa la tête dans le couloir.

— Madame Gautier, appela-t-il d'une voix forte.

Une grimace m'échappa. Madame. Bon...

Je me levai. Carré dans sa veste de costume grise, il me dévisagea sans aménité. Ses yeux étincelants me parurent plus clairs que jamais, entre ses mèches brunes.

— Si vous voulez bien me suivre, ordonna-t-il d'un ton sans émotion.

J'obéis sans essayer de discuter. Il fallait que je reste concentrée sur ma stratégie, et peu importait qu'il m'appelle madame, qu'il me vouvoie et qu'il essaie de me foudroyer à coups de regards tueurs. Le cœur battant, je le suivis jusqu'à un bureau voisin de celui de Mireille, mais qui y ressemblait comme deux gouttes d'eau. Au détail près qu'il manquait les piles de papiers désordonnées de la dernière fois.

— Très bien, dit-il en s'asseyant, le front durement barré par une ride de contrariété. Rassurez-moi, madame Gautier, j'espère qu'une fois que nous aurons vu ce dernier aspect entretien RH, vous saurez vous débrouiller toute seule ?

Je déglutis péniblement, les doigts crispés sur ma po chette. Il haussa un sourcil.

— Ça veut dire oui ?

— Je ne sais pas..., murmurai-je. Je... Ce sera à toi de décider... Si... Si je suis prête...

Un éclair traversa ses yeux, comme de la tristesse. Il croisa les mains et cela disparut. La ride sur son front se renforça.

— Selon moi, vous êtes déjà prête. Je ne vous reçois aujourd'hui que parce que je me suis engagé à vous accompagner jusqu'à ce que vous retrouviez un travail.

Je hochai la tête. L'entendre faisait mal, mais je m'en doutais un peu.

— Je vois que vous avez apporté des documents, ajouta-t-il avec un regard à ma pochette. Vous craignez que je ne connaisse pas encore votre CV par cœur ?

Mon ventre se serra douloureusement. Il connaissait mon CV par cœur...

— J'ai apporté quelques modifications, bredouillai-je d'une voix blanche.

— Montrez-moi ça.

Je tâchai de faire abstraction du ton sec et retirai les élastiques de la pochette. Mon sang tambourinait à mes tempes. C'était maintenant ou jamais. Il fallait que ça marche.

Je sortis la feuille sur laquelle j'avais imprimé la photo du tableau que Philippa m'avait envoyée par téléphone, avec les colonnes de « Pourquoi Philippa devrait quitter/rester avec Guillaume », et la lui tendis par-dessus le bureau. Il la prit.

— Qu'est-ce que c'est que ça ? grommela-t-il, agacé.

Il jeta un coup d'œil rapide sur les titres. Marqua un temps d'arrêt. Les relut plus doucement. Approcha la feuille de son nez pour lire les arguments. Dans les deux colonnes. Un par un. La ride sur son front s'atténua légèrement et un éclat indéchiffrable passa dans son regard clair. Je retenais mon souffle. Moi qui étais férocement décidée à séparer les deux tourtereaux, j'avais changé d'avis grâce à ce tableau. Je n'avais pas de meilleure idée pour qu'il comprenne à son tour. Si ça ne fonctionnait pas, alors j'étais fichue. Son visage se figea brutalement. Je m'immobilisai par réflexe. Ça, ça devait vouloir dire qu'il avait lu la dernière phrase.

Un silence s'écoula. Interminable. Puis Valérien posa la feuille bien à plat devant son clavier, comme s'il avait peur de l'abîmer.

— L'écriture noire, on dirait celle de Philippa, dit-il d'une voix incertaine sans lever les yeux vers moi.

Incapable de répondre, je hochai la tête affirmativement.

— Et la bleue… C'est la tienne ?

Je respirai d'un coup. Il m'avait tutoyée !

— Oui, murmurai-je.

Nouveau silence. Puis :

— Il n'y a du bleu que dans la colonne pour quitter Guillaume.

— Oui, acquiesçai-je encore.

Il hésita à nouveau et cligna plusieurs fois des paupières. Je connaissais, ça. Trop de questions, et impossible de savoir par laquelle commencer.

— Pourquoi…, se lança-t-il. Je veux dire… De quand date ce truc ?

— De quelques jours après l'épisode au commissariat.

J'allais soigneusement éviter de prononcer « garde à vue » maintenant qu'il savait ce qu'il en était.

Valérien se frotta le menton d'un air perdu et se balança légèrement sur sa chaise.

— Tu étais contre leur relation, murmura-t-il.

— Oui.

— Mais tu as laissé Philippa se lancer quand même.

— Oui.

— Mais pourquoi ? Et pourquoi tu ne m'as rien dit ?

Les accents désespérés de sa voix me bouleversèrent.

— À cause du dernier argument de Philippa, avouai-je faiblement.

Il se mordit les lèvres. Il n'avait même pas besoin de relire, il savait très bien de quoi je parlais.

— C'est..., hésita-t-il. Enfin, ce n'est pas... Je...

— Ce n'est pas l'argument en lui-même qui m'a fait changer d'avis, mentis-je. C'est la maturité et le recul qu'il fallait pour le formuler aussi clairement qu'elle l'a fait.

Valérien releva enfin les yeux vers moi et haussa un sourcil.

— Le fait qu'elle te dise que je t'aime, ça ne t'a pas influencée du tout ?

Mes joues, mon front et mes oreilles s'enflammèrent d'un seul coup.

— Ça a peut-être un peu joué, marmonnai-je en tripotant nerveusement le bracelet de ma montre. Mais je crois surtout que Philippa est beaucoup plus mûre et responsable que ce qu'on croit.

Un sourire anxieux releva le coin de ses lèvres.

— On parle toujours de la fille qui t'a fait virer ? Et qui s'est fait choper par la police parce que son petit copain lui a demandé de transporter de la drogue ?

Je soupirai. Il ne me simplifiait pas la vie.

— Elle est gaffeuse, Valérien. Elle sera gaffeuse toute sa vie. Ça ne veut pas dire qu'elle n'est pas en train de devenir adulte.

Sa moue dubitative m'indiqua qu'il pensait exactement le contraire.

Il relut la feuille posée sur son bureau et son visage s'assombrit de nouveau. Quoi ? Qu'allait-il me sortir, cette fois ?

— Il y a autre chose qui te chiffonne ? bredouillai-je.

Son regard m'évita et alla se poser sur son écran d'ordinateur, pourtant en veille.

— Valérien ?

Il haussa les épaules et, pour la première fois depuis que je le connaissais, il me parut mal à l'aise. Que se passait-il ? À quoi songeait-il ?

Valérien passa la main dans ses cheveux bruns en une vaine tentative de paraître décontracté.

— Eh bien... Je me disais..., commença-t-il, sans trop d'assurance. Je... Enfin, avec mes frères, on n'a pas été très... aimables, au commissariat, l'autre jour...

Mon cœur se mit à battre un peu plus vite. Je ne rêvais pas ?

— Vous aviez des raisons d'être fâchés, murmurai-je, le souffle court.

— Mouais... Mais bon... C'était quand même... Un peu... Trop. Je... J'y ai repensé, après... Tu sais, je... Je...

Il ferma les yeux et se passa les mains sur le visage. Je ne bougeais plus d'un cil, comme si le moindre de mes mouvements risquait de déclencher une catastrophe.

— OK, marmonna-t-il en se reprenant. En fait, je n'en ai pas dormi de la semaine. Je... J'étais vraiment en colère et... Plus je me sentais idiot, plus j'étais en colère alors que tu n'y étais pour rien... Je... Je ne sais pas si tu pourras nous pardonner d'avoir été aussi... aussi cons. Surtout moi.

Je n'osais pas à y croire.

— Euh…, balbutiai-je. Je veux bien éviter les repas de famille pendant un moment, mais je finirai par m'en remettre. M. Loiseau m'a dit des trucs bien pires, quand il m'a virée…

Il retira les mains de son visage et sourit timidement. L'espoir gonfla ma poitrine. Ce n'était pas encore ce fameux sourire craquant qui me plaisait tant, mais ça y ressemblait un peu. Valérien tapota du doigt la feuille posée sur le bureau.

— Au fait, glissa-t-il, Philippa n'a jamais voulu cracher le morceau. Je ne savais pas qu'il s'appelait Guillaume.

Mon sang se figea.

— Ne t'inquiète pas, ajouta-t-il en riant doucement. Je ne vais pas…

Des cris au-dehors du bureau nous interrompirent. Valérien fronça les sourcils. Ça ne semblait pas s'arrêter.

— Reste ici, ordonna-t-il en se levant. Je reviens.

Il se dirigea vers la porte. Je bondis de ma chaise. Rester ici toute seule ? Jamais de la vie !

30
LE CHAMPION DE PÔLE EMPLOI

Les cris ne cessaient pas. Sur les talons de Valérien, je remontai le couloir qui menait à la salle d'attente.

— ... que j'ai perdu, moi ! braillait un homme. Vous avez intérêt à vous bouger le cul pour réparer ça !

— Du calme, monsieur, tenta de tempérer une voix féminine familière. Nous allons voir ce que...

— Tout de suite ! Je veux mes allocs !

Je passai la tête dans la salle d'attente, bien à l'abri derrière Valérien. Mais oui, c'était la voix de Mireille, mon ex-conseillère. Un paquet de feuilles serré contre sa poitrine, elle se tenait devant un individu en jogging qui faisait largement deux fois son poids et mesurait deux ou trois têtes de plus qu'elle.

— Monsieur, reprit-elle avec courage. Dans la mesure où vous avez oublié de pointer sur Internet pour dire que vous étiez toujours au chômage, malgré le rappel par e-mail et par SMS, vous avez été radié de façon automatique et vous n'avez pas perçu vos allocations, c'est la procédure. Mais cela peut...

— Bande de voleurs ! Rendez-moi mon fric ou je pète les plombs !

Je m'insurgeai en silence. Il les avait déjà bien pétés, de mon point de vue à moi ! Je regardai autour de moi. Les gens s'étaient levés pour s'écarter et se tenaient à distance respectueuse, pour éviter de prendre un coup. J'avais lu des articles à ce sujet. Quand il y avait un témoin unique à une agression, il se sentait obligé d'intervenir pour aider la victime, mais s'il y avait plusieurs témoins, alors aucun ne bougeait car tout le monde attendait que quelqu'un d'autre s'y colle. Bon, vu la carrure du gars, je comprenais que chacun reste à l'écart, mais avait-on au moins appelé la police, pour calmer cet imbécile ? Il n'allait pas frapper Mireille, quand même !

— Monsieur, reprit celle-ci avec un calme de plus en plus vacillant, s'énerver ne sert à rien, nous allons tout simplement vous réinscrire et...

— Mon fric, espèce de pétasse ! rugit l'homme en l'attrapant par le devant de son chemisier. Et grouille-toi ou je te casse la gueule !

Valérien bondit. J'eus à peine le temps de crier. Il fonça sur l'homme et le plaqua au sol à la manière d'un pilier de rugby, défonçant tables et chaises sur leur passage. Mireille chancela et poussa un gémissement. Je me précipitai en avant, le cœur battant. Valérien avait beau posséder une silhouette carrée et une tête de psychopathe quand il le désirait, il ne ferait pas le poids contre ce mec. L'adrénaline coulait à flots dans mes veines. Je ne pouvais pas l'aider, j'allais me faire éjecter. Mais je n'allais pas le laisser seul !

— Toi, toi et toi ! criai-je en pointant du doigt trois hommes de belle carrure parmi les spectateurs. Aidez-le ! Vite !

Comme s'ils n'attendaient que ça, les trois inconnus s'élancèrent au secours de Valérien. Ça alors ! Mon fameux article disait vrai ! Une fois désignés personnellement, les témoins se sentaient la légitimité de venir en aide aux victimes ! Bon sang, la nature humaine...

— Lâchez-moi ! brailla l'homme à terre, qui étouffait sous le poids de Valérien et de ses nouveaux compagnons. Laissez-moi ou je vous crève ! Dégagez !

— Calmez-vous, monsieur, grogna Valérien. Vous êtes dans une agence Pôle Emploi, ici.

— Je vais vous défoncer !

Mes muscles me donnaient l'impression d'être de pierre, tellement j'étais crispée.

— Est-ce que quelqu'un a appelé la police ? repris-je avec force.

— M... Moi ! répondit une voix timide en direction du guichet de l'entrée.

Je me retournai. La tête de la jeune standardiste émergea de derrière son comptoir et elle me montra son téléphone portable dont l'écran était allumé.

— Ils disent qu'ils arrivent, ajouta-t-elle dans un murmure.

Parfait. Je rejoignis Mireille, qui vacillait encore un peu sur ses escarpins et l'attrapai par la taille pour l'éloigner des quatre hommes qui maintenaient le dernier au sol.

— Je vous crèverai, je vous dis ! Vous me le paierez !

— Ne faites pas attention, dis-je de mon ton le plus rassurant. C'est fini.

– Mais..., bredouilla la pauvre Mireille, les cheveux décoiffés. Mais...

Je hochai la tête avec compassion. À sa place, il me faudrait au moins douze ou treize tubes d'homéopathie pour digérer ça. Mon sang battait toujours à mes tempes. Je ne cessais pas de surveiller les cinq belligérants, mais le camp de Valérien semblait l'emporter haut la main. Les hommes s'étaient littéralement assis sur l'agresseur de Mireille, lequel n'avait même plus assez de souffle pour vociférer. Pas très élégant, certes, mais efficace.

La police arriva quelques minutes plus tard, toutes sirènes hurlantes. Les flics se précipitèrent à l'intérieur et prirent enfin le relais.

– Ça alors ! Mademoiselle Gautier !

Je me retournai. Une jeune femme aux cheveux blonds tressés sous le képi me fit signe. J'ouvris des yeux ronds. Oh non ! Pas eux ! Pas ici ! Je venais de me réconcilier avec Valérien, ce n'était pas le moment que quelqu'un lâche que j'avais laissé poireauter Philippa une nuit entière dans une cellule au lieu d'aller la chercher ! C'était le dernier truc qu'ils ne savaient pas !

– C'est elle, commissaire ! C'est Siloé Gautier !

– Eh bien, quelle surprise, mademoiselle Gautier ! dit un policier doté d'une fine moustache et d'yeux bleus pétillants. Commissaire Lecomte. Nous nous sommes parlé au téléphone, et il paraît qu'il s'est passé bien des choses, ensuite...

– Chuuuuut ! m'exclamai-je, au bord de la panique.

– Plaît-il ?

Je me rapprochai d'eux sans quitter des yeux Valérien qui expliquait la situation aux agents en uniforme venus le relayer.

— Le gars, là-bas, murmurai-je. C'est le frère de Philippa. S'il apprend que j'ai laissé sa sœur moisir toute la nuit en prison, alors que j'aurais pu venir la récupérer plus tôt, tout sera fini pour de bon !

— Tout quoi ?

— Tout !

La perplexité se mua en sourire amusé sur les lèvres du commissaire.

— Je vois. En résumé, vos histoires sont toujours aussi simples. Précisez-moi juste : de quel gars s'agit-il, exactement ? Il y en a plusieurs, dans la direction que vous indiquez...

— Celui qui est beau, là. Avec la veste un peu déchirée et... Oh mon Dieu ! Il est blessé !

Un filet rouge coulait le long du visage de Valérien. Mon sang ne fit qu'un tour. J'oubliai instantanément garde à vue, commissaire, Philippa et tout le reste. Je me précipitai vers lui.

— Valérien !

Il se retourna au moment où je lui fondais dessus. Il dut me recevoir comme un boulet de canon car il émit un « *humpf* » douloureux quand je me jetai dans ses bras.

— Tu es blessé ! répétai-je, encore paniquée.

— Oui ! gémit-il. Je viens de perdre une côte !

— Hein ?

Son expression pleine de souffrance se mua en un sourire malicieux.

— Ce n'est rien, assura-t-il.

— Mais tu saignes !

— Je suis un peu sonné, mais j'ai survécu à pire. Je saurai qu'il ne faut pas viser les chaises, la prochaine fois. Je t'ai impressionn...

— La prochaine fois ? Valérien ! Je t'interdis de recommencer !

— Ah bon ? Pourquoi ?

— Mais parce que... Parce que... Parce que !

— D'accord, mais je t'ai impressionnée un peu, quand même ?

Son air inquiet acheva d'éprouver ma patience. J'empoignai les rebords de sa veste déjà bien abîmée et l'attirai vers moi sans ménagement. Mes lèvres heurtèrent les siennes sans la moindre douceur, mais je m'en fichais. Je nouai mes mains derrière son cou. Je ne voulais plus jamais qu'il prenne un risque pareil. Ses bras m'enlacèrent, tandis qu'une salve d'applaudissements éclatait dans la salle d'attente. Je réalisai brutalement ce que j'étais en train de faire – et surtout où – et je le lâchai.

— Déjà fini ? bougonna-t-il. Je croyais que j'étais un héros de guerre.

Autour de nous, les applaudissements s'estompèrent, remplacés par un brouhaha jovial. Le commissaire nous rejoignit en quelques enjambées, accompagné par la jeune policière blonde qui souriait de toutes ses dents.

— Valérien Renoir, je présume, dit le premier une fois arrivé à notre hauteur. Commissaire Lecomte. J'ai eu un bref résumé de la situation. Merci de votre intervention.

— Pas de quoi, répondit Valérien sans desserrer son étreinte autour de moi.

Le commissaire me jeta un regard espiègle, mais n'ajouta aucune allusion susceptible de me mettre dans une situation délicate.

— Vous devriez aller vous faire soigner, monsieur Renoir. Nous avons une équipe médicale, juste dehors. Ensuite, nous aurons besoin de votre déposition, ainsi que de celle de Mlle Gautier. Je crois avoir compris qu'elle n'est pas restée les bras croisés, dans cette altercation.

Valérien me sourit, radieux.

— J'ai manqué ça parce que j'étais occupé, mais je suis impatient de l'entendre.

— Va d'abord te faire soigner, bougonnai-je, les joues en feu. Tu mets du sang partout sur ta veste.

— Très bien. Monsieur le commissaire, si vous voulez bien m'excuser...

— Je vous accompagne, dit gentiment la policière blonde.

— Merci.

Je les suivis des yeux alors qu'ils s'éloignaient dans la foule. Le commissaire me donna un petit coup de coude.

— Je vous le concède, m'accorda-t-il avec un sourire en coin, ce n'est pas un conseiller Pôle Emploi comme les autres. Je vous promets que ce « fameux épisode » restera entre nous. Et je ferai passer le mot dans mes équipes.

— Ah, merci, balbutiai-je.

— Ne le laissez pas vous échapper, celui-là. Regardez-moi ça, Alexia est déjà en train d'essayer de lui mettre le grappin dessus.

— Quoi ?

— Cette fille est vraiment très forte...

L'adrénaline coula à nouveau dans mes veines. Alors ça, pas question !

— Excusez-moi, commissaire, grinçai-je, je reviens.

— Je vous en prie. Et n'oubliez pas que nous vous attendons pour prendre vos dépositions au commissariat. Vous connaissez le chemin, maintenant !

Je hochai la tête, déjà ailleurs. Non mais qu'est-ce que c'était que ces façons ? Pas touche à *mon* conseiller Pôle Emploi ! Si elle en voulait un, elle n'avait qu'à s'inscrire, comme tout le monde !

Lorsque j'arrivai au niveau de la camionnette médicale, Valérien était assis sur le rebord de l'habitacle arrière, seul avec un infirmier en blouse blanche qui fouillait dans sa trousse à pharmacie.

— Euh... Où est... Euh... Alexia ? demandai-je, un peu perdue.

— Je lui ai dit que j'allais me débrouiller, répondit Valérien d'une voix sèche.

— Ah... Ah bon ? Mais... Pourquoi ?

Il me lança un regard étincelant.

— Elle posait un peu trop de questions sur toi, expliqua-t-il.

— Sur moi ?

— Oui.

Hum. Elle sondait le terrain, quoi...

— Et donc ? m'enquis-je prudemment.

— Et donc je l'ai envoyée balader. Je trouve qu'il y a bien assez d'homos qui te tournent autour, en ce moment. Pas la peine de me rajouter encore une rivale.

Il avait cru… ? J'éclatai de rire.

— Quoi ? s'inquiéta Valérien.

— Rien ! m'exclamai-je. Rien du tout !

Je m'assis à mon tour sur le rebord arrière et me blottis contre lui. Il referma ses bras sur moi. Son odeur emplit mes narines. Je fermai les yeux et mon rythme cardiaque s'apaisa tranquillement. Enfin. Il ne restait qu'un léger détail à régler. Une énorme gaffe potentielle à neutraliser avant de tout faire basculer une nouvelle fois.

— Valérien, murmurai-je.

— Oui ?

— Il ne faudra pas emmener Philippa quand on ira faire nos dépositions.

— Pourquoi ?

Parce que toute rencontre publique entre Guillaume et la plus grande gaffeuse de l'univers était à proscrire jusqu'à nouvel ordre. Surtout en présence de Valérien.

— Pour éviter qu'Alexia lui tourne autour, bien sûr.

— Oh merde ! Tu as raison !

Voilà. Cette fois, tout allait bien.

ÉPILOGUE

Deux ans plus tard

L'église était pleine à craquer. La marche nuptiale jouée par l'orgue résonnait sous la voûte. Debout devant leurs bancs, les gens tendaient le cou pour nous voir avancer, Philippa au bras de Tibère, et moi tenant sa longue traîne blanche de mariée. Je ne pouvais pas m'empêcher de sourire devant les visages resplendissants du public, leurs belles tenues colorées et leurs signes de tête bienveillants. Des oncles et tantes, des amis, le commissaire Lecomte, Alexia, ainsi qu'une grande partie des collègues policiers de Guillaume en uniforme de cérémonie, tout le monde était venu. La joie gonflait ma poitrine. Heureusement que la vendeuse du magasin de robes m'avait prévenue et que je n'avais pas pris quelque chose de trop serré !

— Vous aurez besoin de respirer, m'avait-elle glissé avec un clin d'œil complice. C'est toujours un grand moment d'émotion, quand on marie sa petite sœur.

— Ce n'est pas la mienne, avais-je rectifié.

— Ah bon ? On dirait, pourtant.

— Siloé ! avait crié Philippa qui essayait sa propre robe un peu plus loin. Si je prends une traîne de princesse superlongue, tu voudras bien me la tenir ?

— Oui, bien sûr !

— Cool ! Alors je voudrais celle-là, s'il vous plaît, madame.

La vendeuse avait hoché la tête, convaincue.

— Vous aurez besoin de respirer, croyez-moi.

Aujourd'hui, comme je comprenais ce qu'elle avait voulu dire !

J'avais fixé mon choix sur une robe de soie brune aux reflets de lumière assortie à mes cheveux, aux bordures incrustées de strass étincelant, dont les formes épousaient mes courbes juste comme il le fallait. Philippa avait opté pour une longue robe ivoire dans laquelle elle ressemblait à une sirène. Ses cheveux remontés en chignon étaient piqués de petites fleurs blanches qui maintenaient l'immense traîne et son maquillage transformait ses yeux clairs en bijoux étincelants. Elle était sublime.

Au bout de l'allée, Guillaume attendait, très élégant dans un costume noir, pas tout à fait serein sous le regard scrutateur de Valérien et Marc-Aurèle, installés au premier rang. Nous les dépassâmes, ainsi que la famille de Guillaume et les témoins, et j'aidai Philippa à s'installer avec sa longue traîne avant de rejoindre Valérien, qui détourna enfin le regard de son presque beau-frère. Il me sourit.

— Tu es magnifique, murmura-t-il, les yeux brillants.

Je pouffai de rire, aux anges. J'avais passé la matinée avec Philippa pour l'aider, certes, mais il m'avait déjà vue dans cette robe quand je l'avais essayée – au moins douze fois – à la maison !

— Tu n'es pas mal non plus !

— Chers amis, bonjour et bienvenue dans notre célébration, lança le prêtre à la cantonade, nous coupant net dans nos compliments. Nous sommes tous ensemble aujourd'hui pour célébrer l'union de deux êtres qui nous sont chers, Philippa et Guillaume...

La main de Valérien se posa sur la mienne et je cessai d'écouter le prêtre. Je mêlai mes doigts aux siens. Deux ans s'étaient écoulés, depuis cette fameuse journée chez Pôle Emploi. Deux ans qui n'avaient pas été de tout repos. De façon générale, j'avais gardé un œil critique sur Guillaume, pour être sûre qu'il était bel et bien le grand amour de Philippa, mais j'étais aussi intervenue plusieurs fois pour empêcher les frères Renoir de l'étriper. Particulièrement le jour où Philippa avait abordé le thème des relations sexuelles. Il avait fallu s'y mettre à deux pour sauver le jeune cadet de la République, désormais policier. Et aujourd'hui, quelques jours après le dix-huitième anniversaire de Philippa, ils convolaient en justes noces.

Philippa rayonnait tellement qu'il était impossible de ne pas se réjouir en la voyant. L'église était superbe. Les fleurs accrochées aux bancs sentaient bon. Le soleil brillait au-dehors, promettant un vin d'honneur inoubliable.

Quant à moi, j'étais avec Valérien, je m'apprêtais à fêter mes deux ans de travail chez Ponts d'Avenir et j'avais rempli ma pochette noire ultrachic, empruntée à Anne-Laure, de tubes d'homéopathie pour affronter les lendemains de fête. Tout s'annonçait sous les meilleurs auspices.

Enfin, il me semblait. Une inquiétude m'envahit. Je me penchai vers mon homme.

— Valérien ?

— Mmh ?

— Maintenant que Philippa est mariée, qu'on n'a plus de soupirants à neutraliser et de fiancé à surveiller, qu'est-ce qu'on va faire ?

Ses yeux clairs devinrent pensifs. En face de nous, le prêtre nous lança un coup d'œil sévère. Oups...

— Eh bien..., chuchota mon compagnon. On pourrait avoir des enfants. Comme ça, on continuera avec eux.

— Des enfants ? Valérien Renoir ! Vous osez me proposer d'avoir des enfants dans une église, alors que nous ne sommes pas mariés ?

Il esquissa un sourire malicieux.

— Je comptais ne t'en parler qu'après la cérémonie, mais puisque tu abordes le sujet...

Il tira une petite boîte carrée de la poche intérieure de son smoking. La mâchoire m'en tomba.

— Valérien !

Le prêtre nous fusilla du regard et je me rendis compte que j'avais parlé un peu fort. Je me renfonçai sur mon banc, mi-interloquée mi-comblée. Valérien ouvrit la boîte. Une bague d'argent sertie d'une pierre bleue étincelait à l'intérieur. Pendant une seconde, je revis Philippa m'entraîner de bijouterie en bijouterie pour me faire essayer un millier de bagues, sous prétexte de voir comment ça rendait sur une vraie main. Ils manigançaient ça dans mon dos depuis des semaines ! Je dus me retenir pour ne pas lui sauter au cou de bonheur.

— S'il te plaît, dis-moi oui, chuchota-t-il à mon oreille.

— Pour les enfants ou pour le mariage ? m'enquis-je, frissonnante.

— Pour les deux.

Je laissai échapper un rire ravi et me serrai contre lui.

— Oui, murmurai-je.

— Tant mieux. J'ai déjà tout arrangé avec Philippa. À la sortie de l'église, elle doit envoyer son bouquet droit sur toi et sans prévenir pour être sûre que personne d'autre ne l'attrape.

J'ouvris des yeux ronds. Puis me calmai. Une famille de psychopathes. Mais ça, je le savais déjà. Et je les aimais quand même. Valérien était l'homme de ma vie, je ne m'ennuierais jamais avec lui !

TABLE DES MATIÈRES

Photocomposition Belle Page

Achevé d'imprimer en mars 2018
par CPI
pour le compte des éditions Calmann-Lévy
21, rue du Montparnasse 75006 Paris

PAPIER À BASE DE
FIBRES CERTIFIÉES

CALMANN LÉVY s'engage
pour l'environnement en réduisant
l'empreinte carbone de ses livres.
Celle de cet exemplaire est de :
500 g éq. CO_2
Rendez-vous sur
www.calmann-levy-durable.fr

N° d'éditeur : 6665279/01
N° d'imprimeur : 3028087
Dépôt légal : avril 2018
Imprimé en France.